KB203392

플라스틱 뷰티

플라스틱 뷰티

Plastic Beauty

김정순 소설

에디터 추천사

이 작품은 외모중심주의와 환경 파괴라는 두 축을 교묘히 엮어내며 독자에게 묵직한 질문을 던진다. 리안과 세라, 그리고 윤복이를 둘러싼 이야기는 단지 한 가족의 비극이 아니다. 그것은 우리가 살아가는 세상의 구조적 모순을 상징한다. 이 책은 단순한 소설이 아니라, 독자에게 던지는 하나의 날선 선언문이다.

에디터 하늘

인간의 욕망은 언제나 자연을 희생시킨다. 소비와 성공이라는 미명 아래 자연을 파괴한 인간의 탐욕을 가감 없이 드러내는 한 문장 한 문장이 묵직하게 다가온다. 이 책을 덮고 나서 세상을 보는 눈이 달라졌다. 이런 소설은 누구나 한 번은 읽어야 한다.

에디터 채영

아름다움은 축복일까, 아니면 족쇄일까. 이 책은 외모중심주의가 개인의 삶에 어떻게 스며들어 고통을 남기고, 끝내 비극으로 이어지는지를 적나라하게 보여준다. 읽는 내내 아름다움이라는 허울 아래 숨겨진 사회적 압박과 개인적 고통이 생생히 다가왔고, 마지막 페이지를 덮을 때쯤엔 깊은 공감과 분노가 뒤섞인 복잡한 감정에 사로잡혔다.

에디터 예은

세상을 향한 따뜻한 시선을 섬세하게 그려내는 김정순 작가는《플라스틱 뷰티》에서 또 한 번 놀라운 도약을 보여준다. 특유의 강렬하고 단도직입적인 묘사는 리안의 내면뿐 아니라, 한국 사회와 자연의 파괴된 면모까지 생생히 그려낸다. 이번 작품은 김정순 작가의 경력에 있어 새로운 이정표로 남을 것이다.

에디터 지인

아름다움이란 무엇인가. 이토록 무거운 것이었나. '플라스틱 뷰티'는 우리 개개인의 아름다움에 대한 감정과 집착이 사회와 깊이 연결되어 있다고 소리친다. 페이지를 넘길수록 이야기가 마음을 흔든다. 이 독특하고 '아름다운' 소설을 추천하게 되어 기쁘다.

페스트북 편집장

목
차

윤영웅,
이제 안녕

“지안이 언니, 오랜만이야. 형부도 잘 있지? 나 언니에게 진지하게 상담받을 게 있어 전화했어.”

“리안이 네가 웬일이니? 우리 여수에서 가장 똑똑하고 현명한 동생이 세상에 나한테 상담할 게 있다고? 정말 오래 살고 볼 일이네.”

“언니, 영웅이가 맨날 바람피우는 거 이젠 언니도 형부도 다 알잖아. 나 요즘 영웅이와 결혼생활이 너무 견디기 힘들어. 요즘은 영웅이가 바람뿐만 아니라 자꾸 내 얼굴로 시비를 걸어. 마치 나와 빨리 이혼하고 싶어 안달이 난 사람 같아. 언니, 며칠 전엔 영웅이가 나더러 네가 너무 못생겨 집에 들어오기가 싫다고 술주정을 하더니, 바로 어제는 영웅이가 맨정신에 그것도 카페에서 내가 너무 못생겨 지가 바람피운다고 큰 소리로 당당하게 사람들이 다 들리게 말하더라. 언니가 생각해도 영웅이가 나랑 빨리 이혼하고 싶어 일부러 더 그러는 거 맞지? 언니 나 이제 어떡해? 그냥 이혼해줄까? 어제 창피하기도 하고, 기가 차기도 하고, 답답하기도 해 집으로 달려와 혼자 주구장창 고민만 죽어라 했어. 그러다 마침 성형 전문인 언니가 생각나 전화한 거야. 나도 방법을 찾아야 하잖아. 언니가 봐도 내가 그렇게 못생겼어? 이번에 언니가 성형하라고 하면 나도 이참에 언니가 자주 가는 D 성형외과에 가려고 해. 언니, 난 우리 세라 때문에라도 가정만은 지키고 싶어. 그리고 이혼은 친구들에게 자존심도 많이 상하고…."

"리안아 진짜야? 그 새끼가 직접 대놓고 너 못생겨서 지가 바람피운다고, 그 많은 사람들 앞에서 고함까지 질렀다고? 영웅이 그 새끼가 이제 아주 미쳤구나. 너와 이혼하면 지가 더 손해를 볼 텐데, 영웅이 그 자식은 머리도, 생각도 없니?"

"그것뿐만이 아니야 지안이 언니. 흙탕물에 많이 사는 메기 알지? 영웅이가 내 입술이 메기처럼 두껍다고 나랑 키스도 하기 싫대. 또 가슴도 절벽이라 여자로서 매력이 전혀 없어 밤에 안고 싶지도 않다고 떠들고 다닌다는 소리가 여수 바닥이 좁아 내 귀에도 바로 들어와. 언니, 나 사실 그동안 자존심 상해 얘기 한 번 못 했지만, 영웅이와 결혼하고 지금까지 우리 키스 한 번도 안 했어. 아니 못 했어."

"뭐라고? 그게 사실이야? 결혼한 지 4년인데, 아직 키스를 한 번도 안 했다고?"

"진짜야. 연애할 땐 두 번인가 했어. 그리고 끝이야. 세라 아빠가 맨날 입안에 염증이 있다는 둥, 세균 옮기기 싫다는 둥, 핑계만 늘어놓더라."

"이 바보야 그걸 믿니? 어느 남자가 사랑하는 여자랑 키스를 안 하고 싶겠니? 리안아 나는 영웅이 그 새끼가 바람피우는 이유 알 것 같아. 개주변에 카페 알바생들이 다들 얼마나 늘씬하고 이쁘니? 솔직히 너하곤 감히 외모로는 비교도 할 수 없지. 자고로 남자들은 늙으나 젊으나 다들 이쁜 여자라면 사족을 못 쓴다. 사실 나도 이 예쁜 얼굴 하나로 다비드와 결혼했지. 그건 리안이 너도 인정하지?"

"응 나도 언니 얼굴이 예뻐 형부랑 결혼한 건 인정. 하지만 형부도 언니 얼굴 말고 다른 것에도 분명 매력을 느껴 결혼을 결정했을 거야. 사랑하는 남녀 사이에는 얼굴보다 더 중요한 게 있지 않을까? 가령 그 사람의 성품이나 성격, 취미생활, 독서 취향 같은 것들이 어느 날 문득 나도 모르는 사이에 얼굴보다 더 매력적으로 다가오는 건 아닐까?"

"리안아 네가 아직도 세상 물정 모르고 그러니까, 영웅이가 밖으로 나도는 거야. 나는 진짜 다비드 얼굴과 돈만 보고 결혼 결정했어. 다비드도 분명 그랬을 거야. 요즘 다들 그래. 리안아 여자는 일단 얼굴과 몸매야. 남자들이 여자 볼 때 사실 그 두 가지 빼고 뭐에 관심이 있니? 너는 몸매는 그 정도면 되었고. 아니다. 음… 사실 너는 가슴이 너무 빈약해. 이번에 가슴도 크게 키우자. 이게 정답이야. 너 이번에 빨리 서울 올라와 D 성형외과에서 얼굴도 갈아엎고, 또 가슴 성형도 하자. 그러면 영웅이 그 자식도 집 밖으로 떠밀어도 집에만 있으려고 할 거야."

나는 늘 형부에게 사랑받는 지안이 언니 말에 솔깃해진다.

"언니 얼굴 말고, 가슴도 해야 될까?"

"그럼. 남자들은 무조건 큰 가슴 선호해. 이제 제발 너도 이 언니 말 좀 들어라. 나 요즘 뷰티 방송에 패널로 자주 출연하는 거 알지? 표지안, 호호 TV 자막에서 내 이름 자주 보이지? 리안아, 나 거기서 이것저것 주워들은 이야기인데, 예쁜 얼굴에 가슴 큰 여자면, 남편들은 직장 마치자마자 집으로 달려온다고 하더라."

"언니는 요즘 유명해지더니, 모르는 게 없네."

"호호 내가 조금 유명세를 타긴 했지."

지안이 언니는 그 후로도 주절주절 성형에 관한 많은 지식을 자랑

했다.

사실 요즘 지안이 언니 인기가 장난이 아니다. 특출난 미모에, 뛰어난 패션 감각에, 당당한 성형 고백에, 지방 사투리까지 얹어, 언니는 다섯 개의 뷰티 관련 TV 프로그램에 출연하며 패널로서 급성장 중이다.

언니는 가슴 성형에는 보형물, 자가지방이식, 필러 등이 있다고 한참 떠들어댄다.

"언니 그런데 내가 굳이 이렇게 얼굴 성형수술과 언니가 말하는 가슴 성형수술까지 하면서 영웅이를 잡아야 할까? 그래서 요즘 나 불면증도 생겼어."

"너 아까 세라 때문에라도 가정은 절대 깨기 싫다며? 그럼 물불 안 가리고 해볼 건 다 해봐야지."

"언니 요즘 세라가 갑자기 아빠를 자주 찾아. 어린이집에 가면 또래 아이들이 아빠 얘기를 많이 하나 봐. 사실 세라가 아빠를 지금처럼 찾지만 않았어도, 나는 그냥 이렇게 쇼윈도 부부로 살아가는 것도 나쁘진 않아…."

요즘 나는 나 자신이 너무 싫다. 고등학교 3학년 1학기까지만 해도 영웅이가 나를 위해 하루도 쉬지 않고, 우리 집이나 심지어 아빠 치과에까지 찾아와 나를 좋아한다고 가스라이팅 했다. 그건 초등학교 1학년 때부터 시작된 일이었다. 윤영웅에게 무려 12년간을 나는 가스라이팅 당했다. 하지만 행복한 가스라이팅이었다. 사실 이런 일련의 영웅이 행동에 가스라이팅이라는 단어를 붙이는 게 정확한 표현인지는 나도 잘 모르겠다. 아무튼 영웅이는 초등학교 1학년 때부터 내가 좋다며 고등학교 3학년 때까지 나만 졸졸 따라다녔다.

하지만 2016년, 결혼을 한 이후로 남편은 지금까지 거의 매일 외박을 하며 커피숍 알바 아가씨들이랑, 클럽에서 만난 여자들이랑, 심지어 골프장에서 만난 여자들이랑 바람을 피운다. 언니 말처럼 그 여자들은 한결같이 예쁜 얼굴과 큰 가슴을 소유하고 있다.

여수가 좁아 그런지, 내가 시키지도 않았는데 동창들이 남편의 행동반경을 파악해 전화로 보고를 한다. 심지어 여자 사진까지 친절하게 찍어 보낸다. 남편은 주위 눈치도 보지 않고, 아예 여수에서 오픈형으로 바람을 피운다. 남편의 바람기 때문에 나는 매일 신혼이 아닌 지옥을 맛보게 되었다. 결혼과 동시에 나의 자존감은 지하 50m로 곤두박질쳤고, 나는 급기야 고교 동창생들도 기피하게 됐다.

만약 타임머신이 있다면, 나는 지금이라도 1초의 주저함 없이 잡아타서, 결혼 이전으로 돌아가고 싶다. 결혼 이전으로 돌아간다면, 우리 몽글이 세라만은 꼭 같이 데려가고 싶다. 세라를 제외하곤 아쉬울 게 단 한 가지도 없다.

2020년 8월, 서른둘의 여름이다.

지안이 언니에게 전화로 상담을 한 후, 한 달을 불면증으로 뒤척이며 고민하던 나는, 결국 실행에 옮겼다. 나는 오직 '세라를 아빠 없는 아이로 만들지 않겠다'는 사명감으로 지안이 언니가 말해준 D 성형외과로 무거운 발걸음을 옮겼다. 원장이 아빠의 절친이라 아빠는 전화로 예약도 해주셨다. 아빠가 수술비도 전담해준다고 한다.

D 성형외과는 아빠가 침을 튀기며 자랑할 만하다. 와우 외부부터 엄청 화려하다. 골드와 화이트로 꾸며져 마치 유럽의 고성을 방불케 한다. 오로지 화이트 톤과 골드 톤 2가지만으로 눈에 확 띄는 럭셔리함을 연출했다. 10층 건물이 모두 D 성형외과 전용인데, 명품 백화점이나 5성급 호

텔 같기도 하다.

버스에서 중국인으로 보이는 사람들이 무더기로 내린다. 병원 안내인이 네이비 정장을 말쑥하게 차려입고(남자 한 명, 여자 한 명으로 키가 엄청 크고, 외모가 사뭇 연예인이다), 중국인들을 안내하고 있다. 중국인들은 '외국인 전용'이라고 쓰인 건물로 개미처럼 우르르 사라진다.

나는 용감하게 혼자 갔다. 하지만 안내인이 보호자 없인 수술 견적이나 상담조차 받을 수 없다고 하여, 나는 대기실에서 지안이 언니를 불렀다.

언니는 총알이다.

"야! 이쪽 방면엔 내가 선수라니까. 이 전문가를 빼면 섭섭하지."

지안이 언니는 마치 백화점에서 명품가방 쇼핑하듯 아주 가볍게 얘기한다.

"언니는 성형할 때 마취가 안 되거나, 잘못되거나 그런 의료사고에 대한 걱정은 아예 없었어?"

"얘는 무슨 그딴 소리를 하니? 성형외과 전문의 선생님들이 들으면 기절초풍하겠다. K-방역, K-팝, K-뷰티, 이건 전 세계가 인정한 불문율이야. 지금도 곧 있으면 중국 단체 손님들이 줄이어 병원으로 들어올걸."

"언니 정말 전문가구나. 방금 막 우르르 들어갔어."

"이 언니가 이 성형외과에만 보태준 돈이 2억이 넘어. 이거 왜 이래? 물론 협찬도 조금 받고 있지만…."

지안이 언니는 할아버지와 아빠를 닮아 원래도 예쁜 얼굴이었지만, 항상 조금씩 이 병원의 도움을 받아, 성형 콘텐츠로 유튜브를 운영해 구독자가 200만에 육박하는 크리에이터다. '플라스틱 뷰티' 언니가 운영하는 채널 이름이다. 거리를 다닐 때는 연예인처럼 늘 마스크를 쓸 정도로 유명인이다.

세상이 참 기이하다. 성형수술로 콘텐츠를 만들어 돈을 버는 세상을 과거에 누가 감히 상상이나 했을까? 외모지상주의가 미쳐 날뛰는 세상이다. 그러나 오늘 이 시간, 그런 세상에 치를 떨고 혐오하던 나까지 그 세상에 합류하러 이곳에 왔다.

'과연 이게 옳은 일일까?'

지안이 언니는 마스크를 쓰고, 형부와 손을 잡고 나란히 나타났다. 둘은 잉꼬부부다. 둘은 항상 나에게 감사하고 있다. 둘이 맺어진 건 순전히 나와 나의 대학 절친, 혜진이 덕분이다.

형부도 휴가라고 한다. 형부는 은행원으로 8월이면 1주일의 휴가를 받는다. 두 사람은 귀중한 휴가 때에 내 문제로 병원을 찾은 것이다. 사실 콘텐츠를 만들기 위해 어차피 이틀 후 이곳에 투숙할 예정이기도 했다.

"처제 잘 지내죠? 큰 결심 했네요."

"형부 오랜만이에요. 남편이 바깥으로만 나돌아 도저히 안 되겠어요. 남편이 제 얼굴 땜에 바람을 피운다고 아주 당당하게 떠벌리고 다녀요. 그래서 저도 성형을 한번 해보려고요."

"처음에 언니에게 처제가 성형을 한다고 들어 깜짝 놀랐어요. 대학 다닐 때도 그렇고, 처제가 이런 캐릭터가 아니잖아."

"형부 저도 제가 성형을 할 거라곤 꿈에도 몰랐어요. 하지만 가정을 지켜야 되니까요."

"난 영웅이 동서가 대단하다고 생각해요. 도대체 뭘 믿고 처제에게 이렇게 함부로 막 대할까요?"

"저도 잘 모르겠어요."

형부의 솔직한 표현에 나는 눈물이 났다. 형부 말처럼 나는 대학을 다닐 때 그 누구 앞에서도 위풍당당했다. 하지만 지금의 나는 너무 허접하고, 남편 눈치만 보고, 아무튼 자존감이 바닥이다.

"나도 당신 말에 찬성이에요. 나는 윤영웅 아니, 제부가 너무 싫어. 겨우 이름도 없는 지방 전문대 나온 주제에 뭐가 잘났다고 맨날 외박이나 하고 다니는지 도통 알 수 없어. 게다가 너 보란 듯 바람이나 피우고 다니고, 이제 네 얼굴까지 못생겼다고 꼬투리를 삼지 않나? 내가 흉부외과 의사면 그 자식 머리를 확 열어 내 눈으로 직접 보고 싶어."

언니는 신경외과를 또 흉부외과라고 한다. 형부와 나는 굳이 언니 말을 정정하지 않고 넘어갔다.

언니의 잔소리는 계속되었다.

"리안아, 너는 남자 보는 눈이 도대체 왜 그 모양이니? 너는 중 고등학교 때는 늘 공부도 탑이고, 또 대학에서는 과 수석에, 치과 원장 아빠까지, 네가 도대체 뭐가 아쉬워 지금 이러고 살아야 되니? 우리 주환 씨 좀 봐라. 잘 생겼지. 석사지. 명문대 나왔지. 집안 빵빵하지. 어디 하나 빠지는 게 있니? 지금이라도 영웅이 그 자식이랑 확 이혼해 버리고, 이번 참에 얼굴 싹 다 뜯어고쳐 몸 좋고 인물 좋은 연하나 만나라. 참 우리 패널 중에 멋지고 잘생긴 연하 돌싱 있어. 언니가 소개할까?"

딱 언니다운 발상이다.

"그럼 우리 세라는?"

"그걸 질문이라고 하니? 세라는 당장 그 자식에게 줘버려야지. 너 혹시 이혼해도 절대 혹 달고 나오지 마라. 그 자식 고생 좀 세게 해봐야 정신 차리지. 윤영웅 그 자식은 무슨 복에 리안이 너를 만나 아빠 빌딩에 스타벅스도 떡하니 차지했잖아. 지는 손끝 하나 까딱 안 하고, 밤낮으로 라운딩이나 하면서 바람만 피우잖아. 일은 알바한테 다 시키고. 그 자식 우리 리안이 만나 아예 팔자를 고쳤어. 지금은 완전 상팔자야. 영웅이 걔는 상팔자 복이 그 잘난 얼굴에 있니? 아니면 근육질 몸에 있니? 아무튼 그 자식이 가만 보면 외모와 허우대는 참 멀쩡하기는 해."

형부가 이마를 찌푸린다. 윤영웅 외모 칭찬이 싫은 눈치다. 형부도 얼굴은 다비드 조각이지만, 남편보다 키가 작다.

"아무튼 리안아 이번에 싹 갈아엎고 여수 내려갔는데도, 윤영웅 그 자식 밖으로 나돌면 진짜 끝내라. 나 이제 더 이상 네가 울고불고하는 거 못 본다. 리안이 너는 다른 일에는 강단이 있는데, 유독 영웅이한테만 벌벌 기어다니는 쥐새끼더라."

"언니, 그건 인정. 나 이상하게 세라 아빠에게 꼼짝을 못 해. 아마 내가 영웅이를 더 사랑해서 그런가 봐."

"이제 그럴 필요 없어. 외모로 동등해지면 나머지 조건이 모두 네가 더 우수해. 명문대 시각디자인과에, 영어, 불어 능통에, 키는 170cm에, 할아버지에게 물려받은 재산에, 어디 그 자식과 견주어 빠질 데가 있니?"

오랜만에 지안이 언니 말에 속이 후련하다. '그동안 나는 이런 조건들이 차고 넘치는데, 왜 4년이나 쥐새끼처럼 눈치나 보고 항상 몸을 사리고 살았을까?' 물론 사람 관계를 이런 외적인 조건들로 비교하는 건 합리적이지 못하지만, 오늘만큼은 언니의 두둔이 싫지 않다.

새엄마에게 맡긴 세라가 벌써 보고 싶다. 이제 39개월인 내 아기, 몽글몽글 얼마나 사랑스러운지 모른다. 윤영웅이 결혼해서 유일하게 나에게 잘한 행동이 딱 하나 있다. 그건 나에게 세라를 만들 성염색체를 제공해준 것이다.

나는 어릴 때부터 이상하게 아들보다 딸이 더 좋았다. 신혼부터 늘 반복되던 독수공방을 나는 그 가녀리고 깃털 같은 우리 몽글이, 윤세라와 와인 한잔으로 버틸 수 있었다. 세라가 '엄마'라고 나를 처음 불렀을 때, 나는 처음으로 심장이 달콤해지는 야릇한 감정을 느껴보았다. 세라가 그 고사리 같은 손으로 처음 나의 눈물을 닦아주었을 때는 신에게 감사의 기도를 드렸다.

잘 익은 사과처럼 볼그레한 세라 볼에 나는 뽀뽀를 퍼붓는다. 이제 네 살이 된 세라는 아직 나의 뽀뽀를 거부하지 않고, 세라도 나의 뺨에 뽀뽀를 퍼붓는다. 너무너무 행복하다. '몽글몽글' 세라를 생각하면 늘 떠오르는 형용사다.

하지만 세라는 천식이 있어 항상 내 마음을 아프게 한다. 응급실도 자주 간다. 하지만 새엄마가 마치 친엄마처럼 나와 세라를 잘 케어해주어 이제 천식도 무섭지 않다. 윤영웅이 아무리 밖으로 나돌아도 나는 우리 세라만 있으면 된다.

갑자기 11년 전에 세상을 떠난 김미주 엄마가 생각난다.

"표리안 환자분, 원장실로 보호자 분과 들어오세요."

'표리안 환자라니? 못생긴 게 병이니?'

나의 지랄 같은 성질이 훅 나온다. 아빠 친구라는 원장은 돈을 얼마나 많이 벌었는지, 아파트 거실보다 큰 원장실을 초호화판으로 꾸며놓았다. 골프 간이연습장의 그린도 눈이 부시다.

"어, 미미 크리에이터님도 같이 오셨네. 우리 개국 공신이시죠. 우리 VVIP님. 어서 오세요."

원장은 자리에서 벌떡 일어나 인사를 한다. 새삼 언니의 파워가 느껴진다.

"원장님 제 동생이에요. 잘 부탁드려요. 그리고 이틀 후에 제 코 필러 원장님이 시술하시는 거, 직접 촬영하러 기술팀이 따라붙을 거예요. 괜찮으시죠? 당연히 늘 하던 대로 원장님 이름과 병원 이름 둘 다 자막에 넣을 거예요."

"우리 미미 님 덕분에 병원 매출이 얼마나 급상승한지 몰라요. 이번 토요일에 저랑 부원장이랑 남편 분과 같이 필드 한번 나가요."

"좋아요. 준비할게요."

"이제 우리 동생 분 얼굴 좀 볼까요? 지금 모니터에 동생 분 얼굴이 나와있죠? 이걸 보고 설명할게요. 요즘 나는 일주일에 두 번밖에 수술 집도 안 해요. 동생 분 영광인 줄 아세요. 자화자찬이긴 하지만, 민창이 땜에 제가 나서는 겁니다. 허허."

"감사합니다."

"이거 얼굴이 완전 피오나 공주네. 쯧쯧 미미 님이랑 닮은 곳이 한 군데도 없네. 완전히 표민창이랑 딴판이네. 아하 첫째 제수씨 닮았구나. 사실 민창이랑 지금 둘째 제수씨 정화는 우리 대학 다닐 때 소문난 CC였어요. 나중에 들었는데, 정화 집에서 민창이가 지방 출신에 경제력도 너무 많이 기운다고 결사반대해서 둘이 헤어졌다고 들었어요. 치대랑 의대랑 같은 건물이어서 우리 셋 다 친했어요. 참 대학 때 우리 와이프랑 넷이 더블데이트도 많이 했어요."

진 원장은 묻지도 않는 아빠와 새엄마 과거를 줄줄 흘린다.

표민창은 아빠 이름이고 정화는 내 새엄마다. 아빠는 미남인 할아버지를 그대로 빼닮아 조각미남이다. 오똑한 코에, 쌍꺼풀진 큰 눈에 선이 굵은 입술까지. 아빠는 피부조차 백옥이다.

지안이 언니도 아빠를 닮아 백옥 같은 피부에 오똑한 코와 시원한 눈, 그리고 앵두 같은 입술과 웨이브 진 긴 머리카락, 그리고 글래머 몸매를 갖춰 남자들이 혹하는 미인이다. 게다가 언니는 일찍 미용과 성형에 눈을 떠 거의 매달 성형외과에 출석하여 미모를 갱신한다.

"그러고 보면 미미 님 아빠는 복도 많아요. 대학 때도 미남이라 여학생들에게 인기가 짱이었어요. 할아버지 좋은 머리와 할아버지 잘생긴 얼굴을 다 물려받았어요."

"그러게요. 저도 아빠 유전자를 100% 받아서 이렇게 유명인이 되었잖아요."

"미미 님도 워낙 미인이죠. 민창이 결혼식에 가서 제가 좀 놀랐죠. 첫 번째 제수씨가 얼굴이 좀 그랬죠. 그래서 민창이가 밖으로 많이 나돌았죠."

'지금 아내가 못생기면, 남편이 바람피우는 게 정상이라는 얘기야? 뭐야?'

나는 원장의 사고방식에 반기를 들고 싶었으나, 다 귀찮아 입을 꾹 다물고 앉아있었다.

진 원장은 나를 보고 계속 '피오나'라고 부른다. 이제 나는 피오나를 인정한다. 애니메이션 '슈렉'에 나오는 피오나는 2001년, 슈렉이 개봉할 때부터 이어져온 나의 닉네임이다. 커다란 눈과 넓적한 코와 두꺼운 입술과 통통한 뺨, 내가 아무리 세세하게 뜯어봐도 나는 피오나 그 자체다. 반박이 불가하다. 다만 슈렉의 피오나는 통통해도, 나는 몸이 야윈 편이고 가슴이 작다.

"원장님 수술 부작용은 없어요?"

"네? 미미 님 동생 분은 어디 조선시대에 살다 왔어요? 요즘 성형은 밥 먹듯이, 마트에서 장 보듯이, 백화점에서 쇼핑하듯이, 편안하게 하는 거예요. 돈만 있으면 끝이죠."

"원장님 역시 멋지게 대답해주셔서 제 속이 다 시원하네요. 제 동생이 워낙 보수적이에요. 이해하세요."

"민창이는 정화랑 잘 살죠?"

"그럼요. 새엄마랑 같이 치과 하면서 깨를 볶죠."

"그놈은 와이프 복도 많아요. 새 제수씨 집도 서울에서 알아주는 부자잖아요."

"네. 저도 새엄마랑 같이 서울에서 쇼핑 자주 해요. 새엄마 쓰는 단위가 다르긴 해요."

'이러다 오늘 안에 견적이 나올까?'

원장은 독심술이 있는지, 모니터에 나온 피오나 얼굴에 마우스로 선을 긋기 시작했다. 집중력이 짱이다. 여기 병원이 이렇게 잘될 정도면, 믿고 맡겨도 되겠지.

잠시 후 바뀐 얼굴을 모니터로 보여준다. 언니는 환호성을 질렀다.

"와우 원장님, 우리 리안이 완전 연예인이네요. 이제 제부를 꽉 잡고 살겠어요."

언니 혼자 신이 났다.

누군가 원장실 문을 두드린다. 이번엔 가슴 성형을 도와줄 젊은 의사다.

"어머! 부원장님 덕분에 제 구독자가 얼마나 늘었는지 몰라요. 남편도 너무 좋아하고요. 부원장님이 감쪽같이 해주셔서 남편은 가슴 성형은 아예 눈치도 잘 못 채더라고요. 그저 제가 체중이 조금 불어 가슴도 커진 줄 알고 있어요. 호호 부원장님 너무 감사해요. 우리 동생도 잘 부탁드려요. 동생은 좀 많이 크게 해주세요. 제부가 깜짝 놀랄 사이즈로요."

이제 언니와 부원장실에 와 가슴 성형에 대한 설명을 들었다. 나는 지금이라도 이 병원에서 빨리 나가고 싶다는 생각밖에 들지 않는다.

형부는 배정된 특실에서 아이스커피를 마시며 넷플릭스를 보고 있다.

"지안 씨, 상담은 잘 끝났어요?"

"네. 원장이 잘해줄 것 같아요, 견적은 제법 나오겠지만. 사실 리안이 애가 돈이 좀 많아요. 그런데도 아빠가 다 계산한다고 했대요. 수술은 내일 10시예요. 리안아, 네 수술 우리 플라스틱 뷰티 콘텐츠에 담으면 눈, 코, 입, 심지어 가슴까지 다 갈아엎을 구독자 분들에게 대박일 텐데. 리안아 너는 아예 싫지?"

"응 언니 나 정말 싫어."

"그러지 말고 처제, 한번 생각해봐요. 수술 과정을 촬영하면 혹시 모를 의료사고도 막을 수 있어요."

"언니 저 유명한 원장이 촬영을 허락했어?"

"응 소독만 철저히 하면, 특별히 우리 팀은 매번 필요할 때 촬영을 허락해."

"원장이 지금도 돈을 많이 벌 텐데, 아주 더 벌려고 발악을 하는구나."

"리안아, 바프린-V라고 했나? 밥풀이라고 했나? 하여튼 엄청 좋은 신약이 개발되어 전 세계에서 서로 구매를 하려고 줄을 섰대. 우리 원장님이 또 누구니? 강남 최고 성형외과 원장이잖아. 벌써 발 빠르게 구입해 쓰고 있는데, 효과가 너무 좋아. 나도 벌써 두 번인가 이 신약으로 수술했어. 상처도 빨리 치유되고, 부작용이 하나도 없어. 아마 너도 이 신약으로 해줄 거야. 단가는 비싸지만 내가 원장님께 특별히 부탁했어."

"나는 부작용이랑 상관없이 성형수술 자체에 거부감이 있는 거야. 지안이 언니, 나는 지금 내 얼굴이 좋아. 나 언니 얼굴 하나도 부럽지 않아.

언니도 나 잘 알잖아. 언니 콘텐츠에 얼굴 비칠 생각 하나도 없다고. 난 그런 걸로 돈 버는 거 진짜 싫어."

나의 독설에 언니와 형부는 질렸는지, 더 이상 촬영도 권하지 않고, 콘텐츠 정리하러 강남 사무실에 가버렸다. 요즘 언니 수입이 어마어마해, 샐러리맨인 형부가 오히려 언니를 지원하고 있다.

둘은 딩크족이다. 콘텐츠가 끝나면 둘은 주말에 라운딩을 하거나, 홍콩, 대만 등 근교로 여행을 자주 간다. 아주 만족스런 결혼생활이다. 음식은 주로 배달음식으로 끝낸다. 집 청소는 일주일에 두 번 오는 아주머니가 다 정리해준다. 스트레스가 없는 삶이다.

내가 지안이 언니에게 유일하게 부러운 건 남편과 잉꼬처럼 잘 지내는 딱 그 한 가지다. 나는 그 한 가지가 해결이 되지 않아 지금 이렇게 나의 의지와는 반대인 성형까지 하러 병원에 와있다.

차라리 영웅이가 처음부터 나를 가스라이팅 하지 않았으면, 나는 살면서 다른 남자도 만나봤을 것이다.

'사람의 습관은 참 무섭구나. 지금 영웅이가 나에게 어떤 나쁜 짓을 해도, 나의 머릿속에는 예전에 나만 졸졸 따라다니던 순수한 영웅이 모습만 남아있어. 그래서 모든 걸 다 너그럽게 용서하게 돼. 이게 잘못된 거야. 표리안 앞으로 바로 잡아야 돼.'

언니에 비하면 나는 결혼생활이 몹시 힘들다. 미술학원을 하던 나는 세라의 천식 때문에 미술학원 일도 접고, 세라에게 온 힘을 쏟는다. 하지만 언제라도 미술학원을 오픈하고 싶어 학원 건물은 세를 놓지 않고, 그대로 남겨두었다. 가끔 세라와 같이 빈 학원에 가서 그림을 그리며 시간을 보내기도 한다.

이게 모두 다 건물주 아빠 덕분이다. 아니, 엄밀하게 말하면 이 건물을 사준 외할아버지 덕분이다.

이제 나는 남편을 포기하고, 세라를 잘 키우는 것으로 인생 목표를 바꾸어야 한다.

'하지만 난 세라를 아빠 없는 가정에서 키우고 싶지 않아. 외할머니랑 엄마가 나에게 늘 말했어. 여자가 가정을 이루면 그 가정을 끝까지 책임져야 한다고. 사실 영웅이가 지금은 밖으로 나돌지만 초등학교부터 고등학교까지 나에게 얼마나 잘해주었니?'

마음이 하루에 열두 번도 더 널뛰기를 한다.

실제로 영웅이는 일곱 살에 벌써 나에게 결혼하자고 우리 엄마 아빠 앞에서 정식으로 프러포즈도 하고, 매일매일 우리 집이나 치과에 찾아와 내 얼굴을 보고 가야 잠을 자는 순수한 아이였다.

지안이 언니는 매일 투덜댔다.

"윤영웅 재 미친 거 아니니? 도대체 나라면 모를까? 리안이 너 어디를 보고, 저렇게 미쳐서 네 뒤만 졸졸 따라다니는지 몰라. 윤영웅 덩치는 좀 크니? 아무리 봐도 재 저능아다. 그렇지 않으면 설명이 되지 않는 불가사리한 일이다."

지안이 언니는 독서를 싫어해 항상 단어를 많이 틀린다. 나는 방학 때 외할아버지에게 한자를 배워, 또래에 비해 사자성어를 좀 많이 아는 편이다.

"히히 언니 불가사리가 아니고 불가사의야. 불가사리는 바다에 사는 별 모양의 극피동물이야."

"그게 그거지 뭐. 너는 가끔 그 잘난 척하는 버릇 때문에 밥맛이야. 흥."

초등학교 1학년 시절부터 고등학교 3학년까지 항상 내 옆에는 든든한 영웅이가 있었다.

나는 쉬 잠이 들지 않는다. 내일 있을 수술로 긴장이 많이 된다. 그동안의 삶이 주마등처럼 머리를 스치고 지나간다. 이제 서른둘인 나의 삶 속에 가장 강렬한 기억은 역시 남편인 윤영웅이다.

일곱 살에 나를 구하다 송아지만 한 진돗개에 물려 피를 철철 흘리던 영웅이. 초등학교 6년 동안 하루에 한 번씩 내 얼굴을 꼭 보겠다고, 우리 집으로, 치과로 달려오던 영웅이. 다들 못생겼다고 지적하는 내 얼굴을 본인 눈에는 세상에서 가장 예쁘다고 떠벌리고 다니던 영웅이. 항상 상큼한 비누향이 매력적인 영웅이. 비가 오나 눈이 오나 지 생일은 까먹어도 내 생일은 꼭 챙겨주던 영웅이. 도서관은 죽기보다 싫어하면서도 나를 따라와 잠만 자던 영웅이. 교환일기(글씨는 삐뚤삐뚤, 맞춤법은 틀리지만)를 10년 동안 하루도 빠짐없이 쓰던 영웅이. 나와 결혼하겠다고 우리 아빠 엄마에게 매일 다짐을 받던 영웅이. 중학교부터 지안이 언니에게 처형이라고 부르던 영웅이. 생리통이 심할 걸 대비해 본인 책가방에 진통제를 가지고 다니던 영웅이. 아 참, 생리대까지 여분으로 가지고 다니던 영웅이. 갑자기 비가 오면 가방에서 우산을 착 꺼내던 영웅이. 미술학원이 끝나면 어김없이 나타나 집까지 배웅해주던 영웅이. 항상 내가 좋아하는 크래커를 종류별로 넣어 다니던 영웅이. 영웅이 가방은 교과서는 하나도 없이, 모조리 나를 위한 잡화점이었다.

영웅이는 공부에는 관심이 없어 성적이 거의 꼴찌다. 그럼에도 불구하고 나는 영웅이가 좋다. 나의 초중고 시절은 모조리 영웅이와 함께였다. 자연스럽게 영웅이가 스며들어 나는 딴 남학생과의 미래는 생각해본 적이 없다. 늘 영웅이와 결혼하는 것이 당연하다고 여겼다.

그런 영웅이가 변하기 시작한 건, 고등학교 3학년 가을쯤 그 녀석이 영웅이 반으로 강제전학을 오고부터였다. '강수찬!' 그 녀석이 영웅이와 친하게 되면서, 영웅이는 나를 멀리하게 되었다. 벌써 소년원에도 다녀왔다는 강수찬은, 외모는 멀쩡했다. 준수한 외모에 항상 깔끔한 교복 차림으로 약한 아이들을 지능적으로 괴롭히는 아이이다.

나는 영문도 모른 채 영웅이에게 10월 23일에 이별 쪽지를 받았다. 영웅이 없는 학창시절을 보낸 적이 없었던 나는 너무너무 외롭고 힘들었다.

'언젠가 다시 나에게 돌아오겠지.'

영웅이와 나는 같은 초등학교, 같은 중학교, 같은 고등학교를 다녔다. 하지만 그때부터는 같은 학교를 다녀도 3학년인 나와 2학년인 영웅이는 잘 마주치지 않았다.

'그럼 이전에 그렇게 자주 보았던 것은 순전히 걔가 노력한 덕분이구나.'

영웅이가 멀어져갔을 때, 비로소 나는 영웅이가 얼마나 나에게 정성을 쏟았는지를 알 수 있었다. 나는 강수찬을 증오했다. 아빠랑 엄마도 놀렸다.

"우리 윤 서방이 요즘 도통 소식이 없지? 바람이 났나?"

'네. 영웅이가 바람났어요. 강수찬이라는 전학생과 바람이 심하게 났어요.'

나는 사실 영웅이 교실에도 찾아가고, 영웅이 집에도 찾아가 다시 만나자고 무릎 꿇고 애원하고 싶었다. 하지만 그놈의 자존심이 허락하질 않았다.

일요일 저녁이면 나는 일부러 영웅이 집 근처를 배회했다. 영웅이 집과 우리 집은 걸어서 5분 거리이다. 영웅이는 강수찬과 또 다른 껄렁껄렁한 남학생 몇몇과 담배까지 피우며 우르르 어디론가 급하게 가고 있었다. 나는 나무 뒤에 숨었다. '쟤가 어디까지 잘못되려고 저럴까?'

나는 일부러 영웅이에게서 관심을 끊었다. 영웅이의 누나이자, 내 절친인 영미와도 미술 학원을 핑계로 멀어졌다.

하지만 얼마 안 가 영웅이에게서 나는 비누향이 그리워 일부러 마트에서 서로 향이 다른 비누를 10개나 구입했다. 10개 중 라일락 비누가 윤영웅 향이다. 하지만 비누만으론 부족했다.

열아홉 인생 처음으로 나는 영웅이 때문에 심장이 아팠다.

저녁부터 금식이다.

새엄마에게 전화해 세라와도 통화를 했다. 세라는 이제 네 살이다.

"세라야 엄마야. 우리 몽글이 맘마 먹었어?"

"엄마 맘마 먹었어? 세라는 맘마 먹었어. 오늘도 아빠는 집에 안 와?"

세라는 유난히 말을 빨리 배웠다. 이게 다 새엄마의 낱말 카드 덕분이다. 나는 갑자기 눈물이 나왔다. 갑자기 세라도 따라 운다.

"리안아 세라는 잘 있어. 아무 걱정 말고 예쁘게 하고 와서 윤 서방 코를 납작하게 해줘라. 세라 목욕 시간이다. 이만 전화 끊자. 내일 내가 전화할게."

세라에게 지극정성인 새엄마가 나는 늘 고맙다.

세라는 영웅이를 빼닮았다. 세라는 하얀 얼굴에 긴 속눈썹이 매달린 커다란 눈과 선명한 빨간 입술과 오똑한 코로 모든 사람들의 예쁨을 받는다. 이리 보고 저리 보아도 세라는 눈, 코, 입이 선명하게 생긴 영웅이와 판박이다. 영웅이도 속눈썹이 길다. 때로는 세라를 지안이 언니 딸로 오해하는 동네 사람들도 있다.

나는 해산물을 좋아한다. 성게알 비빔밥과 멍게 비빔밥은 사족을 못 쓸 정도로 좋아한다. 세라는 식성도 영웅이를 닮아 해산물은 아예 입에 대지도 않는다. 세라는 달걀찜을 가장 좋아하고, 고기 요리를 두 번째로 좋아한다.

세라는 어린이집에 다닌 지 이제 2개월이 되었다.

"엄마 나 로운이가 좋아."

세라는 벌써 좋아하는 남자아이도 생겼다. 로운이는 세라보다 훌쩍 큰 키에 피부가 하얀 남자아이다. 세라는 어린이집에서 집으로 오면 폰을 들고 동영상에 심취해 있다. 나는 하루에 한 시간은 허용한다. 뽀로로는 우리 세라가 너무 좋아하는 동영상이다. 세라는 때론 할아버지와 할머니 앞에서, 걸그룹 춤 동영상을 보고 그대로 따라해 배꼽을 잡게 한다. 세라는 늘 활달하다.

마음이 항상 바다같이 넓은 시누이 영미도 세라를 예뻐해 자주 우리 집에 들른다. 영미는 여수대 사범대를 나와 임용고시를 3년 만에 합격해, 여수에 있는 중학교에 출근을 한다. 담당과목은 미술이다. 교사로 부임하면서 영미는 원룸을 얻어 독립했다.

우리 삼총사 중 또 한 명인 탁 에스더는 아직 임용고시에 합격을 못해 고등학교 화학과 기간제 교사로 근무한다. 에스더는 부모님이 두 분 다 교회를 다녀, 동생 이름도 다 성경에 나오는 이름들인데, 둘 다 똑순이다. 에스더도 영미랑 같은 원룸 건물에 산다.

둘 다 싱글이라, 우리는 주말에 자주 만난다. 그리고 둘 다 세라를 좋아해 나는 세라를 데리고 커피숍을 향한다.

"세라는 왜 이리 예뻐?"

"다 고모인 나를 닮아 이렇게 예쁘지. 호호호."

직장을 가지고 출퇴근하는 둘을 보면 조금 부럽지만, 세라를 보는 순간 나는 이 세상에 그 누구도 부럽지 않다.

나는 수술 전 마지막으로 남편에게 전화했다.

"세라 아빠, 나 서울 병원이야."

주변이 시끄럽다. 또 술집인 모양이다.

"누나 왜 전화했어?"

결혼 4년이 지나도 남편은 나에게 누나라고 부른다. 밖에 나가면 아직도 미혼처럼 행세를 하고 다닌다고, 영웅이 주변 친구들이 나에게 귀띔을 해준다.

"누나 나 일이 바빠. 전화 끊어."

여자들 웃음소리가 들린다.

"세라 아빠, 나 성형하면 이제 밖으로 나돌지 않을…."

남편은 이미 전화를 끊었다. 나는 마음으로 이미 남편을 포기한 줄 알았다. 하지만 아직도 얄궂게 눈물이 난다. 나는 티슈로 눈물을 훔치고, 약봉지를 꺼냈다. 나는 간호사가 주고 간 약봉지에서 저녁에 먹을 약을 꺼내 먹었다. 노란색 수액은 아까부터 동맥 속으로 방울방울 떨어지고 있다.

'성형을 하고 나면 정말 남편이 이제 더 이상 바람을 피우지 않고 가정으로 들어올까? 남편이 그냥 한 말은 아니겠지.'

2016년, 스물여덟의 나는 영웅이와 그토록 소원하던 결혼을 했다. 영웅이는 택배기사로 일했다. 그런 영웅이가 창피한 아빠는 결혼 조건으로 중앙동에 있는 아빠의 치과 건물에 '스타벅스'를 열어준다고 제안했다.

카페 상가도 같이 넘겨주는 조건으로….

'그런 유혹에 안 넘어갈 남자가 몇이나 있을까?'

처음엔 나는 아빠의 다소 굴욕적인 제의를 모른 채 결혼했다. 결혼식을 보름 앞두고, 지안이 언니에게 전말을 들었다. 아빠와 영웅이 둘 다에게 배신감을 느꼈다.

누군가 노크를 해 상념에서 깨어났다.

"네. 문 열려있어요."

키가 큰 남자가 배낭을 메고 성큼 들어온다. 시트러스 향이다. 내가 좋아하는 향이다. 상큼하게 헝클어진 갈색 머리, 아름다운 갈색 눈동자, 날렵하고 오뚝한 콧대와 얇지도 두껍지도 않은 적당한 크기의 촉촉한 입술, 눈처럼 하얀 얼굴, 떡 벌어진 탄탄한 어깨. 부드러운 미소와 보조개…. 와우 이케다 타쿠미다.

"타쿠미 이게 웬일이야? 여기 어떻게 알고 왔어?"

"리안, 나 숨 차. 공항에서 급하게 왔어. 어제 리안이 알려준 병원 이름 기사님께 보여주니까. 유명한 곳이라고 바로 여기로 데려다주었어. 안내 데스크에서 입원실 알려주었어. 리안 기분은 괜찮아?"

"아니. 괜찮지 않아."

타쿠미는 어학에 남다른 재주가 많아 영어, 불어, 이제 한국어까지 제법 능숙하다. 물론 일어는 기본이다. 타쿠미 앞에서 나는 결국 무너졌다.

"타쿠미 나 성형 같은 거 하기 싫어. 이렇게 해서 남편을 붙잡으면 뭐해? 영웅이는 또 다른 트집을 잡아 밖으로 나돌 게 틀림없어."

"뭐라고? 너의 자존감을 올리기 위해 성형하는 것이 아니고, 남편을 잡기 위한 수단으로 네가 그토록 경멸하던 플라스틱 서저리를 하는 거야? 리안 그건 나도 반대야. 처음 보이스톡으로 들었을 때부터 이상하다 생각했어. 평소 네가 세상을 보는 눈과 세상을 살아가는 철학으로 봤을 때, 플라스틱 서저리가 뭔가 너랑 부합이 되지 않아 빨리 오고 싶었어. 그래서 계절학기 마치자마자 도쿄에서 급하게 날아온 거야. 그리고 나는 리안이 지금 얼굴이 좋아. 리안 제발 플라스틱 서저리 하지 마."

타쿠미는 파리 유학을 마치고 지금 도쿄대학에서 강사를 맡고 있다. 나는 타쿠미가 강의를 마치자마자, 한달음에 날아와 지금 내 옆에 있다는 사실에 엄청난 위로를 받는다. 타쿠미는 나의 4년간의 결혼생활을 소상하게 다 알고 있다. 우리는 거의 매일 톡을 한다.

"네 남편은 정말 너무해. 못생긴 얼굴 때문에 바람을 피우다니, 어떻게 그런 말을 할 수 있어? 그래서 리안 내일 수술할 거야?"

"타쿠미 솔직하게 말하면 나 수술 안 하고 싶어. 지금이라도 이 입원실을 빠져나가고 싶어."

"그럼 리안 나랑 나가자. 나도 솔직하게 말하면 리안이 지금 얼굴이 변하는 거 조금 무서워."

타쿠미가 성형수술을 적극 반대한다.

"타쿠미 네가 왜?"

"나 지금의 리안이 얼굴이 좋아. 나 피오나 얼굴 많이많이 좋아하는 거 너도 알잖아. 네 얼굴이 얼마나 사랑스러운지 이 세상에서 리안 남편만 몰라."

"타쿠미 진짜야? 네 눈엔 내가 사랑스러워?"

"그럼 내가 천만번을 얘기해도 너는 도대체 믿지를 않니? 나 중학교 때부터 슈렉에 나오는 피오나를 정말 좋아했어. 리안 너는 완전 피오나 그 자체야. 얼마나 사랑스러운지 몰라."

"아니, 이제 믿어. 조이 엄마에게 네가 피오나 좋아한다는 얘기 다 들었잖아. 타쿠미, 나 그럼 이 수액주사 확 뽑아버린다."

"그래. 확 뽑아버려. 이제 드디어 캐나다 시절 리안으로 돌아왔네."

하지만 나는 행동에 옮기지 못했다. 타쿠미와 병원 식당에 가서 저녁을 먹고, 다시 특실로 돌아왔다. 병원 식당은 놀랍다. 호텔 레스토랑에 버금갈 정도로 쾌적한 환경을 제공하고, 열 명의 셰프가 뷔페음식을 계속 챙겨준다. 물론 다 프리다. 병원비에 다 포함이 되어있다고 한다. 환자든, 보호자든 다 프리다.

"여기 음식이 맛있네. 이 맛있는 걸 다 프리로 제공한다고?"

타쿠미는 믿을 수 없는 표정이다. 심각해야 할 순간에 타쿠미의 환한 표정과, 금식이지만 자연스럽게 입안에 침이 고이는 나의 상황이 눈물이 날 만큼 웃겨 나는 실성한 듯 웃었다. 요즘 들어 가장 크게 웃은 듯하다. 결혼식을 치른 이래 나는 웃을 일이 1도 없었다.

"리안 그만 웃어. 나중에 배 아프단 말이야."

"응. 타쿠미."

환자복을 입은 젊은 아가씨들이 타쿠미를 힐끔거리며 자기들끼리 귓속말을 한다.

'우리 타쿠미가 미남이라 정신을 못 차리겠지?'

나는 어깨가 으쓱했다.

'표리안 너도 별수 없구나. 타쿠미가 미남이라 우쭐대는 걸 보면….'

환자복을 입은 남녀노소가 보호자와 앉아 담소를 나누기도 하고, 커피를 마시기도 한다. 일흔이 넘어 보이는 환자도 많다.

'저 나이에도 성형을 하나 보구나. 진짜 이 병원 돈을 많이 벌겠네.'

타쿠미는 열두 시가 넘도록 나와 이야기를 나누다 소파에서 잠들었다.

다음 날, 아침 9시쯤 언니와 형부가 왔다. 오늘도 언니는 풀 메이크업에 날아갈 듯 화사한 화이트 시폰 원피스를 입고, 마스크를 쓰고 나타났다.

"리안아 이번 달은 부산에 사는 이 여자가 성형 대상자로 뽑혔어. 정말 못생겼지? 원장님도 아주 만족해."

언니의 SNS에는 전국에서 무료로 성형하고 싶은 사람들이 사진을 찍어 DM을 보낸다.

언니가 한 달에 한 명을 뽑아 이 성형외과에서 수술을 받고 비포, 애프터를 플라스틱 뷰티 채널에서 영상으로 내보낸다. 사람들은 언니 유튜브에 열광한다.

'세상이 미쳐 날뛰는구나. 우리 인체에서 손바닥만큼 작은 크기의 이 얼굴이 도대체 뭐라고?'

나는 도저히 이해가 안 되는 요즘 세상이다.

"어머 이 잘생긴 외국인은 누구야?"

언니는 눈이 동그래져 묻는다.

"타쿠미 인사해 우리 언니와 언니 남편이야."

"저는 타쿠미, 리안과 캐나다에서 어학연수 같이 했어요."

언니는 타쿠미의 영어에 금방 기가 죽어버려 형부 뒤로 몸을 숨겼다. 타쿠미는 다시 유창하게 한국말을 했다.

9시 40분에 간호사가 휠체어를 갖고 왔다.

"어, 리안 수술 안 한다고 했잖아."

"타쿠미 미안해 가정의 평화를 위해 내가 잠깐만 눈 질끈 감고 희생을 할게. 여기서 기다려. 대기실에는 언니와 형부로 충분해, 아니면 어제 간 식당에서 아침밥 먹어."

타쿠미 표정이 어둡다. 나는 환하게 웃어주고 병실을 나왔다.

"오늘 컨디션 괜찮죠?"

간호사가 친절하게 묻는다.

"네. 좋아요."

언니와 형부는 계속 깔깔거리며 수술실 옆 대기실에서 손을 흔든다. 수술실에는 원장이 수술복을 입고 서 있다. 아주 여유만만한 표정이다. 바로 마스크를 쓴다. 간호사가 세 명이나 있고, 옆에 또 두 명의 남자 의사도 보인다.

나는 소독 방을 통과한 후, 수술대 위에 눕혀졌다. 몸이 덜덜 떨린다. 온갖 기계에 달린 복잡한 형태의 줄과 주사가 내 몸에 꽂힌다. 나는 흡사 얼마 전 넷플릭스에서 보았던 영화 '제5원소'에 나오는 여자 주인공 같다.

"환자분 마취 들어갑니다. 하나 둘 세면 됩니다."

"환자분 마취 들어갑니다."

나는 벌떡 일어났다.

"어머 환자분 위험해요. 왜 이러세요?"

"환자분 혹시 공황장애?"

나는 미친 듯 몸에 달려있는 여러 개의 줄을 있는 힘을 다해 뽑아버렸다. 간호사들이 나를 붙잡았으나 나의 완력은 가히 폭발적이다. 원장이 급하게 대기실에 있는 언니를 불렀다. 간호사들이 급하게 나를 붙잡았다.

"오 마이 갓! 표리안 환자분 지금 무슨 짓이에요? 미쳤어요? 나 원 참 기가 차서 말이 다 안 나오네."

원장도 당황해 소리를 지른다. 언니가 뛰어 들어왔다.

"어머나 이게 무슨 일이에요?"

"미미 님, 나 지금 엄청 당황했어요. 오늘 수술 시간이 최소 7시간이라

다들 긴장하고 있는데, 동생 분 도대체 정신이 나갔어요? 미미 님과 민창이 봐서 바쁜 스케줄 겨우 조정해 날짜 빼놓았더니, 이렇게 행패를 부려 수술실 펑크까지 내버리면 도대체 어쩌자는 거예요? 윤 간호사 이 간호사 이 환자 당장 수술실에서 내보내요. 이런 상태론 나 도저히 오늘 수술 못 해."

간호사들과 남자 의사들이 부산하게 흩어진 기구들을 재빨리 치우기 시작했다.

"어머 원장님. 죄송해요. 제 동생이 원래 이런 애가 아닌데, 이거 참 제가 어떻게 사과를 드려야 할지 모르겠네요."

누구에게나 늘 당당한 언니가 미친개처럼 날뛰는 원장에게 머리까지 조아리며 굽실대는 모습을 보니, 나는 갑자기 웃음이 터져 나왔다.

"푸하하 하하하 하하하."

"미미 님 아무래도 동생 분 좀 이상해요. 빨리 정신과부터 데리고 가 보는 게 좋을 것 같네요."

"원장님 죄송해요. 정말 죄송해요. 리안아 너 괜찮아?"

"언니 나 아주 정상이야."

나는 수술대에서 내려와 맨발로 유유자적 입원실까지 혼자 걸어갔다.

몸 깊은 곳에서 또 스멀스멀 웃음이 기어 나왔다.

나는 몸이 시키는 대로 자유롭게 큰 소리를 내며 웃었다.

"푸하하 하하하 하하하."

언니와 형부는 이 기괴한 상황이 이해가 되지 않아 아예 아무 말이 없었다.

나는 타쿠미에게 유쾌하게 명령했다.

"타쿠미 배낭 챙겨. 나도 짐 챙길게. 우리 지금 바로 병원 나가자!"

"네! 피오나 공주님."

언니와 형부는 소파에 털썩 앉았다. 나는 타쿠미와 짐을 챙겨 주차장에서 차를 빼 순천 외가로 달렸다.

할아버지는 이상하게 그 많은 재산을 나에게만 다 주었다. 할아버지 한의원 빌딩도, 할아버지 집도, 통장에 있는 현금도 모두 장 변호사를 통해 지구에 오직 단 한 사람, 나에게만 모두 상속했다. 아빠에게도 언니에게도 10원 하나 남겨주지 않았다. 둘 다 실망이 엄청났겠지만, 별도리가 없는 모양이다. 나는 어린 나이에 어마어마한 부자가 되었다.

할아버지 장례식이 끝난 후, 맨 먼저 나는 외가에 들러 정원사 아저씨와 아주머니에게 아래채에 그대로 사시라고 했다. 그리고 할아버지 소유 빌딩 월세가 입금되는 통장에서 두 분의 월급을 자동이체 했다. 두 분은 너무 좋아했다.

"제가 한 번씩 들를 거예요. 우리 할아버지 할머니 살아계실 때처럼 안채도 가끔 청소 부탁드려요."

"리안이 아가씨 감사해요. 우리가 고향집에 가려고 해도, 이제 그 집도 아들 녀석이 사업한다고 팔아버려 남의 집이 되었대요. 그래서 원룸이라도 구해보려고 했는데, 이렇게 고마운 일이…."

김 기사 아저씨는 넉넉한 퇴직금을 드리고 다른 곳으로 가시게 했다.

병원을 나온 나는 정원사 아저씨에게 먼저 전화를 드리고 출발했다. 언니가 계속 전화를 해댔지만, 나는 전원을 아예 꺼버렸다.

'언니, 형부, 정말 미안해요. 나중에 내가 맛있는 음식 대접하면서 꼭 정식으로 사과할게요. 지금은 좀 봐주세요. 나도 머리가 터질 것 같아요. 나도 쉼이 필요해요. 4년 동안 정말 힘들었어요. 나도 이제 뭔가 새로운

결단을 내려야 할 것 같아요.'

나는 순천 외가에 내려와 내 방에서 아무 생각 없이 타쿠미와 배달음식을 시켜 먹고, 저녁이면 카페에서 석양을 바라보며 이른바 무위도식을 했다. 고맙게도 타쿠미는 그런 나에게 아무 질문도 하지 않았다. 세라가 너무 보고 싶었으나, 일부러 전화를 하지 않았다. 혹시 세라에게 전화해 우리 몽글이의 목소리를 들으면 나의 결심이 무너질까 겁이 났다.

드디어 나는 결론을 내렸다.

'윤영웅과 이제 정말 이혼이다. 할머니, 엄마, 죄송해요. 하지만 제가 우선 숨을 쉬고 살아야겠어요.'

나는 제일 먼저 타쿠미에게 이혼 사실을 알렸다. 타쿠미는 환한 미소로 하이파이브를 해주었다.

"리안, 남편과의 이혼은 진작 했어야 했어. 너의 새로운 출발을 이 타쿠미는 진심으로 응원해."

타쿠미는 개강 준비로 도쿄로 갔다.

나는 먼저 나의 측근 중 가장 머리가 좋은 여우 '표민창', 아빠를 만나러 왔다. 새엄마는 이제 눈이 침침하다며 아예 치과 일도 접고, 집에서 세라 육아를 거의 80% 도와준다.

"리안아 네가 바쁠 때 세라를 언제든 나에게 맡겨도 돼. 나 세라 잘 키울 자신 있어. 그리고 천식은 너무 걱정 마. 내 친구 서윤희 박사가 요즘 천식도 얼마든지 완치 가능하대. 리안아 우리 힘내자. 알겠지?"

새엄마는 처음 나의 선입관보다 인간적으로 훨씬 괜찮은 면이 많은 여자다. 아빠가 여자 복은 많다.

'우리 엄마도 그렇고, 김정화 여사도 그렇고. 아빠가 이제 더 이상 여자 문제로 사고만 안 치면 우리 집도 이제 아무 문제가 없지 않을까?'

이혼을 결심한 순간, 온몸이 새털처럼 가볍다. 이제 하나 남은 문제는 남편이 순순히 이혼서류에 도장만 찍으면 된다.

'나는 세라만 데리고 오면 돼. 딴 거 다 필요 없어. 그리고 확실한 건, 그나마 남편이 나의 할아버지가 나에게 남긴 그 많은 유산은 아직 모르고 있다는 사실이야. 빨리 아빠와 새엄마랑 의논을 해야겠어.'

초등학교 1학년부터 나를 그토록 사랑한다던 남편은, 결혼 후 나를 가슴 아프게 하는 만행으로 나의 신뢰를 산산조각 내버렸다.

'윤영웅 너는 이제 나에겐 1원의 가치도 없는 사람이 되어버렸어. 4년 동안 네가 자초한 일이야. 나는 죽을힘을 다해 가정을 지키려고 했어. 이 사실은 너의 할아버님, 할머님, 아버님, 어머님, 그리고 영미까지 다 알고 있는 사실이야. 그분들조차 신혼 1년이 지나자마자, 내게 먼저 헤어지라고 했어. 윤영웅 이제 나에게서 벗어나 네 맘대로 이 여자 저 여자 맘대로 만나고 다녀. 너는 이제 프리야.'

타쿠미가 떠나고, 혼자 할머니 방에 우두커니 앉아 지난 4년의 결혼생활을 회상했다.

'할머니, 하늘나라에서 할아버지와 행복하세요? 할머니, 저는 원래 낙천적인 아이였는데, 지난 4년간 불평, 불만만 하고 살았어요. 이제 내일부터 원래 하던 대로 매일 아침 감사기도를 하고, 세라와 함께 아침을 시작할게요. 할머니와 할아버지가 저 좀 도와주세요. 지난 4년은 감사하는 마음조차 깡그리 잃어버린 지옥 같은 결혼생활이었어요. 지금 남편은 옛날 영웅이가 절대 아니에요. 저는 항상 옛날 중, 고등학교 시절의 영웅이 허상에 놀아났어요. 이제 과감하게 놓아줄래요. 이제 진짜 표리안으로 돌아갈래요.'

'엄마, 사랑을 하는 사람과 사랑을 받는 사람은 항상 따로 있는 것 같아요. 제가 그동안 평강공주 콤플렉스에 빠져있었어요. 이제 허상으로 가득 찬 윤영웅 껍질을 깨고 새로운 세상으로 나가볼래요. 너무 윤영웅 세상에서만 바보처럼 살았어요. 윤영웅, 이제 안녕.'

노 플라스틱

꿈일까?

몽롱하다.

어릴 때 기억이 고스란히 꿈에 자주 나타난다. 따끈따끈한 통닭을 키가 크고 시커먼 할아버지가 북북 찢어 영미에게도, 영웅이에게도 나누어준다. 영미네 할아버지다. 옆에는 영미 할머니가 김밥을 그릇에 나누어 담고 있다. 두 분 다 키가 전봇대다.

영미네는 할아버지, 할머니, 아빠, 엄마, 영미, 영웅이 여섯 명이 오래된 큰 주택에 같이 사는 대가족이다. 집은 총 세 채로 위채에는 할머니, 할아버지가 살고, 중간 채는 영미 가족 네 명이 살고, 아래채는 비어있다. 집 평수가 엄청 넓다. 정원에는 꽃도 많고, 텃밭에는 상추, 가지, 오이, 고추. 감자, 고구마, 배추 등 없는 게 없다. 영웅이 엄마는 키도 크고 덩치도 크고 살림도 아주 잘한다. 자전거를 타고 다니며, 동에 번쩍 서에 번쩍이다. 그리고 아저씨, 아주머니는 항상 스마일이다. 나는 대가족이 부럽다.

통닭을 든 할아버지를 보고 나도 쫓아가서 하나 얻어먹고 싶었으나,

우리 엄마는 얼굴을 찡그리며 질색이다.

"리안아 저건 너무 비위생적이야. 위생장갑도 아니고 맨손으로 북북 뜯은 닭고기를 먹다 식중독이라도 걸리면 어쩌려고? 그리고 여름 자외선은 너무 위험해. 리안아 오늘은 이 파라솔 아래에만 꼭 붙어있어. 저기 봐라. 지안이 언니는 선크림도 잔뜩 바르고 파라솔 밑에만 앉아 인형놀이 하잖아."

"엄마 그러면 우리 모사금 해수욕장에 왜 왔어? 아빠는 의자에 앉아 잠만 자고 있고, 지안이 언니는 아빠 옆에 달라붙어 인형만 만지작거리고, 엄마 우리 수영은 안 할 거야? 근데 모사금 해수욕장, 이름이 예쁘다. 무슨 뜻일까?"

"아빠는 월요일부터 토요일까지 진료 보느라 피곤하시잖아. 그리고 리안아 모사금은 모래 해안이란 뜻이래. 엄마도 이름이 예뻐 한번 찾아봤어. 리안아 엄마처럼 저 멀리 바다 수평선 보고 있으면 눈이 맑아져. 너도 해볼래?"

"엄마 나 저기 내 친구 영미랑 놀면 안 돼? 나 쟤랑 같은 반이야. 쟤는 집도 부자고 아빠가 엄청 실력 짱인 고등학교 영어 선생님이야. 남동생도 똑똑하고."

나는 영미에게 가고 싶어 온갖 정보를 주절댔다.

"아빠가 고등학교 영어 선생님이야? 어머, 그럼 엄마는?"

"몰라. 엄마가 뭐 하는지는 나도 잘 몰라."

사실 영미 엄마는 전업주부이다. 나는 알지만 시치미를 뗐다.

"아마 초등학교 선생님인가?"

엄마가 갑자기 기침을 하기 시작한다. 나는 깜짝 놀랐다.

"엄마 괜찮아?"

"그럼, 엄마가 빈혈은 조금 있지만 건강해."

"요즘 자주 기침하고, 자주 어지럽다고 하잖아. 병원에는 가봤어?"

"그럼, 아무 이상 없다고 하더라. 순천 외할아버지가 좋은 한약을 매달 보내줘. 그래서 한약을 꼬박꼬박 챙겨 먹어 엄마는 건강해. 리안아 친구에게 가고 싶으면 잠시만 갔다 오든지."

"진짜? 응 나 빨리 다녀올게. 근데 엄마, 여기 모래사장이 꼭 '어린 왕자'에 나오는 사하라사막 모래 같지?"

"응 정말 그러네. 우리 리안이는 독서를 많이 해 똑똑한 것 같아. 지안아 너도 어린 왕자 읽었지?"

"난 세상에서 책 읽는 게 제일 싫어."

언니답다.

대학에서 국문학을 전공한 엄마는 시집을 좋아하고, 나에게 늘 '어린 왕자'나 '시베리아 망아지', '아이들만의 도시', '조그만 물고기' 같은 동화책을 읽어준다. 나도 엄마도 둘 다 '어린 왕자'를 가장 좋아한다.

나는 영미에게 달려갔다. 영미는 동생 영웅이와 모래 탑을 쌓고 있다. 나는 영웅이가 참 좋다. 남동생이 없어 그런지, 나는 듬직한 체구의 영웅이가 너무 좋다. 영웅이는 키가 크고 체구가 듬직해서 마치 오빠 같다.

"리안이 누나, 어서 와. 여기 내 옆에 앉아."

영웅이는 나를 보고, 너무 좋아 싱글벙글 입을 다물지 못한다. 나도 기분이 좋아 자꾸 웃음이 난다.

"영미야! 반갑다. 나 리안이."

"응 알아 여긴 웬일이야?"

새침데기 영미는 오늘도 시큰둥하다.

나와 영미는 그림을 잘 그려 학교에서 아이들에게 인기가 많다. 둘 다 아이들 얼굴을 너무 똑같이 그려주기 때문이다. 아이들은 먼저 자기 얼굴을 그려달라고 경쟁적으로 먹을 것도 안겨주고 장난감도 안겨주지만, 나는 그저 물욕이 없어 영미에게 다 양보한다.

나는 그저 영미와 가까이 지내는 게 좋고, 영미 집에 놀러가 영미 엄마가 해주는 맛있는 간식을 얻어먹는 것이 가장 행복하다. 나의 최애 음식은 영미 엄마가 쓱쓱 비벼서 무심하게 양푼이에 툭 담아주는 고추장 비빔국수이다. 우리 집에 오는 도우미 아주머니는 그 맛있고 매콤한 비빔국수 맛을 내지 못해 매우 유감이다.

그리고 영미 엄마가 해주는 떡볶이는 또 어떤가? '아니 어린이가 매운 떡볶이라니?'라며 매운 음식을 싫어하는 나였기에, 처음엔 이해가 안 되었지만 지금은 최애다. 누군가 나에게 내일 죽기 전에 두 가지 음식을 제공한다고 하면, 나는 1초의 망설임도 없이 바로 영미 엄마가 해주는 비빔국수와 떡볶이라고 말할 것이다. 엄마가 많이 토라져도 그건 할 수 없다. 어차피 엄마는 요리를 잘 못한다.

엄마는 꽃꽂이 학원을 하는데, 그로 인한 수입은 거의 없는 취미활동이다. 수강생은 항상 다섯 명 안쪽으로 겨우 꽃값 정도만 받는 모양이다. 하지만 엄마가 행복해하면 그걸로 나는 흡족하다.

엄마는 순천에서 아주 유명한 한의원 집 외동딸로 깐깐한 아버지와는 중매로 결혼했다. 여수가 고향인 아버지는 여수시 번화가에 '표민창 치과'를 개원했다. 나는 북적북적한 여수 시내보다 늘 한적한 시골이 좋다.

그나저나 나는 우리 엄마도 영미 엄마처럼 덩치가 크고 건강했으면 좋겠다. 영미 엄마는 항상 자전거를 타고 휭하니 시장에 다녀와, 동화책에 나오는 도깨비방망이 마냥, 뚝딱 맛있는 음식을 만들어준다.

나는 영미와 계속 친하게 지내고 싶고, 동생 영웅이와는 더 친하게 지내고 싶다.

'영웅이 너 진짜 귀여워. 너만 허락하면 볼에 당장 뽀뽀하고 싶지만 보는 눈이 많아 내가 참는다. 호호.'

영웅이가 갑자기 내 볼에 기습뽀뽀를 하고 바닷가로 도망간다.

"리안이 누나, 나 누나가 너무 좋아. 난 누나와 꼭 결혼할 거야."

순식간에 일어난 일이다. 일곱 살 영웅이가 여덟 살 나에게 먼저 뽀뽀를 했다. 하지만 기분이 나쁘지 않다. 그날 이후, 영웅이는 거의 매일 하루에 한 번씩 불쑥불쑥 나타나 뽀뽀를 한다.

"리안아 너는 이제 동네에 소문이 다 나서 우리 영웅이와 결혼을 해야겠다."

영웅이 할머니가 놀려도 나는 그저 웃는다. 나도 영웅이가 좋기 때문이다.

나는 88년생으로 올해 고등학교 3학년이다. 언니는 87년생으로 올해 대학교 1학년이다. 나의 언니는 '표지안'이다. 언니는 아빠의 잘생긴 얼굴과 큰 키를 빼닮아 유전자가 화려하다. 다만 머리는 닮지 못해 공부는 지지리도 못한다. 하지만 얼굴이 예뻐 어디를 가나 사랑을 받는다. 본인도 그걸 강점으로 잘 아는지, 애교도 탑이다. 키는 벌써 166cm에 얼굴은 걸그룹 센터 급이다. 눈에 확 띄는 비주얼이다.

아빠는 마트에서 항상 언니 손만 잡는다. 나는 언제나 엄마와 손을 잡는다. 어릴 때부터 불문율이다.

'나는 거울을 보면 살짝 귀여운데, 왜 남들은 다 못생겼다고 하지? 참

모를 일이야.'

우리 집은 나처럼 못생긴 사람이 없다. 돌연변이란 이런 것일까? 먼저, 친가에서는 여수대학에서 사회학 교수인 할아버지가 미남이다. 금테 안경을 낀 코는 오뚝하고, 입매도 또렷한 얼굴에 키가 174cm이다. 할머니 얼굴도 희고 곱다.

아빠 여동생 '표민희' 고모도 165cm에 빼어난 미인이다. 게다가 고모는 할아버지 대학에서 이미 교수를 하고 있다. 생화학 전공으로 뉴욕에서 박사학위까지 받은 재원이다.

그리고 외가를 살펴볼까? 아! 외할아버지다! 나는 외할아버지와 빼박이다. 외할아버지는 175cm의 큰 키에 체구가 좋다. 하지만 넓적한 딸기코에, 메기같이 두꺼운 입술에, 눈은 새우 눈이다. 외할아버지가 만약 한의사가 아니라 다른 직업을 하셨으면, 음, 할아버지에겐 실례지만 개그맨을 하면 됐겠다. 후후. 외할머니는 키가 158cm이지만 시원시원한 큰 눈에 오목조목 예쁘다.

'우리 엄마는 외할머니 좋은 유전자 90%와 외할아버지 유전자 10%를 닮았구나. 그리고 나는 완전 엄마랑 반대로 물려받았구나. 어쨌든 나는 돌연변이가 아니구나.'

엄마는 무남독녀로, 키가 165cm에 긴 웨이브 머리를 자랑하셨다. 외할머니를 닮은 큰 눈과 석류 같은 입술은 예쁘장하나, 코가 외할아버지를 닮아 조금 벌어진 코이다.

그러면 나는 어떠한가? 키는 우선 170cm이다. 일단 멋지다고 친구들이 부러워한다. 하지만 넓적한 코가 일단 센터를 잡아준다. 눈은 나도 외할머니를 닮아 큼직하고 시원하다. 눈이 예쁘다는 소리는 많이 듣는다. 하지만 입술이 안젤리나 졸리다. 몸은 야윈 편이나, 볼은 통통해 영락없이 100% 피오나다.

'도대체 나의 이 얼굴 조합은 뭘까? 신이 혹시 나를 빚을 때 졸았을까? 아니면 몹시 화가 났을까? 혹은 외할아버지를 보고 빚었을까?'

이 세 가지 상황이 아니면 도대체 피오나가 나올 수 없는 가계도이다.

하지만 나는 내 얼굴에 불만이 없다. 그리고 엄마도 나도 자연스러움을 지향한다. 인공은 질색이다. 그리고 또 하나, 엄마와 나의 공통점은 수영을 좋아해 거의 10년을 같이 주말 반을 다녔다는 것이다. 아빠와 언니는 물이 질색인 사람이다. 그래서 우리 집에서 우리 둘만 수영 실력이 수준급이다. 자유형, 배영, 평영, 접영 등 못하는 영법이 없다.

엄마와 외할머니는 항상 나에게 귀엽다고 하지만, 나는 이미 어릴 때부터 귀엽다는 사전적 의미를 알고 있었다.

'예쁘고 곱거나 또는 애교가 있어서 사랑스럽다. 유의어로는 기특하다, 깜찍스럽다, 깜찍하다가 있다.'

아주 순화가 많이 된 의미라는 걸 나는 안다.

언니는 아빠가 돈의 위력을 발휘해 고액 과외로 밀어붙여, 서울에 있는 대학에 다닌다. 일단 '인 서울'이다. 언니는 나에게 과도 잘 말해주지 않는다. 아빠가 마케팅 관련 학과라고 한다. 나도 사실 궁금하지 않다.

언니는 항상 비밀이 많다. 지안이 언니는 아빠가 마련한 근사한 오피스텔에 벤츠 오픈카까지 타고 다닌다. 남자친구도 자주 바뀐다.

나는 공부도 곧잘 하고, 그림 실기대회에서 수상도 자주 해, 아빠는 무조건 서울 명문대 '시각디자인과'에 가라고 한다. 처음엔 의대를 고집하던 아빠도, 내 성적이 의대에는 미치지 못하는 걸 인정했다. 그래서 고등학교 1학년 때부터 미술 학원을 보내주었다. 하지만 나는 여수대 '시각디자인과'에 가려했다.

'아마 아빠가 기겁을 하겠지?'

나도 다 속셈이 있다. 이게 다 잘생긴 영웅이 때문이다. 영웅이와 멀리 떨어지기 싫다.

나는 대학을 가지만, 영웅이는 이제 고3이 된다. 하지만 요즘 영웅이는 나에게 시큰둥하고, 거친 남자애들과 돌아다닌다. 하지만 나는 나에게 뽀뽀를 해주던 영웅이의 달콤한 입술을 잊지 못해 괴롭다.

'나는 무조건 영웅이와 결혼할 것이다.'

이 결심을 굳힌 건 또 하나의 사건이 있었기 때문이다.

초등학교 1학년 때 일이다.

영미네 옆집에 어마어마한 크기의 진돗개가 살았다. 항상 목줄을 매고 있어, 아무 걱정도 없이 지나다녔다. 하지만 어느 날, 목줄이 풀려 별안간 대문이 열리고 진돗개가 나에게 달려들었다.

'아 이렇게 나는 세상에서 사라지는구나. 제발 살려주세요!'

나는 아예 눈을 감아버렸다. 누군가 다다다 달려오는 소리가 들렸다.

영웅이다!

영웅이가 송아지 몸집만 한 진돗개와 같이 뒹굴다, 그만 사나운 이빨에 여러 곳을 물렸다. 오른쪽 팔에 피가 철철 흐른다.

'리안이 누나, 빨리 우리 집으로 도망가!'

나는 대뇌를 강타하는 공포심에 사로잡혀 벌벌 떨기만 할 뿐, 손가락 하나 움직일 수 없었다. 마치 신발과 땅바닥에 접착제를 붙인 것처럼, 몸이 움직이지 않는다. 다행히 지나가는 어른들이 달려들어, 진돗개는 옆집으로 끌려 들어갔다.

영웅이는 너무 깊게 물려, 오른팔 신경조직이 손상되어 한동안 깁스를 했고, 서울 큰 병원에도 자주 다녔다. 지금도 영웅이 오른팔에는 엄청나게 큰 흉터가 남아있고, 팔을 자유자재로 움직이지 못하는 후유증도 조금 남아있다.

아빠와 엄마는 자주 영웅이 집에 달려가 병문안을 하고, 미안함을 표했다.

"리안이 잘못이 아니라 저렇게 큰 진돗개를 잘못 관리한 옆집 주인 잘못이죠."

영웅이 부모님은 관대했으나, 단짝 영미와 탁 에스더가 더 입을 삐죽거렸다.

"너는 하필 그때 우리 집에 오느라고 방정을 떠니? 우리 영웅이 병신 되면 네가 책임져라."

영미다.

"리안아, 조심 좀 하고 다녀라. 너는 키만 전봇대만큼 커가지고, 통 조심성이 없더라. 영웅이 병신 되면 네가 책임져라."

우리 반 부반장, 똑순이 탁 에스더다.

'음, 책임이라? 그래 내가 영웅이와 결혼하면 되겠네. 그럼 평생 영웅이 책임지는 거잖아.'

에스더의 부모님은 초록빌라에서 과일가게를 한다. 우리는 초등학교 6학년까지 삼총사로 매일 만나 아주 친하게 지냈다. 하지만 에스더 할아버지가 갑자기 돌아가셔서, 할아버지가 하던 '방풍민박'을 물려받은 에스더의 가족은 급작스럽게 금오도로 이사를 갔다.

금오도는 여수시 남면에 딸린 섬이다. 방풍이라는 식물이 유명하다. 에스더는 금오도에 있는 여남중학교와 여남고등학교를 나왔다.

에스더는 동생이 넷이나 된다. 에스더 동생들만 보면 동네 어르신들은 입을 모아 '부모님이 금슬이 좋구나.'라고 한다. 아마 부모님 사이가 좋다는 뜻인가 싶다.

'영미와 에스더 재들은 무섭게, 영웅이 병신 된다는 말을 저렇게 함부로 할까? 병신이 되든 안 되든 영웅이는 내가 책임질 거야. 걱정 마.'

그 일 이후 영미와 나는 서먹해져, 나는 영미네 집에 자주 갈 수 없었다. 간혹 일부러 지나가는 길에 얼핏 들여다보면, 그 무서운 진돗개는 보이지 않았다. 영미 집에 한동안 못 가서 가장 서운한 것은, 영미네 엄마의 고추장 비빔국수와 떡볶이를 먹지 못한다는 사실과 내가 애정하는 영웅이를 자주 못 본다는 사실이다. 하지만 나는 아무 걱정이 없다. 매일매일 영웅이가 집 앞에 '뿅'하고 나타나 뽀뽀를 해주고 가기 때문이다. 히히.

나의 엄마는 순천 '대추나무 한의원' 집 외동딸이다. 순천에서 대추나무 한의원을 모르는 사람은 거의 없다. 외할아버지가 진맥도 잘 보고, 침도 잘 놓고, 특히 임신이 잘 되는 한약 처방을 내리시기로 유명하기 때문이다.

임신 특제 한약이 불티나게 팔려 윗대부터 부자인 외가는, 거의 재벌이 부럽지 않을 정도로 부자가 되어버렸다. 하지만 정작 외할아버지 본인이 자손이 없어 쉬쉬하며 전전긍긍하던 중, 마흔 살에 천운으로 엄마를 낳게 되었다. 그 후로 한의원에는 마흔 살에도 한약을 많이 먹어 늦둥이를 낳은 '정력왕' 원장님이 계시다는 타이틀까지 붙었다. 또 한 번의 유명세로 한의원을 찾는 손님들이 문전성시를 이뤘다. 할아버지는 들어오는 돈을 주체 못 해 중앙동에 12층짜리 대규모 빌딩을 매입하고 한의원을 이전했다.

엄마는 무남독녀인지라, 말 그대로 바람 불면 날아갈라 외할머니 외할아버지가 애지중지 키웠다. 외할아버지가 마흔 살에 겨우 태어난 엄마는 몸이 어릴 적부터 약해 부모님 애를 태웠다. 어느 정도 크고 나서는 체중이 적게 나갈 뿐, 큰 병치레는 하지 않았다. 고이고이 자란 엄마는 대학도 멀리 보내지 않고 순천대학을 졸업했다. 할아버지는 대학 4년 동안 기사 딸린 승용차로 태워다주며 엄마를 과보호했다.

엄마의 전공은 국문학이고, 내성적인 성격에 항상 집에 오기 바빠 대학 친구도 없고 미팅이나 동아리 활동도 한번 제대로 하지 못했다. 엄마는 그렇게 하는 것이 효도라고 생각했다고 한다. '나는 절대 엄마처럼 살지 않을 거야. 아주 자유롭고 당당하게 살 거야.'

엄마는 당연히 남자친구도 한 번 가져보지 못한 채 졸업을 맞았다. 졸업하자마자 중매쟁이가 붙어 맞선을 열 번쯤 보다, 아빠를 만났다. 아빠는 엄마보다 다섯 살 위로 여수가 고향이다. 콧대 높은 여수대 교수의 장남인 아빠도 콧대가 하늘을 찔렀으나, 엄마의 재력에 무릎을 꿇었다고 한다. 아빠 집도 그런대로 잘 살았으나 외할아버지 재력에 비하면 아무것도 아니다.

키도 훤칠하고 눈, 코, 입이 뚜렷한 미남에 치과의사인 아빠는 일등 사윗감이다. 남자와 교제한 경험이 없는 엄마는 부모님 명을 받들어 아빠와 맞선 본 지 100일이 되지 않아 결혼식을 올렸다.

엄마는 늘씬한 키에 하얀 얼굴이다. 초롱초롱한 눈과 석류 같은 입술은 세상없이 이쁘지만, 조금 넓적한 코 때문에 엄마도 결코 미인이라곤 할 수 없는 얼굴이다. 사람들도 모두 아빠가 재력 때문에 엄마와 결혼했다고들 수군거린다. 외할아버지는 치과의사 사윗감에게 바로 병원을 지어주겠다고 약속했다고 한다. 아빠는 한 치의 망설임도 없이 여수 시내 빌딩 10층을 혼수로 달라고 했다.

'결혼이 장사인가요? 아빠는 그 옛날에도 참 대단하시네요.'

나는 이런 아빠의 얍삽한 점을 몹시 싫어한다. 그런 점에서 아빠를 경멸한다. 아빠는 빌딩을 한 채 얻은 것이 항상 당연하다는 듯 행동했다.

이탈리아로 신혼여행을 간 엄마랑 아빠는 나름 행복했다고 한다. 지금도 그때 신혼여행 사진을 보면 행복해 보인다.

엄마는 생활이 무료해 아빠 빌딩에서 꽃꽂이 학원을 한다. 나는 우리 가족을 통틀어 엄마 다음으로 외할머니, 그리고 외할아버지를 가장 사랑한다. 한의원은 중앙동으로 이전했지만, 외가는 지금은 카페골목인 옥리단길로 유명한 곳 근처에 있다.

거의 고택에 가깝지만 내가 지구상에서 가장 사랑하는 곳이다. 외할머니가 시집와서 쓸고 닦고 가꾼 집이라 대청마루가 언제나 반질반질하다. 그리고 정원에는 내가 좋아하는 수국이 지천으로 피어있고 연못에는 비단잉어도 한가롭게 노닐고 있다.

아래채에는 정원사 아저씨와 아주머니 부부가 같이 기거한다. 아주머니는 할머니 댁 식사를 거들어준다. 두 분 고향이 전주라고 하는데, 반찬 맛이 기가 막히다.

초등학교 시절, 방학이 되면 나는 엄마랑 외할머니 집에 가서 개학 때까지 시간을 보낸다. 엄마는 사흘이 멀다 하고 아빠가 전화를 하는 바람에 여수로 내려간다. 아빠는 엄마가 그리워서가 아닌, 아빠 혼자 일어나 옷 하나 코디하는 것조차 귀찮아서 엄마를 불러 여수로 오게 한다. 아빠와 언니는 똑같이 이기주의다.

아빠와 지안이 언니는 똑같이 외가를 싫어한다. 아빠는 모르겠고, 지안이 언니는 세상 어느 곳을 가도 본인이 더 예쁨을 받아야 하는 사람이다. 하지만 유일하게 본인과 내가 예쁨을 평등하게 똑같이 받는 곳이 이곳 외가이기 때문에 싫어하는 것이다. 아니, 외할아버지와 외할머니는 언니보다 나를 더 예뻐하기 때문이다. 그래서 언니는 방학에도 주로 여수집에서 아빠랑 둘이 있는 걸 좋아한다.

언니는 공부는 영웅이처럼 거의 꼴찌인데도 매일 바쁘다. 친구들이랑 서울로 아이돌 공연을 보러 가거나, 남자친구를 만나거나, 하여튼 혼자 바쁘다. 아빠는 희한하게 언니나 나의 남자친구에게 항상 후하다. 남자친구는 우리 집에서 언제나 환영받는 존재다. 엄마만 항상 도덕 교과서처럼 잔소리를 늘어놓는다.

반면 나는 백수처럼 항상 시간이 많다. 나는 세상일에 너무 넋이 빠져 바쁘게 사는 사람들의 삶이 싫다. 나는 여유롭게 사는 것이 좋다. 그래서 나는 선비처럼 유유자적한 삶을 해학적으로 그린 민화를 좋아한다. 실지로 고등학교 1학년 때, 민화 학원을 다니기도 했다. 그때 김홍도나 신윤복 그림을 많이 접했다.

나는 개인적으로 신윤복의 '노상탁발(路上托鉢)'과 '미인도(美人圖)'를 좋아한다. 노상탁발은 사람들이 지나다니는 길목에서 법고를 치며 탁발을 하는 거사가 보이고, 남사당 무리들과 지나가는 여인네들이 치마를 들추어 올리며 시주하려는 모습을 양반들이 고개를 내리고 넋을 놓고 보는 그림이다.

좋아하게 된 이유는 나도 잘 모른다. 굳이 이유를 찾자면 노상탁발에서는 여유와 풍류가 느껴지기 때문이다. 사람들이 바쁘게 살지 않고, 조금 여유롭게 살았으면 하는 게, 어릴 적부터 가져온 나의 조그마한 소망이다.

그리고 미인도를 좋아하는 이유는 인공 미인이 아닌 자연 미인이기 때문이다. 나는 요즘 사람들이 너무나 가볍게 쇼핑하듯 성형을 하는 걸 매우 싫어한다.

'분명 예쁘지 않아도 자연스러운 얼굴은 보는 사람이 편안한 그 무언가가 있어. 사람이든, 자연이든, 인공적으로나 억지로 꾸민 것보다 다소 초라해 보이더라도 자연스러운 것이 나는 좋아.'

나는 방학 때면 외할머니와 재래시장도 가고, 백화점도 가고, 먹고 싶은 거랑 입고 싶은 걸 잔뜩 산다. 물론 모든 장소는 김 기사 아저씨가 다 운전해준다. 쇼핑한 물건도 다 들어준다.

외할머니는 쇼핑을 하다 출출할 때면 으리으리한 핸드백에서 살며시 양갱을 꺼내준다.

"악! 할머니 이게 뭐야? 그 악어백이 삼천만 원이나 한다면서? 근데 거기서 양갱이 왜 나와?"

"핸드백 제까짓 게 삼천만 원이면 뭐 해? 먹지도 못하는데. 쯧쯧, 네 엄마가 서울 백화점에서 억지로 사주어 우리 리안이랑 백화점 외출할 때 폼 잡느라 들고 다니지만, 할미는 당최 이해가 되지 않는 액수야. 무겁기만 하고, 이 돈으로 허름한 아파트도 하나 사겠다. 쯧쯧."

할머니의 기발한 대답에 나는 배꼽을 잡는다.

"리안아 할머니는 어릴 때 집이 가난해, 배를 곯기도 많이 했단다. 그래서 이깟 핸드백보다 먹는 게 더 소중하단다. 이 양갱은 할미가 가장 좋아하는 거란다. 출출할 때 한입 싸악 베어 물면 얼마나 달콤하고 맛있게? 이전에 부잣집 친구들이 학교에서 양갱을 먹을 때 할미는 속으로 침만 꼴딱꼴딱 삼켰단다. 그래도 이 할미는 지금은 부자라 양갱을 삼십 개나 쟁여 놓고 먹는단다. 호호, 할미가 주책이지?"

"할머니, 이 양갱을 그 옛날에도 팔았어?"

"그럼, 할미가 국민학교 다닐 때 부잣집 애들만 책가방에 가져와 자랑하곤 했지."

"와 이거 나보다 나이가 훨씬 많네."

"당연하지, 네 애미 나이보다도 훨씬 많은걸. 자 우리 리안이도 할미처럼 양갱 하나 먹을래? 참, 지안이는 바쁘니? 이 할미한테 통 얼굴을 보여주지 않네."

"응. 언니는 남자친구 만나느라 바빠. 할머니, 나도 양갱 한번 먹어볼래."

"우리 갱아지는 남자친구 없니? 이렇게 귀여운데."

"할머니, 나 사실 윤영웅이라고 남자친구 있어. 걔는 내가 무지 이쁘대. 하루에 한 번씩 집 앞에 찾아와 볼에 뽀뽀를 하고 도망가."

"우리 갱아지 얼굴에 벌써 뽀뽀를 한다고? 그 녀석 맹랑하네. 다음에 한번 데리고 와."

"진짜? 그래도 돼?"

"그럼, 우리 갱아지 남편감을 미리 봐야지."

할머니는 내 얼굴을 고운 손길로 쓰다듬어 준다.

'아 행복하다.'

나는 할머니가 건네주는 양갱을 한입 베어 물었다. 생각보다 식감이 좋고 달달하다. 나는 할머니가 부자라고 허세를 부리지 않아서 너무 좋다. 같이 사는 정원사 아저씨와 아주머니, 김 기사 아저씨에게 반말을 하지 않고 경어를 쓰는 것도 좋고, 월급을 넉넉하게 주는 것도 좋다. 음식을 귀하게 여겨 함부로 버리지 않는 것도 좋다.

할머니는 항상 지구 환경을 소중하게 가꾸어야 한다고 말씀하신다.

"갱아지야, 이 지구는 말이다. 우리가 후손에게 잠시 빌려 쓰는 거야.

그래서 우리가 곱게 쓰고 물려줘야 해. 우리 갱아지도 일회용 물건 함부로 막 쓰면 안 된다. 이 할미처럼 손수건 꼭 가지고 다니고. 손수건 하나가 나무를 얼마나 많이 살리는지 모른다."

'아 엄마가 할머니를 닮았구나.'

엄마도 우리가 초등학교 때부터 가방에 손수건을 꼭 챙겨주었다. 그리고 할머니처럼 음식을 함부로 버리지 않고, 설거지도 밀가루로 한다.

가장 기절할 일은 엄마는 늘 빨랫비누로 머리를 감고, 식초 한 방울을 물에 떨어뜨려 머리를 헹군 일 것이다.

엄마는 지구를 깨끗하게 보존하기 위해 거의 평생을 그러고 살았다. 샴푸, 린스, 트리트먼트나 주방세제와 세탁기용 세제가 물에 녹지 않은 채 바다로 유입되면, 바다 표면에 막을 형성하여 공기 중에 있는 산소가 바닷물에 녹아들지 못한다. 그러면 물고기가 산소부족으로 호흡을 못 해 떼죽음을 당한다는 것이 김미주 엄마의 지론이다. 그나마 빨랫비누는 물에 잘 녹아 막을 형성하지 않는다고 한다.

하지만 나는 도저히 빨랫비누로 머리를 감을 수가 없다.

'마트에 얼마나 좋은 향기의 샴푸와 린스, 헤어 트리트먼트가 많은가? 그리고 어떻게 빨랫비누로 머리를 감아? 나는 영웅이와 자주 가까이 붙어 이야기도 하는데, 여자 몸에서 좋은 향기가 나야지.'

중학교 2학년 때 일이다. 한번은 할머니, 엄마를 본받아 지구를 지킨다는 사명감으로, 나도 빨랫비누로 머리를 감고 식초로 헹군 적이 있다.

데이트 때, 영웅이가 코를 벌름거린다.

"누나, 어디에서 이렇게 쉰 냄새가 나지?"

나는 그날, 화들짝 놀라 영웅이와 빨리 헤어졌다.

그날 이후, 나는 빨랫비누로 머리를 감지 않는다. 하지만 엄마는 계속 빨랫비누로 감아도, 머릿결도 괜찮고, 절대 쉰내도 나지 않는다. 오히려 엄마에게서는 꽃향기가 난다.

'이건 무슨 조화지?'

나는 특히 할머니가 한복을 곱게 차려입고 비녀를 꽂은 고운 모습으로, 대청마루에 앉아 사군자를 그릴 때가 가장 어여쁘다. 마치 하늘에서 내려온 천사 같다. 할머니도 뽀얀 얼굴에 엄마처럼 오목조목한 이목구비가 사랑스럽고, 또 몸 선이 엄마처럼 가느다랗게 예쁘다. 할머니는 비록 집에서는 편안한 일상복을 입지만 외출할 때는 한복을 곱게 챙겨 입는다.

'나도 나중에 어른이 되면 한복을 입어볼까? 아, 아니다. 귀찮아. 저 치렁치렁한 걸 어떻게 입어? 하지만 우리 할머니는 너무 예뻐. 인정.'

그리고 외가는 할아버지가 무조건 여섯 시면 칼퇴근이다. 한의원을 페이닥터에게 맡기고 무조건 집으로 온다. 사랑꾼 할아버지는 매일매일 할머니랑 저녁을 같이 먹는다. 할머니는 소담스럽게 저녁을 준비한 뒤, 옅은 화장과 이쁜 원피스로 갈아입고 할아버지를 맞이한다.

"색시, 나 왔수. 오늘 반찬은 뭔가요?"

할아버지는 싱글벙글 웃으며 할머니에게 꼭 종이봉투를 건넨다. 할아버지는 퇴근길에 그냥 오는 법이 없다. 시장에서 과일이나 팥빵을 사 온다. 시간이 날 때는 할머니가 가장 좋아하는 화월당의 팥 카스텔라도 자주 사 온다. 그럴 때 할머니는 소녀처럼 볼을 발그레 붉히며 수줍어한다.

'나도 영웅이와 결혼하면 할머니, 할아버지처럼 저렇게 다정하게 살아야지. 호호.'

할머니가 내놓는 조갯살 듬뿍 넣은 청국장은 언제 먹어도 맛있다.

할머니와 할아버지는 모던하게 킹 침대에 같이 주무신다. 할머니 침대는 모두 하얀색으로 엄청 깨끗하다. 할아버지는 관절이 약한 할머니 온몸을 주무르다, 할머니가 사르르 잠이 들면 할아버지도 잠을 청한다. 로맨틱 가이다.

할아버지는 늘 웃는 얼굴이다. 할아버지는 큰 키에 건장한 체격이 영웅이와 닮았다. 물론 얼굴은 전혀 아니지만.

"우리 하나밖에 없는 공주님, 리안이를 이 할애비가 얼마나 사랑하는지 알지?"

'하나라니? 지안이 언니도 있는데? 언니가 들었으면 난리 나겠네.'

이상하게 할아버지는 매번 나를 하나밖에 없는 손주라고 한다. 아마 연세가 있어 그런 모양이다. 할아버지가 때로는 너무 큰돈을 주어 나는 화들짝 놀란다.

"할아버지 사랑이란다. 얼른 받아두어라. 이 할애비 맘 변하기 전에."

나는 후다닥 할아버지 손에 쥔 돈봉투를 가로챈다. 할아버지랑 할머니는 나의 급한 몸짓에 배꼽을 잡는다.

그래서 나는 내 나이에 어울리지 않게 통장에 돈이 엄청 많다. 매일 하굣길에 영미와 에스더에게 떡볶이가 너무 맛있는 '딸기분식'에서 간식을 사줘도 아무 지장이 없을 만큼 돈이 많다. 그리고 영웅이 생일에는 레스토랑에서 밥도 먹고, 영웅이 운동화와 옷도 사준다. 우리는 커플 운동화에 커플 티를 자주 착용한다. 나는 데이트 도중 영웅이 귀에 한쪽 이어폰을 꽂아 같이 음악을 들었다. 로맨틱하다.

"영웅아, 이 노래 좋지? 우리 엄마 애창곡이야. 너, 이 노래, Let me be there 알지?"

"누나, 나 영어는 정말 싫어. 그리고 이 노래 나는 몰라. 나는 이 세상에서 운동하는 게 제일 좋아."

영웅이는 이어폰을 확 빼버린다. 섭섭하다.

나는 엄마와 의논하여 '세이브 더 칠드런'에 매달 일정 금액씩 기부도 한다. 엄마는 '그린피스'에 후원한다.

나는 불쌍한 사람을 보면 그냥 지나치지 못하는 성격이다. 초등학교 2학년 때 여수역에서 자고 있는 노숙자에게 집에 있는 이불을 갖다줘서 아빠에게 혼난 적도 있다.

'우리 집은 이불이 많잖아. 그래서 이렇게 하나쯤 나누어주면 서로 좋지 않아? 아빠는 왜 화를 내지?'

아빠가 이상하다.

엄마는 기분이 좋을 때면 꼭 올리비아 뉴턴 존의 노래를 듣는다. 엄마의 최애 곡은 'Let me be there'이다. 그리고 곧잘 따라 부른다. 엄마 목소리와 잘 어울린다.

"리안아, 이 팝송 가사 너무 좋지? 너도 이 담에 이 노래가사처럼 평생 네 곁에 있어주는 남자와 결혼해."

"엄마 결혼하면 평생 붙어 있는 거 아냐?"

"그냥 붙어 있는 게 아니라, 아침에도 저녁에도 너랑 같이 있고 싶어하고, 너에게 어떤 문제가 생겨도 바로 해결해주고, 너랑 항상 손을 잡고 싶어하는, 그런 로맨틱한 신랑을 만나라는 거지."

"알았어. 엄마, 나는 왠지 그런 남자를 만날 것 같아."

엄마가 자주 듣고 부르니까, 나도 요즘 유행하는 시끄러운 사운드의 락보다 부드러운 이 팝송이 좋아졌다. 그래서 어느새 나의 최애 팝이 되었다. 친구들은 나를 올드하다고 놀린다.

어쩌다 할아버지가 일찍 잠든 밤이면, 할머니는 살며시 내 방에 건너와 내가 잠들 때까지 할머니의 어린 시절 이야기를 조곤조곤 속삭이듯 쏟아 놓는다. 나는 이 시간이 참 좋다.

'지안이 언니도 같이 와, 할머니 이야기를 들으면 참 좋을 텐데….'

할머니의 하얀 잠옷도 예쁘고, 비녀를 풀어 긴 머리를 한 가닥 리본 끈으로 묶은 모습도 아름답다. 할머니 몸에서는 언제나 은은한 꽃향기가 난다. 엄마의 체취와 같다. 할머니가 내 방에 왔다는 것만으로도 나는 잠이 솔솔 온다.

전쟁 때 피난 가던 이야기, 할아버지와 첫날밤 이야기, 한의원이 잘되어 갑자기 하늘에서 눈뭉치가 떨어지듯 돈뭉치가 들어오던 시절 이야기, 그중 가장 백미는 엄마의 어린 시절 이야기다.

나는 할머니의 이야기를 자장가 삼아 달콤한 꿈속으로 아스라이 빠질 때가 가장 행복하다. 나는 고등학교를 졸업할 때까지 방학 때마다 계속 이 달콤한 시절을 원 없이 보낼 수 있었다.

"할머니, 솔직하게 대답해주세요. 할아버지 얼굴이 못생겨 첫날밤에 할머니도 진짜 우셨어요? 할머니 시대에는 맞선도 없이 양가 부모님 허락으로 얼굴도 보지 않고 첫날밤을 보냈다고 책에서 읽었어요."

"응. 정말 그랬지. 다들 연하와 결혼했지만, 할미는 운 좋게도 세 살 연상이랑 결혼했어. 나는 선이 가느다란 남자보다 굵은 남자가 좋았는데, 할아버지는 키도 크고 어깨도 크고 얼굴도 큼직하게 생겼잖아. 그래서 할미는 좋았어. 그러니 울 필요가 없었지. 무엇보다 가장 좋은 건 할아버지가 지금까지 할미 말고 딴 여자를 몸이든 마음이든 한 번도 품지 않은 거야. 그래서 할미는 할아버지를 지금도 존경하고 사랑해. 이 할미는 평생 아들을 못 낳아 할아버지 대를 이어주지 못한 게 가장 미안해."

나는 할아버지와 할머니의 첫눈같이 순수한 사랑에 감동했다.

'나도 미래에 우리 할아버지같이 고결한 사랑의 가치를 아는 남자와 꼭 결혼하겠어. 그게 바로 윤영웅이야. 히히.'

그다음부터는 방학 때마다 영웅이를 데리고 외가에 왔다. 영웅이는 할아버지, 할머니에게 사랑을 듬뿍 받았다. 용돈도 엄청 받았다.

아빠는 일요일에 항상 우리 가족을 무시하고 동창회다, 골프 모임이다, 밖으로 나돈다. 새로 뽑은 승용차를 타고 본인은 실컷 즐기고 다니면서 정작 전화 한 통으로 엄마를 들볶는다. 아빠의 전화 한 통에 엄마는 도우미 아주머니와 씨름을 한다.

"여보, 나 일곱 시쯤 귀가해. 시원한 콩국수 좀 먹을 수 있을까?"

그때부터 어머니는 일요일이라 쉬고 있는 도우미 아주머니에게 더블 수고비를 주고 불러내어, 구슬땀을 흘리며 아빠 입맛에 맞는 콩국수를 만들기 위해 동분서주한다.

엄마와 나는 저녁을 쫄쫄 굶고 아빠를 기다리지만, 아빠는 전화 한 통 없다. 화가 난 내가 끝까지 만류하는 엄마를 뿌리치고, 아빠에게 전화를 걸면 아빠 태도가 더 가관이다.

"우리 공주님 화났어요? 우리 지안이 공주랑은 아까 통화했는데, 말 전하지 않던가요? 지안이는 아빠 비즈니스를 다 이해한다고 해 주던걸? 아빠 벌써 친구들이랑 저녁 먹고 맥주 한잔하고 있어요. 엄마에게 먼저 씻고 자라고 전해요. 바이."

전화기 너머는 간드러지게 웃어대는 여자들 웃음소리로 왁자지껄하다. 아빠는 술에 취하면 나에게도 언니처럼 공주라고 한다. 참 가소로운 말이다. 듣기 싫다.

'지안이 언니는 왜 아빠 전화 받았으면서 엄마에게 말도 하지 않지? 맨날 방문은 걸어 잠그고 누구랑 비밀통화를 하는 거야?'

나는 기분을 잡쳐 우유 한잔으로 저녁을 때우고 내 방으로 들어왔다. 하지만, 엄마는 내일 아빠가 찾을지도 모른다며 콩국물을 정성스럽게 포장을 한 뒤 다 불어터진 콩국수를 먹는다. 밤 아홉 시 삼십 분이 넘었다.

"엄마 그거 다 불어서 맛도 없잖아. 먹지 말고 버려."

"리안아, 큰일 나. 외할머니가 아까운 음식 버리면 죽어서도 굶는 벌을 받는다고 하셨어. 콩국수가 생각보다 맛있어."

다 불어터진 콩국수를 꾸역꾸역 욱여넣는 엄마를 보면 나는 화가 난다. 결국 엄마는 소화제를 먹는다. 매사 이런 식이다.

그리고 아빠는 항상 엄마를 무시한다. 아빠의 지적이고 예의 바른 목소리와 말씨는 항상 엄마에게만 예외다. 나는 그런 아빠가 가증스럽다.

'나는 커서 아빠 같은 남자는 절대 만나지 않을 거야. 아무리 가진 게 없고 학벌이 형편없어도 마음이 따뜻하고 나를 존중하고, 아니 존경해주는 남자를 꼭 만날 거야. 만약 만나지 못하면 나는 결혼을 하지 않고 그냥 평생 싱글로 살 거야.'

영미와 에스더와 나는 고등학교 3학년 겨울방학에 같이 2박 3일의 여행을 가기로 했다. 영미와 에스더는 같은 여수대에 붙었지만, 나는 대학을 서울로 가기 때문이다. 우리는 부모님에게 허락을 받고, 버스를 타서 에스더네 민박집인 금오도에서 2박 3일을 보내기로 했다.

하지만 엄마가 먼저 제안을 했다.

"리안아, 그러지 말고 엄마 차로 신기항에서 배를 타고 가면 금오도까지 25분밖에 안 걸려. 엄마가 태워 줄까?"

그렇게 시작된 제안에, 영미 엄마도 금오도로 이사 간 에스더 엄마가 보고 싶다고 하여 우리는 다 같이 여행에 가기로 합의를 봤다.

같은 고3인 다른 애들은 거의 다 쌍꺼풀 수술을 하거나 코를 높인다고 성형외과를 찾아 서울과 부산, 대구로 수술 여행을 가지만, 우리 세 명은 그런 쪽으로 도통 관심이 없다. 나, 엄마, 영미, 영미 엄마 넷이 짐을 꾸려 엄마 차를 타고 금오도 '방풍민박'으로 가서, 에스더와 에스더 엄마까지 이렇게 여섯이 어울리는 것이다. 온전한 여자들만의 여행이다. 다들 신이 났다.

나도 엄마랑 둘이 가는 여행은 처음이다. 우리 집은 아빠가 항상 주말에 바빠 가족여행을 가본 지 어언 옛날이다. 아마 초등학교 1학년 때, 가족 네 명이 같이 간 에버랜드가 끝인가 싶다.

엄마 차를 싣고 배를 타는 것도 신기하고, 차에서 내려 선박 대합실로 올라가는 것도 신기했다. 엄마와 영미 엄마도 스스럼없이 친해졌다. 어차피 두 분이 마트에서 자주 마주쳐 안면은 익힌 사이다.

'방풍민박'은 아담했다. 에스더 아빠는 과일가게를 할 때보다 얼굴이 더 검게 그을리고, 더 건강해 보였다. 에스더 동생들은 넷이나 된다. 방학이라 다들 집에 있었다. 우리는 에스더 엄마를 보고 또 한 번 깜짝 놀랐다. 세상에 또 배가 불룩 나와있다. 임신 팔 개월이라고 한다. 우리는 터져 나오는 웃음을 참을 수 없었다.

에스더 아빠는 저녁에 먹을 돼지 바비큐 장작 준비 핑계로 사라졌다.

"아, 우리 저 양반 땜에 제가 미치겠어요. 지금 배가 이제 여섯 번째 부른 거예요. 동네 사람들 보기 부끄러워 죽겠어요. 제 나이 이제 마흔일곱이에요. 이 나이에 늦둥이가 웬 말이에요? 저 양반 창피해 혼자 내빼는 거 보세요."

에스더 동생, 요한이는 윤영웅의 동창이다. 요한이는 공부도 잘하고 야무진 아이이다. 나를 무척 따른다.

"리안이 누나, 나는 누나가 참 좋아. 나 대학생 되면 누나에게 데이트 신청할 거야."

요한이가 느닷없는 고백을 한다. 요한이의 공개 고백에 다들 웃음이 터졌다.

"지금 러브레터 작성 중이에요. 나중에 줄게요."

요한이는 진지하다.

요한이 밑으로 남동생 하나와 여동생 둘도 다 야무지고 공부도 잘한다. 아주 화목한 집이다.

우리는 숙소에 짐을 풀고 편안한 복장으로 갈아입은 뒤, 본격적인 돼지 바비큐 파티를 시작했다. 에스더 아빠가 다 구워주었다. 우리는 서로 먼저 먹으려 경쟁을 하였다. 돼지 바비큐는 너무 맛있다. 방풍 막걸리도 마셨다. 맛있다. 방풍 장아찌도 죽음이다.

다 같이 밤하늘에 별도 보고, 수다도 떨었다. 행복하다.

언제 왔는지, 요한이가 옆에서 수줍게 러브레터를 건넸다.

"야! 우리 요한이 많이 컸네. 벌써 러브레터도 전해줄 줄 알고, 요한아, 이 영미 누나는 리안이보다 예쁜데, 나는 러브레터 안 주니?"

"나는 리안이 누나처럼 키가 큰 여자가 좋아요. 멋진 모델 같아요. 영미 누나는 너무 작아요. 이제 리안이 누나 영웅이랑 공식적으로 헤어졌으니까, 나한테도 기회가 오겠네요."

난데없는 영웅이 얘기에 나의 눈에서 눈물이 후두둑 떨어진다. 나는 재빨리 눈물을 훔쳤다.

영미와 에스더는 둘 다 포켓걸이다. 요한이도 또래에 비해 키가 작다.

"우, 요한이 취향 소나무네. 알겠어. 이 영미 누나가 우리 요한이 지금 이 시간부터 리안이에게 양보할게."

"그래 주시면 감사하겠어요. 리안이 누나, 답장 기다릴게요."

로봇같이 딱딱한 요한이 말투에 모두들 배꼽을 잡았다.

다음 날 오전은 모두 비렁길 등산을 했다. 오후엔 에스더 아빠 배를 타고 무인도에 가서 쓰레기를 줍는 멋진 경험을 했다.

요한이는 '환경'에 관심이 많아 금오도에 있는 '방풍치킨' 집에서 폐식용유를 얻어 재활용비누를 만들었다고 한다. 민박 손님들에게 나누어주고, 우리들에게도 나누어 주었다. 그리고 깨알 같은 글씨로 제조법도 적어주었다.

요한이 아빠는 전문대에서 환경학을 전공했다고 한다. 그래서 에스더와 요한이가 자연스럽게 지구 환경의 중요성도 일찍 알고, 또 그쪽 계통으로 미래를 꿈꾸는 모양이다.

"요한아, 이 폐식용유 재활용비누는 환경에 왜 좋아?"

나는 궁금하여 물었다.

요한이는 신이 나 일사천리로 대답을 한다.

"리안이 누나, 역시 멋있어요. 비누를 나누어 줘도 아무도 그런 질문은 하지 않아요. 내가 아는 만큼 대답해줄게요. 누나 폐식용유가 물에 잘 녹지 않는 건 이해하죠?"

"그럼. 식용유는 지용성이라 물에 잘 안 녹지."

"역시 똑똑해요. 그래서 우리가 일단 하수구로 폐식용유를 버리면 그 기름이 녹지 않아, 산소부족으로 물에 사는 모든 식물과 동물이 죽어버려요. 그렇기 때문에 일단 폐식용유를 재활용하는 것이 환경에 아주 좋다는 거예요."

"요한아, 난 처음 알았어. 집에서 튀김을 해 먹고 생긴 폐식용유도 우리가 무심코 그냥 버리는 경우가 많잖아. 요즘은 폐식용유만 따로 모으는 큰 통이 있긴 하더라."

"네. 우리 모두 거기에 폐식용유를 모아야 해요. 그리고 이건 조금은 심오한 내용인데요. 나도 '노 플라스틱' 동아리 활동에서 윤진호 박사님께 배웠어요. 폐식용유 비누는 물에 녹으면 결국 우리에게 해가 전혀 없는 물과 탄산가스로만 분해되어 환경오염도 전혀 없고요. 또 시중 비누보다 글리세린 함량이 높아 보습력도 뛰어나다고 해요."

"와우 쏙쏙 이해가 되었어. 이제 나도 네가 준 이 제조법으로 집에서 만들어 쓸게."

"그리고 우리가 자주 쓰는 샴푸나 린스, 트리트먼트는 계면활성제가 많아 물에 잘 녹지 않아요. 그래서 바다 끝까지 흘러 들어가 공기층과 바닷물 사이에 막을 형성하여 바닷물을 산소부족 상태로 만들어요. 그러니까 우리는 빨랫비누나 폐식용유 재활용비누를 반드시 써야 해요. 요즘은 친환경 고체 샴푸를 연구하고 있다고 해요. 고체 샴푸 장점은 계면활성제가 없어도 제조된대요. 조만간 고체 샴푸 시대가 올 것도 같아요."

"요한아, 우리 엄마도 평생 빨랫비누로 머리를 감고 있어."

엄마는 수줍게 웃었다.

"우리 요한이도 빨랫비누를 너무 사랑해."

에스더다.

우리는 에메랄드빛 바다에 취하고, 저녁엔 또 바비큐와 방풍 막걸리에 취했다. 우리 삼총사는 같은 방에 모여 와인을 마셨다. 부모님들이 이제 알코올에 입문해도 된다고 와인을 손수 하사했다.

에스더가 물었다.

"리안아, 너 아직 영웅이 좋아하니?"

"응. 아직 좋아해."

"영미야, 네가 솔직하게 말해줘."

"그래야겠지. 리안아, 잘 들어. 아무리 내 동생이라도 할 말은 해야겠다. 물론 우리 엄마도 찬성했어."

"영미야, 에스더, 무슨 말인데 이렇게 거창하니?"

"아, 우리 영웅이가 얼마 전에 소년원 다녀왔어."

"왜? 무슨 일로?"

"응. 동급생 폭행으로. 친구가 많이 다쳤어. 그쪽 부모님이 합의를 해주지 않아 결국 소년원에 갔어. 그러니 너 이제 우리 영웅이 맘에 두지 마. 내 동생이지만 걔 너무 질이 나빠. 친구를 죽도록 패고도 양심의 가책이 없는 놈이야. 지가 사과만 했어도 선처를 해주셨을 텐데. 지가 잘났다고 더 큰소리치고, 병문안도 끝내 가지 않아 결국 괘씸죄로 소년원에 간 거지. 주먹은 또 얼마나 센지 전치 6주나 나왔어. 영웅이 돌려차기에 맞아서 갈비뼈도 두 군데나 나가고, 이빨도 빠지고, 그 친구는 머리도 열 바늘이나 꿰맸다고 하더라. 영웅이 걔 어릴 때랑 지금 너무 달라. 키도 180cm가 넘고, 덩치도 크고, 태권도랑 검도 유단자라 세상에 무서운 게 없어. 천지에 지가 최고 싸움대장인 줄 알아. 그러니 리안아, 너 정신 차리고 서울에서 인간성 바른 착한 남자 만나라. 알겠지?"

"참 리안아, 영미에게 들었는데 영웅이 벌써 여학생과 그 짓도 하고 다닌다더라. 나는 이제 그런 정보까지 다 알아서 그런지 영웅이 걔가 징그럽더라. 영미야 미안."

에스더까지 나선다.

"에스더, 아니야. 난 우리 우정이 더 중요해. 우리 가족이 그 자식 땜에 맘고생 한 거 생각하면… 지금도 나는 슈퍼맨이 있으면 그 자식 우주에 데려가 뺑뺑이 100번쯤 돌려 정신 좀 제발 차리게 했으면 소원이 없겠다. 특히 우리 아빠 교사잖아. 그래서 동네 사람들 보기가 더 창피한가 봐. 할아버지, 할머니도 요즘 기가 팍 죽어있어. 하나밖에 없는 장손이 저런 짓거리나 하고 다닌다고 속이 많이 상해 있어. 그래서 내가 다 마음이 아파. 엄마는 어떻고? 동창회와 부부 계모임 아예 안 나가. 영웅이 일이 소문이 거의 다 나 창피해서…."

영미는 결국 울음을 터뜨렸다.

'그 귀엽고 착한 영웅이가 왜 이렇게 변했을까? 뭔가 그럴만한 이유가 있을 거야. 다음에 영웅이 보면 꼭 물어봐야지.'

나는 영미와 에스더의 진심 어린 조언을 귀담아들었어야 했다.

딸의 생모

표민창과 결혼한 지 2년이 넘도록 임신이 되지 않는다. 남편은 아이는 천천히 가져도 좋다고 했지만, 시부모님이 안달이다. 그래서 친정아버지도 한약을 바리바리 부쳐준다.

'엄마, 사실 별을 봐야 아이를 가질 건데, 남편은 늘 밖으로 나돌고 나에게 별 애정이 없어요.'

친정어머니에게 직설적으로 말하고 싶지만, 어느 딸이 친정엄마에게 이런 사실을 툭 터놓고 말할 수 있을까?

'나에게 딸이 생긴다면, 그 딸과는 이런 이야기도 허심탄회하게 터놓고 얘기하리라.'

혼자 결심해본다.

토요일이다. 남편은 오늘도 어김없이 페이닥터에게 치과를 부탁하고, 새벽부터 골프 라운딩을 나갔다.

휴대폰이 울린다.

"여보세요."

"표민창 씨 부인이죠?"

"네. 누구세요?"

"오늘 저 좀 만나주셔야겠어요."

"무슨 용건이신지?"

"표민창 치과 빌딩에 있는 커피숍으로 3시에 나오세요. 안 나오면 후회할 거예요."

전화가 끊겼다.

'아니 도대체 누군데, 이렇게 무례하게 전화를 끊을까?'

나는 약속한 오후 세 시에 나갔다.

껌을 질겅질겅 씹으며, 오뚝한 코에, 빨간 입술이 도드라진 여자가 나에게 손을 흔든다.

'도대체 누구지?'

본 적이 없는 실루엣이다. 아주 짙은 선글라스를 쓰고 있어, 얼굴은 정확하게 보이지도 않는다. 염색을 제대로 하지 않아 흑색 머리카락과 갈색 머리카락이 뒤섞인 부스스한 곱슬머리와 트러블 많은 피부 때문에 나이는 30대 후반으로 보인다. 낡은 구두 뒤축을 구겨 신고, 옷차림도 초라하다.

"표민창 씨 부인이죠?"

"네. 무슨 용건으로?"

"지금 제가 임신 육 개월이 조금 넘었어요. 라운딩 캐디 하다 민창 씨 만났어요. 이 아이 어떡할까요?"

황당하다.

"아 아니, 남편은 알고 있어요?"

"그 양반은 제 전화를 아예 씹어요. 의사 새끼가 내가 싹 다 까발리면

지도 피곤해질 건데, 콘돔 야무지게 했다고 저더러 미친년이래요. 저 이래 봬도 이혼하고 딱 한 번 외도했어요. 아 참, 이혼했으니까 외도도 아닌 거죠. 생리주기가 불규칙해 임신은 생각도 못 했어요. 아무튼 지금은 개월 수가 많아 병원에서도 중절수술을 해주지도 않아요. 제가 낳아 키울 형편도 더더욱 못 되고요. 할 수 없이 낳아 고아원에 버리든지, 아니면 사모님 만나 의논은 해봐야 할 것 같아서 만나자고 했어요. 사실 제가 돈도 좀 필요해요. 이천만 주면 아이는 사모님께 바로 드릴 수도 있어요. 어때요?"

남편이 가증스럽다.

'매일 씨는 함부로 뿌리고 다니지 않는다고 노래하고 다니더니 참, 하는 짓이라곤.'

나는 일주일의 시간을 달라고 했다. 여자는 우선 나쁜 사람은 아닌 것 같다.

나는 급하게 순천으로 차를 몰았다.

친정 부모님께 사실대로 말했다.

"미주 네가 아직 임신을 못 하니… 이거 참 뭐라고 애비가 조언을 해야 하나?"

"여보, 그 애가 표 서방 씨가 틀림없으면, 지금이라도 미주가 임신했다고 우리 집에 머물고, 그 여자랑 같이 산부인과에 가서 바로 아이를 데리고 오는 방법밖에 없겠네요. 미주야 애미는 표 서방이 많이 밉구나."

"벌써 육 개월이 넘었다고?" 아버지 목소리엔 화가 잔뜩 묻어있다.

"네. 그렇다고 하던데요."

"표 서방 그 사람은 도대체 우리 착한 딸을 두고 왜 이런 짓을? 여보, 당신은 남자니까 표 서방이 이해되나요?"

"여보, 나도 표 서방 전혀 이해 못 하죠. 생각 같아서는 우리 미주 이혼시키고, 그 새끼 귓방망이를 한 대 날리고 싶어요. 하지만 우리 미주 이 나이에 이혼녀는 좀 그러니까, 당신 말처럼 임신 사실을 시댁에 알리고, 그 여자에게는 비밀에 부칠 것을 약속받고, 본인이 원하는 이천을 주고 일을 마무리해야겠어요. 그리고 아이는 할 수 없이 표 서방 호적에 올릴 수밖에 없겠네요. 미주야, 그런데 뱃속에 애가 표 서방 애는 확실하니?"

"아버지, 애가 태어나면 DNA 검사로 확인한 후, 돈도 주고, 호적에도 올려야죠."

"요즘 기술이 발달해서 좋은 세상이네. 그러면 확실하겠네."

"미주야, 너 속 많이 상하지? 애미 맘이 이런데, 너는 오죽하겠니? 표 서방이랑 혹시 이혼하고 싶으면 해도 돼."

"엄마, 이혼은 싫어요. 왠지 실패한 인생 같아서요. 저는 지금 제 속이 상하는 것보다 태어날 그 아이가 불쌍해요."

"표 서방이 그러고 다니는 것보다 남의 뱃속에 아이가 더 맘에 걸린다니, 미주 너는 천사다. 천사. 아이고 참, 그 새끼는 복도 많다."

엄마 이야기를 듣고 있던 아버지가 흥분을 가라앉히지 못하고 주먹을 부르르 떤다.

'엄마 저도 표 서방에게 별반 애정이 없어요.'

나는 그 말만은 삼켰다.

일주일이 되기 전에 친정 부모님은 그 여자를 만나, 모든 일을 계획대로 진행했다.

1987년 6월이다.

3.3kg의 건강한 딸이 태어났다. 아직 불법인 거금의 DNA 검사로 표

민창의 딸임이 확인되었다. 여자는 이천만 원을 받고, 감지덕지하며 내뺐다.

남편은 친정에 와 딸아이를 안고 기뻐했다. 시댁에서도 대환영이다. 친정아버지만 표 서방을 보고 인상을 펴지 못하고 찌푸린다.

치과 일로 남편이 먼저 여수로 돌아갔다.

"아이고 모른 척하려니, 속 터져 죽겠네. 표 서방 저 새끼 아무것도 모르면서 지 잘났다고 거들먹대는 꼬락서니 하고는. 지금이라도 저 새끼 귓방망이를 한 대 올려야 애비 속이 시원하겠다. 미주야, 너는 이 애기가 밉지도 않니?"

"아버지, 이목구비가 또렷하니 예쁘기만 한 걸요."

'아버지, 사실 저도 사람인지라 씁쓸해요. 그리고 이 애기도 너무 밉고요.'

나는 이중인격을 탑재하고 삼 개월을 친정에 머물다, 남편과 시댁의 호출로 아이를 데리고 여수로 갔다. 시댁에서는 아이 얼굴이 예쁘다고 칭찬이 마를 줄을 모른다. 표민창 판박이다.

부질없다.

아이 이름은 고매한 시아버지가 '표지안'이란 이름을 하사했다. 아이 얼굴이 시아버지를 많이 닮아 시댁 식구들은 더 좋아하는 눈치다. 나는 반쪽이라도 우리 부부의 아기라고, 자주 마인드컨트롤을 했으나, 번번이 실패했다.

표지안이 육 개월이 다 되어갈 무렵, 나도 임신을 했다.

이듬해 1988년 8월, 나는 친정에서 또 딸을 낳았다.

친정 부모님은 이번에는 진심으로 좋아했다. 시댁에서는 또 딸이라고 서운해했으나, 나와 친정 부모님은 진심으로 기뻤다. 교양 있는 시아버지는 이번엔 '표리안'이란 이름을 하사했다.

도우미 아주머니를 불러 지안이를 주로 맡기고, 친정어머니와 난 어쩔 수 없이 리안이에게 몰입했다. 리안이 얼굴은 특히 친정아버지를 빼닮아, 퇴근시간이 당겨질 정도로 친정아버지는 리안이 사랑에 지극하다. 남편은 딱 한 번 형식적으로 친정에 들른 후, 여수로 내려가 자유를 만끽하는 눈치다.

나는 두 아이를 키우며 편애를 하지 않겠다고 다짐했지만, 친정아버지의 편애는 눈에 띄게 표가 나 초등학교 고학년이 된 첫째 지안이는 외가에 잘 오지 않으려고 한다. 반면 남편은 이목구비가 또렷하고 예쁜 첫째 지안이를 오히려 편애하고, 장인어른을 닮은 둘째 리안이를 항상 비하한다.

'언젠가 남편이 이 사실을 알면 얼굴 표정이 어떻게 변할까?'

나는
성골이 좋다구요

초등학교 5학년이다.

아빠는 나를 무지 사랑하지만 엄마와 외할아버지, 외할머니는 나보다 훨씬 못생긴 피오나 '표리안'을 훨씬 좋아한다.

나는 그 이유를 안다.

5학년 가을에 웬 아주머니가 학교 운동장에서 나를 기다렸다.

"아주머니, 나를 납치하면 온 동네 사람들이 다 알아요. 제가 워낙 예뻐 동네 사람들이 제가 표민창 치과 첫째 딸, 표지안인 걸 다 알고 있어요. 납치하려면 하세요. 다들 바로 경찰에 신고하거나, 지금 바로 아주머니를 체포할 거예요."

아주머니는 주눅이 들어 모기만 한 목소리로 말했다.

"지안아, 너 참 예쁘구나. 너 떡볶이 좋아하니?"

"그럼요. 나의 최애 분식이 떡볶이예요. 그런데 어떻게 아세요?"

"나도 이 세상에서 떡볶이를 제일 좋아하거든."

"아주머니, 그게 나랑 무슨 상관이 있어요? 아주머니 머리가 나쁘죠?"

"지안아, 요 앞 딸기분식에서 아줌마가 떡볶이 사줄게."

"그래요. 정 사주고 싶으면 그렇게 하세요. 혹시 음식에 수면제 타서 저를 납치할 계획이라면 그것도 실패예요. 저는 태어날 때부터 절대미각이라 떡볶이에 들어가지 않아야 할 양념 맛을 알아차리거든요."

나는 떡볶이를 맛있게 먹었다. 나는 어릴 때부터 칼칼하고 매콤한 걸 좋아해 어른들이 신기해한다. 슴슴한 맛은 질색이다.

남자친구도 콜라같이 톡 쏘는 성격이 좋다. 우리 반 남자애들은 거의 다 나의 공주 같은 미모에 혹한다. 다들 사귀자는 쪽지와 선물을 보낸다. 6학년 오빠들도 나에게 줄 조공을 들고 복도에 줄을 서있다. 싫지 않다.

나는 은근히 이런 남자애들의 관심을 즐기는 편이다. 그래서 옷도 눈에 띄는 컬러지만, 남자애들이 좋아하는 얌전한 디자인을 선호한다.

아주머니는 떡볶이에는 손도 대지 않고 그저 나만 멍하니 보고 있다.

"아주머니, 제가 예쁜 건 인정하지만 떡볶이 먹는 데 방해되거든요. 다른 곳을 바라볼 수 없나요? 저는 아주머니 얼굴 좀 부담스러워요."

"너 참 똑 부러지는구나. 네 아빠를 그대로 빼닮았네."

"우리 아빠도 아시나요?"

"응 조금."

떡볶이를 다 먹어갈 무렵 아주머니는 닭똥 같은 눈물을 뚝뚝 흘렸다.

나는 울고 짜는 드라마는 질색이다.

"아주머니 뚝! 저는 울고 짜고 하는 건 질색이에요."

"응. 미안하다."

아주머니는 눈물을 닦고, 황당한 이야기를 전개한다. 나, 표지안이 아빠 표민창과 아주머니 사이에서 나온 딸이라고 한다.

'난 당신같이 초라하고 저급한 여자에게서 태어난 아이가 아니야. 나는 지금 우리 엄마와 아빠 사이에서 태어난 럭셔리 칠드런이야. 이거 왜 이래?'

나는 발작적으로 고함을 질렀다.

"당신, 한 번만 더 나타나 이런 식으로 사기를 치면 바로 경찰에 신고할 거예요. 아악! 제 눈앞에서 빨리 사라지세요. 빨리 꺼지라고요."

외가에 가면 늘 우려했던 일들이, 알고 보니 현실이다.

'혹시 지금 김미주 엄마가 나의 생모가 아닌 걸까? 외할아버지는 나를 볼 때 항상 경멸을 깔고 있어. 리안이 보는 눈이랑 완전 달라. 이러니 내가 외가를 오기 싫어하지.'

나의 우려는 현실이 되어버렸다. 이제 외가에서 나와 리안이를 편애하는 모든 행동이 단번에 이해가 되었다.

'사위가 바람나 낳은 자식이 뭐가 좋겠어?'

외할아버지와 외할머니의 편애가 이해된다. 오히려 지금처럼 살갑게 대해준 것만으로도 감사하다. 특히 김미주 엄마가 나와 리안이를 똑같이 대하려고 노력한 사실을 나는 잘 알고 있다. 김미주 엄마에게 감사한다.

아주머니는 쌍꺼풀진 큰 눈도 나와 판박이고, 운동화를 꺾어 신는 버릇도 나와 같다. 그리고 나와 같은 곱슬머리다.

"아주머니, 지금 그 머리 파마예요?"

"아니. 나는 태생이 곱슬이라 염색만 해."

완전히 확인사살이다. 아빠와 김미주 엄마, 리안이는 모두 직모다.

하지만 나는 지금 엄마 아빠랑 같은 성골 혈통이 좋다. 깨끗한 혈통이 좋다. 아주머니처럼 천박한 혈통은 싫다. 무엇이건 정통성을 가진 것이 좋다.

"나는 이딴 이상한 스토리가 싫어. 아줌마! 당장 내 앞에서 사라져요! 아니면 경찰 부를 거예요!"

아주머니는 나의 호통에 마지못해 허우적허우적 사라졌다.

나는 떡볶이에 체해 그날 밤, 화장실에서 구토를 밤새 해댔다. 그날부터 나는 매일 가족에게 버림을 당하는 꿈을 꾸었다. 그리고 표리안을 질투했다.

φτωρυτ의 위로

아빠는 이제 오픈카를 산다고 난리법석을 떤다. 꼴값을 한다. 엄마가 불쌍하다. 아빠가 늘 밖으로 돌기 때문이다.

아빠는 초등학교 6학년인 나에게 벼락선언을 한다.

"리안아, 서울에서 가장 유명한 성형외과를 운 좋게 아빠 친구가 해. 이번 겨울방학에 거기서 우리 리안이 얼굴 다 갈아엎자. 견적이 얼마나 나올지는 모르겠지만."

나를 쳐다보는 아빠의 웃음이 사악하다.

나는 기겁을 했다.

"아빠 제 얼굴이 어때서 그러세요? 저는 싫어요."

"리안아, 너는 거울 안 보니? 내가 너라면 나는 바로 수술대에 눕겠다. 나는 수술대에 누워봤자 고칠 게 하나도 없어 유감이지만. 너는 수술비가 얼마나 비싼지 아니? 아빠가 해준다고 할 때 빨리 다 뜯어고쳐. 사실 학교에서 이 언니는 리안이 네가 동생이라는 게 창피해서 아예 숨기고 다녔어. 어차피 걸그룹 애들은 거의 다 성형한 얼굴이야. 다들 이쁘기만 하잖아."

지안이 언니가 의외로 적극적이다. 언니의 이런 모습은 처음 본다. 매사 관심이 없는 얼굴이었기 때문이다.

"언니, 내 얼굴이 그 정도야?"

"그래. 이참에 빨리 고쳐."

"엄마도 아빠, 언니와 생각이 같아요?"

"음 리안아, 엄마는 반대야. 나는 자연스러운 것이 가장 아름답다고 생각해. 우리 리안이 지금도 충분히 개성 있고 귀여워."

"당신도 참, 리안이 코와 입술은 안 보여? 그리고 당신도 이참에 같이 수술해. 당신도 거울 좀 보고 살아."

아빠의 폭언이다.

나는 내 방에 달려와 침대에 얼굴을 파묻고 울었다.

'하나님, 제가 꼭 성형을 해야 할까요? 저는 진짜 거짓말이 아니라, 아무리 거울을 봐도 제 얼굴이 괜찮아요. 그렇게 성형을 해서 다 갈아엎을 정도로 흉하진 않다고 봐요. 저는 성형이 정말 싫어요.'

나는 고집을 피워 아빠가 성형을 권할 때마다 눈물로 스트라이크를 하거나, 방문을 걸어 잠그고 단식으로 스트라이크를 했다. 나는 아빠의 고집을 매번 이겨냈다. 결국 태어난 그 얼굴로 지금 대학교 1학년이다. 그건 엄마도 마찬가지다. 엄마도 태어난 얼굴을 그대로 고수했다.

나는 아빠와 성형수술을 안 해도 된다는 조건으로 딜을 해 여수대 대신 서울 명문대 '시각디자인과'에 갔다.

지안이 언니가 서울에서 같은 오피스텔을 쓰기 싫어해, 나는 학교 근처에 원룸을 얻었다.

입학식부터 나는 단연 화제다. 다들 이번엔 '라커(rocker)'라고 불렀다. 나는 찢어진 너덜너덜한 청바지에 숏컷으로 입학식에 갔다. 사실 이제 '피오나'는 식상했다.

'무개성한 얼굴보다 낫지 않아? 한 번 보면 라커. 기억하기도 쉽고.'

남학생과 여학생 모두 나에게 시선이 집중되었다.

'도대체 내가 그렇게 못생긴 거야?'

나중에 알고 보니, 대학 입학 전 스타일을 완전하게 바꾼 게 화근이었다. 치렁치렁한 긴 머리에 항상 파스텔톤의 원피스를 입는 나의 모습을 하나같이 '피오나'라고 불러, 나는 서울로 오기 전 과감하게 숏컷도 하고 옷도 스타일을 180도 바꾸어 입어버렸다. 아빠와 엄마까지 나의 모습을 보고 기겁을 했고, 언니는 매일 무한대로 빈정댔다.

"너, 이 언니 창피 한번 단단히 줄려고 그랬니? 아니면 상거지 코스프레 하는 거니?"

입학식 날 동기생들은 사실 숏컷에 너덜너덜한 빈티지를 입은 나를 보고, 남녀 구분이 되지 않아 자꾸 쳐다본 것이다.

처음엔 머리도 계속 긴 머리를 고수하고 원피스도 입으려고 했지만, 전공 자체가 긴 헤어스타일도 원피스도 다 방해만 될 뿐이다. 특히 실기를 하려면 바닥에 앉는 일도 많고 활동이 편안해야 하므로, 나는 과감하게 숏컷도 하고 빈티지 청바지만 주로 입었다.

리안이 언니는 또 혀를 찬다.

"너는 이제 데이트는 끝났다. 새싹일 때 풋풋한 데이트도 해보고, 남학생에게 프러포즈도 받아보고 해야 할 텐데, 꼴이 그게 뭐니? 내가 남자라도 너를 보면 십 리 밖으로 도망가겠다."

입학 축하로 우리 학교에 점심을 사주러 온 언니는 처음부터 나의 거지갈이 너덜너덜한 라커 옷차림을 못마땅해했다.

반면 언니는 연한 살굿빛 원피스에, 봉긋하게 볼륨 있는 가슴에, 웨이브 진 긴 머리카락에, 물방울 머리띠를 한 걸그룹 소녀였다.

우리 집에서 나와 엄마는 가슴이 절벽인 데 비해 지안이 언니는 혼자 가슴이 제법 봉긋 솟아오른 글래머이다. 언니는 얼굴뿐 아니라 몸매도 축복받은 몸매다. 우리 과 남학생들이 소개해 달라고 줄을 섰다.

"우리 언니 남자친구 있어. 아니, 너무 많아."

나는 단칼에 잘랐다. 실제로 언니는 남자친구가 없을 때가 단 한 순간도 없었다.

우리 시각디자인과에는 나만큼 명물이 또 한 명 있다. 울산에서 올라온, 키가 167cm에 얼굴도 연예인급인 '최혜진'이란 여학생이다.

최혜진도 나처럼 라커다. 완전, 나보다 더 너덜너덜한 옷에 목소리도 허스키하고, 옷과 액세서리 모두 언제나 블랙이다. 걸음마다 라커가 하는 쇠줄 액세서리에서 철컥철컥, 쇳소리가 요란하다. 항상 소리로 흔적이 남아있는 정직한 아이다.

우리 둘은 같은 지방 출신으로, 처음부터 서로 시원시원한 성품에 반해 4년 동안 붙어 다녔다. 나는 4년 동안 근면 성실한 학생으로 교수님과 동기들에게 인정을 받았고 과수석도 해, 평균 평점이 4.2가 넘었다. 하지만 1학년 2학기에 과 친구들로부터 엄청난 이야기를 들었다.

"혜진이와 너 사귀지? 너희 둘 레즈지?"

나는 화들짝 놀라, 그때부터 원래 나의 스타일로 돌아갔다. 긴 생머리에 파스텔톤 원피스를 입었다. 다시 나의 닉네임은 '피오나'다

혜진이는 이 사실을 모른다. 아이들도 평소 터프한 혜진이에게는 감히 그 얘기를 꺼내지 못하고 나에게만 물어본 것이다.

혜진이가 쿨 하게 제의한다.

"헤이 표리안, 우리 이번 방학에 괌 가자! 아빠가 비즈니스 항공권이랑 호텔 숙박권 줬어. 나는 인생이 너무 시시해 미치겠어. 재미가 하나도 없어. 리안 넌 어때?"

혜진이는 늘 재미없는 대학생활이 시시하다고 한 번씩 골을 냈다.

혜진이는 울산에서 호텔업과 주유소를 하는 부잣집 무남독녀이다. 나와 공통점은 옷차림과 헤어는 무시무시한데, 둘 다 좋아하는 남학생 앞에서 심하게 수줍음을 타, 말을 더듬는 버릇이 있다는 것이다.

고등학교 3학년 때부터 엄마가 자꾸 체중이 빠지고 안색이 좋지 않아, 내가 대학교 1학년 여름방학 때 엄마는 서울에 올라와 대학병원에서 정밀검사를 했다. 물론 외할머니와 나, 외할아버지가 동반했다. 심각하다. 엄마는 췌장암 4기이다.

나는 휴학을 하고 엄마 병간호를 하려고 했으나, 의외로 지나치게 담담한 아빠는 엄마가 외가에 머무르면서 치료를 받는 것이 환자 정서에 좋다고 한다. 지안이 언니도 아빠처럼 의외로 담담하다. 나만 밤새 울어 눈이 퉁퉁 부었다.

나는 방학에 들으려 한 계절학기를 취소하고, 엄마가 와있는 순천 외가로 내려왔다.

외할아버지와 외할머니가 더 환자다. 두 분이 엄마 때문에 얼마나 걱정을 하고 잠을 못 이루었는지 눈까지 퀭하다. 오히려 엄마가 씩씩하다.

오랜만에 엄마랑 누웠다.

"리안아, 남자친구는 없니?"

"엄마는 엄마가 이렇게 아픈데, 내가 남자친구 만날 정신이 있겠어?"

"엄마가 어때서. 나는 지금이 너무 편안한데. 나 사실 아빠랑 살기 싫어. 그래서 아픈 걸 핑계로 이렇게 순천에 쭉 있을 수 있어서 너무 좋아. 또 방학이라 눈에 넣어도 안 아플 우리 둘째 공주님도 같이 있고. 언니도 남자친구랑 왔다 올라갔어."

"언니는 인정도 없이 그새 가버린 거야? 엄마는 그럼 아빠랑 왜 결혼했어?"

"처음엔 인물 보고 반하고, 그다음은 훤칠한 키에 반하고, 그다음은 학벌에 반하고, 그다음엔 부모님이 좋아해서 나도 좋아하고. 하지만 살면서 그 얼굴로 바람피워서 실망하고, 그 허우대로 또 바람피워서 싫고, 그 학벌로 나를 무시해서 소름 끼치고, 우리 부모님에게 아무 관심도 없이 돈이나 밝혀서 이제 그나마 있던 정도 뚝 떨어져 지금은 아무 미련도 없단다."

엄마는 눈물을 뚝뚝 흘린다.

"엄마 울지 마. 아빠는 도대체 바람을 언제부터 피운 거야?"

"신혼 때부터 지금까지 늘 피우더라. 엄마가 모른 척해주었더니 글쎄 끝이 없어."

"그런 아빠를 엄마는 왜 가만히 보고만 있어?"

"나도 아빠를 사랑하지 않으니까, 견딜 만해."

"그럼 지금이라도 이혼해."

"아니. 이혼하면 외할머니, 외할아버지 쓰러지셔. 그냥저냥 살면 돼. 세월은 이러나저러나 흐르잖아. 나는 할아버지와 할머니가 별세하면 그때 꼭 이혼할 거야. 엄마도 그때는 자유롭게 여행도 하면서 우리 리안이랑 행복하게 살고 싶어. 그리고 리안아, 이 엄마 쉽게 죽지 않아. 걱정하지 마. 우리 리안이는 나중에 너만 사랑해주고 너를 존중해주고 가정에만 충실한 외할아버지 같은 남자를 꼭 만나. 알겠지? 엄마가 하늘나라 가서도 지켜볼게. 그리고 이건 너만 알고 있어. 지안이는 이 엄마 딸이 아니란다."

"엄마, 그게 무슨 말이야?"

엄마는 지안이 언니의 출생에 관한 비밀을 다 말해 주었다.

"리안아, 내가 너에게 이 얘기를 들려주는 이유는 외할아버지나 외할머니가 다소 지안이 언니에게 소홀하게 대하더라도 너는 그 이유를 알고 있어야 할 것 같아서 그래. 너는 바른말을 못 참잖아. 괜히 지안이 앞에서 왜 할아버지는 지안이 언니를 미워하냐는 둥 따지다, 언니가 엄마 딸이 아니라는 사실이 알려지면 지안이가 얼마나 상처를 받겠니? 그러니 너도 지안이 앞에선 절대 비밀을 지켜야 해. 그래서 할아버지가 지안이와 아빠에겐 유산을 한 푼도 주지 않을 거라고 매일 화가 나 말씀하시는 거란다."

"엄마, 나 이제 모두 다 이해했어. 언니는 이 사실을 알고 있어?"

"당연히 모르겠지. 엄마도 절대 입 밖에 내지 않았고, 더군다나 아빠도 이 사실을 전혀 몰라."

"엄마, 아빠에게는 말해야지. 아빠가 바람피워 지안이 언니 낳은 거잖아. 바람피운 당사자를 어떻게 그냥 둬?"

"난 지안이 키우면서 너랑 똑같은 사랑을 베풀었단다. 그 아이가 무슨 죄가 있니? 그리고 나 하나 화 풀겠다고 아빠에게 다 말했다가는 그 인정머리 없는 아빠가 지안이를 밖으로 내칠 수도 있잖아. 그래서 엄마가 속이 문드러져도 아빠에게 진실을 말하지 않았어."

"엄마는 너무 착해 문제야. 그러니까 혼자 스트레스를 받아 이런 몹쓸 병에 걸리지. 아빠 진짜 미워. 꼴도 보기 싫어."

"리안아, 너도 꼭 비밀을 지켜줘. 지안이 불쌍하잖아. 생모도 모른 채 살아가잖아. 리안아, 요즘 의학기술이 발달해서 엄마는 꼭 나을 거야. 그러니 너무 걱정하지 마. 알겠지?"

나는 췌장암 때문에 너무 많이 야윌 대로 야윈 엄마의 몸을 꽉 끌어안았다. 눈물이 흘러내린다. 나는 앞으로 생모 얼굴도 모르는 가엾은 지안이 언니에게 더 잘해주기로 결심했다.

엄마와 지내는 8월은 그런대로 좋았다.

엄마의 건강이 조금씩 회복되는 것 같아, 나는 요즘 마음이 조금 가볍다. 엄마랑 매일 밤 꼭 껴안고 자면서 어릴 때 엄마가 '어린 왕자'를 읽어줄 때가 많이 생각나, 이제 내가 잠을 청하는 엄마에게 '어린 왕자'를 읽어준다. 엄마는 빙그레 웃는 얼굴로 듣다가 곧 잠이 든다.

어릴 때 엄마는 동화에 나오는 어린 왕자 목소리를 초롱초롱한 눈빛으로 기가 막히게 잘 흉내를 내었다.

"내가 사는 곳은 아주 작거든."

"우와 이게 바로 내가 원하던 양이야. 근데 이 양은 풀을 많이 먹을까?"

"난 꽃을 위해 양에게 입마개를 해줄 거야."

"사막이 아름다운 건 어디엔가 오아시스를 감추고 있기 때문이야."

"만약 네가 오후 네 시에 온다면 나는 세 시부터 행복해지기 시작할 거야."

나는 매일 구연동화를 하는 엄마 덕분에 초등학교 4학년 때 '어린 왕자'를 거의 다 외웠다. 엄마는 책을 사는 것도 좋아해 우리 집은 마치 서점처럼 책이 많았다. 엄마 덕분에 나도 책을 좋아하게 되었다. 대학 때는 '데미안'과 '그리스인 조르바', '죄와 벌'에 빠졌다.

개강이라 할 수 없이 서울로 올라갔다. 같은 과 친구 혜진이랑 수업을 마치고 나오려는데, 갑자기 혜진이가 다가와 다정하게 팔짱을 끼고 호텔 커피숍에서 망고빙수를 먹자고 한다.

혜진이도 아직 모태솔로다. 혜진이도 이제 나처럼 숏컷에 남자처럼 빈티지하게 옷을 입는데, 나보다 패션 감각이 좋아 상당히 멋지다. 반면 나는 감각이 없다. 그냥 상거지다.

"혜진아, 망고빙수 비싸다고 뉴스에도 나오던데?"

"여수 재벌 표리안, 천하에 표리안이 설마 망고빙수 한 그릇에 떨고 있니?"

"아 그건 아니고, 우리 같은 학생이 먹기엔 과소비라는 거지."

"야, 오늘 내가 쏘는 거니까 잠자코 따라와."

"무슨 명목으로?"

"너한테 전공 필수 리포트 하나 부탁할 게 있어. 그리고 혹시 아니? 망고빙수라도 먹으면 이 시시한 세상이 조금 재미가 있을지. 요즘 나는 생전 처음 보는 부잣집 도련님들이랑 한 달에 한 번씩 맞선 보느라 힘들다. 휴우… 우리 어머니는 체력도 좋아."

혜진이는 또 맞선 타령에 그리고 재미 타령이다.

혜진이도 아빠처럼 오픈카를 탄다. 강렬한 레드다. 아빠도 그 나이에 포르쉐 레드 오픈카를 탄다. 가관이다.

"나 오픈카 싫어. 창피해."

"얘가 촌스럽긴, 이 감성을 누가 알겠니? 표리안, 덮고 갈 거니까 쫄지 마. 빨리 타기나 해. 아 표리안 컨츄리 컨츄리 우~."

나도 외할아버지가 사준 벤츠가 있지만 학교에는 절대 타고 오지 않는다. 원룸에 주차만 해두고 주로 순천이나 여수에 갈 때만 이용한다.

망고빙수를 먹고 혜진이에게 리포트 부탁을 받은 나는 화장실을 이용했다.

지하주차장에서 혜진이 차에 오르려는데, 아빠 차종과 똑같은 레드 오픈카가 미끄러지듯 옆자리에 주차한다.

'오늘 토요일도 아니고 금요일인데, 같은 차종을 내가 잘못 봤나?'

블랙 정장 차림의 남자와 늘씬한 여자가 차에서 내린다. 여자는 블랙 원피스 차림에 심플한 문양의 스카프를 두른 도회적인 모습이다.

'어 아빠다.'

아빠가 틀림없다. 요즘 아빠 치과에는 페이닥터가 두 명이나 더 있다. 나는 당황하여 혜진이에게 먼저 가라고 하고, 차에서 얼른 내려 아빠 뒤를 따라갔다. 호텔 룸으로 올라가는 엘리베이터에서 나는 아빠를 불렀다.

"아빠."

"응. 리안이가 여기 이 시간에 웬일이야? 그리고 그 거지 같은 옷차림은 뭐니? 아이고 창피하다."

내가 할 소리다.

뜻밖에도 아빠는 당당하다. 기가 찰 노릇이다. 아빠는 여자에게 먼저 룸으로 올라가라고 다정하게 얘기하고, 나와 같이 커피숍으로 갔다.

"아이스 아메리카노."

나는 아빠의 메뉴 선정에 놀랐다.

"저도 같은 걸로요."

사실 아빠와 나는 절대 아이스 아메리카노를 마시지 않는다. 아빠와 나는 위장이 과민성이어서 절대 찬 커피는 먹지 않는다. 찬 커피를 마시는 순간 우리는 그 기분 나쁜 복통을 적어도 사흘은 겪는다. 그래서 한여름에도 우리는 핫아메리카노 족이다.

아빠는 겉으로 당당해 보여도 목줄이 타는 모양이다. 아빠는 아이스 아메리카노를 벌컥벌컥 마신다. 나도 사정없이 아이스 아메리카노를 마셨다. 망고빙수에 이어 들어간 찬 커피는 벌써 대장을 사정없이 무차별 공격한다.

"저 여자 누구예요?"

"아, 나랑 같은 과 동기야. 서울에서 개원해서 돈도 잘 벌어."

"근데 호텔에는 무슨 일로?"

"아, 오늘 모교에 저명한 독일 의사가 와서 임플란트에 관한 포럼을 발표했어. 그거 보고 그냥 헤어지기가 아쉬워 룸에 가서 이야기 좀 더 하기로 했어. 괜히 커피숍에서 이야기하다가 이상한 소문이라도 돌면 나는 괜찮은데, 정화가 돌싱이라 좀 그래. 여기에서 계속 치과를 해야 하니까."

아빠는 당당해도 너무 당당해, 순간 나는 이 상황이 아무 문제가 없다고 착각할 뻔했다.

"아빠, 엄마가 췌장암으로 저렇게 고생하고 계시는데, 제가 아빠라면 포럼 마치고 순천 외가에 먼저 갈 거 같아요. 아빤 여자에 미친 사람 같아요."

"아, 정화랑 이야기 끝나고 가려고 했지. 리안아, 아무리 그렇다 치더라도 너 아빠한테 너무 무례한 거 아니니?"

나는 되려 나를 나무라는 아빠에게 분노해, 입에 담지 않아야 할 말까지 해버렸다.

"아빠, 지안이 언니가 우리 김미주 엄마 딸이 아닌 사실은 알고 있어요? 아빠가 그렇게 밖으로 나돌며 바람을 피우니까. 우리 엄마가 저런 무서운 병에 걸린 거예요. 아빠는 최소한의 양심도 없어요? 엄마가 가엾지도 않아요?"

"리안아, 나도 몇 년 전에 지안이 생모가 치과로 찾아와 이미 알고 있었다. 나에게도 돈을 요구하더라. 아주 질이 나쁜 여자야. 아빠가 지안이 칫솔로 DNA 검사를 해서 친자확인도 했어. 완전 내 딸이 맞더라. 지안이 얼굴이 100% 내 얼굴 판박이지만, 당연히 친자확인을 비싼 돈 주고 했지. 리안아, 그 여자 피가 섞였다고 내가 우리 예쁜 지안이를 내치는 건 인간의 도리가 아니잖아? 그치? 어쨌든 아빠 딸이잖아. 너도 끝까지 지안이 앞에선 모른 척해줘. 사실 그 일로 엄마에게 아빠가 많이 사과했어. 리안아, 하지만 이 모든 일들이 아빠 잘못만은 아니야. 나는 엄마에게 무한 애정을 쏟지만, 엄마가 나를 거부하는 걸 어떡해? 그러니 아빠가 밖으로 나돌 수밖에."

"엄마가 처음부터 그랬어요?"

"그건 아니지만…."

"그러니까 모든 책임은 다 아빠에게 있어요. 엄마와 결혼했으면 엄마에게 최선을 다해야지, 왜 딴 여자들을 넘봐요?"

"그건 우리 집 유전이란다. 그리고 엄마 얼굴이 좀 질리는 얼굴이기도 하고. 세상 여자들이 다 장착한 그 흔한 애교도 없고. 리안이 네가 봐도 엄마가 솔직히 좀 못생겼잖아."

나는 아빠의 뻔뻔한 행동에 기가 차 말이 나오지 않는다.

"그런 게 어디 있어요? 아빠, 오늘로써 저는 이제 아빠에게서 독립을 선언합니다. 앞으로 저에게 그 어떤 명령도 하지 마세요. 저는 이제 제 앞날은 제가 알아서 합니다. 그것만 지켜주세요. 저 먼저 갈게요. 그 아주머니랑 심도 있는 대화 더 하시고 조심히 가세요."

나는 택시를 타고 집으로 왔다. 눈물이 그치질 않아 혼이 났다. 순천에 있는 엄마에게 전화를 했다. 전화를 받지 않는다.

외할머니에게 전화했다.

"할머니, 지금 어디예요?"

"응 지금 서울 병원. 할아버지랑 엄마 치료 땜에 왔지."

"그럼 저한테 전화하지. 할머니, 제가 바로 갈게요."

겨울방학을 하고, 엄마와 외할머니와 나는 순천만으로 여행을 갔다. 지안 언니는 남자친구와 일본 온천 여행을 가느라 합류하지 못했다.

'우리 아빠는 너무 현대적인 거 아닌가? 지안이 언니는 남녀 단둘이 온천여행을, 그것도 2박 3일이나, 아빠보다 내가 더 보수적인가?'

이제 운전을 하는 나는 두 분을 태워 순천만으로 갔다.

엄마는 이제 거의 유동식밖에 먹지 못해 체중이 35kg을 왔다갔다한다. 기력이 없는 엄마를 위해 나는 휠체어를 빌려 엄마를 태웠다. 엄마는 힘이 없어도 모처럼 해사하게 웃었다. 맑고 깨끗한 엄마의 얼굴에서 죽음의 그림자는 아예 찾아볼 수 없었다.

해설사 설명으로, 지금은 흑두루미는 거의 볼 수 없고, 오리류와 같은 철새들이 주로 순천만에 사는 짱뚱어를 잡아먹고 산다고 한다. 우리는 너무 추운 날씨여서 따뜻한 카페에서 커피를 마시며 몸을 녹였다. 오랜만에 행복하다.

박물관에 들어간 우리는 빈 논에 오글오글 한 치의 틈도 없이 옹기종기 붙어 있는 철새 가족을 비치된 망원경으로 확인했다. 그 모습을 본 엄마는 몹시 부럽다고 한다.

"엄마, 나도 우리 가족 네 명이 저렇게 저 철새처럼 오글오글 붙어, 한 번이라도 같이 수다를 떨며 살아봤으면 좋겠어요. 우리 가족은 주말에 가족여행도 한번 못 갔어요."

"우리 미주가 그랬구나. 표 서방이 매일 밖으로 나돌고 다른 여자에게 눈이 돌아가는 사람이라, 우리 딸 속이 많이 상했지? 그래서 나와 아버지도 사실 너의 결혼을 많이 후회했단다."

"어, 엄마가 그걸 어떻게 아세요?"

"여자는 딸을 낳으면 몸에 더듬이가 하나 더 생겨. 그 더듬이로 딸이 배가 고픈지, 몸이 아픈지, 기분이 좋은지 나쁜지를 다 알게 되고. 그리고 그 예쁜 딸을 시집보내면, 몸에 더듬이가 열 개는 넘게 생기더라. 그래서 그 열 개의 더듬이로 딸을 직접 보지 않아도, 우리 딸이 행복한지 불행한지 맘이 편안한지 불편한지, 다 알게 되더라."

"할머니, 진짜예요? 그럼 아들은요?"

"아들은 할미가 못 낳아봐서 잘 모르겠네. 아마 자식은 다 같겠지. 우리 갱아지도 시집가 딸 낳아봐. 그리고 그 딸을 시집보내보면 이 할미 말이 무슨 뜻인지 다 알게 될 거야."

"엄마, 나는 그래도 표 서방 원망 안 해요. 적어도 우리 가정을 파괴하지는 않았잖아요."

"아버지는 표 서방이 미워 죽겠다고 하신다. 그래서 아버지는 죽더라도 표 서방에게는 재산 한 푼도 못 주겠다고 하시더라. 우리 리안이 갱아지한테 다 준다고 하시지."

나는 이제 할아버지가 자꾸 나 혼자에게만 유산을 다 준다고 고집 피우는 이유를 이해했다.

"엄마, 제가 잘 가던 순천 만화방 기억나죠? 보름달 만화방이요. 제가 어릴 때 거기서 살았잖아요."

"응. 우리 미주가 만화방 진짜 좋아했지. 집에서 안 보이면 백발백중 만화방에 있었으니까."

"호호 제가 그랬죠. 만화방에 있으면 저는 행복하더라고요. 그때 어떤 만화책에서 봤어요. 사람은 태어나면 호주머니에 제각각 돌을 가지고 태어난대요. 그 사람의 운에 따라 많이 들어있는 사람도 있고, 적게 들어있는 사람도 있대요. 힘든 일을 겪을 때마다 호주머니에서 돌이 하나씩 빠져나간대요. 아마 많이 들어있는 사람은 인생이 힘들고 무겁겠죠. 저는 이만하면 딱 적당하다고 생각해요. 하지만 우리 리안이는 호주머니에 돌이 하나도 없었으면 하고 기도한 적이 많아요."

"엄마, 나는 내 호주머니에 돌이 가득 들었으면 좋겠어. 그래야 인생이 스펙터클 하잖아. 돌이 얼마 없으면 인생이 얼마나 무료하고 심심하겠어?"

엄마와 할머니가 동시에 처음으로 나에게 화를 냈다.

"리안아, 그런 소리 함부로 하지 마. 인생이 진짜 힘든 사람들은 자살까지도 생각해. 그저 내가 짊어지고 나갈 정도의 돌만 들어있어야지. 아니지. 우리 리안이는 무료해도 땡큐니까, 호주머니에 돌이라곤 하나도 없으면 이 엄마는 정말 좋겠어."

할머니도 엄마 말에 고개를 끄덕인다.

"우리 미주 말이 맞다. 나도 우리 갱아지는 너처럼 맴 고생 안 했으면 좋겠어. 할미도 우리 갱아지 호주머니엔 돌멩이가 하나도 없었으면 좋겠다. 만약 하나라도 있으면, 이 할미가 다 가져올게. 우리 미주 시집가 맘고생 참 많이 했다. 차라리 시집 안 가고 이 애미랑 같이 살았으면 이렇게 몹쓸 병도 걸리지 않았을 텐데. 쯧쯧, 괜히 우리가 표 서방과 급하게 결혼을 시켰나 봐."

"아니에요. 엄마 저는 우리 부모님에게서 태어나 너무 행복했어요. 오히려 제가 불효하는 것 같아 죄송해요."

"엄마, 자꾸 무섭게 왜 그런 얘길 해요? 할머니 나 배고파요. 우리 저녁 먹으러 빨리 가요."

2008년 4월 22일이다.

엄마가 갑자기 병세가 악화되어 중환자실에서 하늘나라로 떠나버렸다. 나는 엄마가 돌아가신 사실이 도무지 믿어지지 않는다. 나는 엄마의 장례식을 위해 부랴부랴 여수로 내려왔다. 여수 할아버지와 할머니, 민희 고모도 다들 왔다.

적어도 내 눈에 이들은, 다들 슬퍼하기는커녕 너무 생생하다.

'너무하는 거 아닌가? 며느리가 하늘나라로 갔는데, 저렇게 멀쩡할 수 있을까?'

나는 이래서 아빠 본가 가족들이 다 싫다. 너무 몰인정하고, 이성적이다. 그에 비해 나는 충동적이고, 감성적이다. 어떤 날은 비가 오면 빗소리가 너무 슬퍼 엉엉 소리 내어 우는 아이가 바로 나다. 이런 나를 유일하게 김미주 엄마와 영웅이만 이해해주었다.

아빠도 담담하다. 지안이 언니도 담담하다.

'지안이 언니 너도 너무해. 엄마가 내색 한 번 없이 이렇게 잘 키워줬는데, 어쩜 그렇게 인정머리도 없이 그러냐?'

아빠와 지안이 언니는 빼박이다. 둘 다 싫다.

순천 외할아버지와 외할머니는 너무 울어 눈이 빨갛게 짓물렀다. 나는 두 분을 번갈아 안아드렸다. 나도 너무 많이 울어 눈앞이 뿌옇다.

장례식에는 고맙게도 영미와 그리고 뜻밖에 교복 차림의 영웅이가 왔다. 고맙다. 영웅이가 많은 위로를 해준다. 영웅이에게서 내가 좋아하는 라일락 비누향이 여전히 난다. 너무 그리운 향기다.

"누나, 세월이 약이라더라. 누나도 지금 당장 많이 힘들겠지만, 세월이 가면 차차 나아질 거예요. 힘내요."

이제 고3인 영웅이가 아주 의젓하다.

나는 금오도에서 영웅이에 관한 진한 레드 경고를 받았는데도, 훤칠한 미남 앞에서 다시 무너진다. 영웅이는 웬일로 나에게 살며시 다이어리도 하나 건네주고 간다. 다이어리에는 헤어져 있는 동안, 나에게 쓴 진실한 내용의 편지가 빼곡히 들어있다. 교환일기 때와 똑같다.

글씨는 삐뚤삐뚤, 맞춤법은 다 틀려도 귀엽다.

'그럼 그렇지. 영웅이 네가 날 어떻게 잊어? 우리가 어떤 사이니? 난 네가 이렇게 나에게 돌아올 줄 알았어.'

엄마가 돌아가셔서 슬픈 와중에도 영웅이 다이어리가 나를 조금은 행복하게 만든다. 영미는 여수대 미술교육과 1학년이다. 미술교사가 꿈이다. 영미와 에스더와는 거의 매일 톡을 한다.

나는 장례식을 치르고 여수 집에 가지 않고, 바로 외할아버지와 외할머니랑 순천 외가에 왔다.

나는 엄마가 너무 보고 싶어 허공에 대고 미친 듯이 외쳤다.

"엄마! 엄마! 엄마! 너무 보고 싶어요!"

갑자기 하늘에서 섬광이 비쳤다. 나는 너무 놀라 눈을 감았다. 잠시 후 눈을 떴다.

섬광이 비친 그곳에는 놀랍게도, 1kg쯤 되는 너무 사랑스러운 하얀 털을 가진 롭이어 토끼와 흡사한 모양새를 가진 생명체가 나를 보며 재빠르게 달려와 품에 쏙 안겼다. 순식간에 벌어진 일이다. 나는 엉겁결에 커다란 귀를 가진 귀여운 롭이어 토끼를 안았다. 희한한 일이다. 토끼를 품에 안는 순간, 엄마를 잃은 슬픔이 살짝 가벼워지는 이상한 밝음이 몸 전체를 한 바퀴 휘감았다.

"할머니 이거 보세요."

엄마를 떠나보내고, 힘이 없어 침대에만 누워있는 할머니에게 나는 토끼를 보여주었다. 할머니가 가까스로 몸을 일으켜 토끼를 안아준다. 할머니와 할아버지는 반대하지 않고, 내 방에서 토끼를 기르는 걸 허락했다.

할머니도 차츰 기운을 회복하고 자주 토끼를 보러 내 방에 왔다.

"이 귀여운 토끼는 어디서 난 거니?"

"어 할머니, 내 친구가 당분간 맡겨두었어. 괜찮지?"

"그럼. 우리 갱아지가 이렇게 좋아하는데. 근데 눈이 참 반짝반짝하니 마치 밤하늘에 떠있는 별 같구나. 할미는 애완동물을 한 번도 안 키워 봐서 아직 별론데, 얘는 유별나게 정이 가네."

"할머니 나도 그래. 우리 얘 이름 지어주자. 할머니 뭐가 좋을까?"

"φιωρυι ♉"

"φιωρυι ♉"

"φιωρυι ♉"

토끼는 도무지 알아들을 수 없는 언어를 계속 반복한다.

"아 할머니, 윤복이로 하자. 나 신윤복 화가 좋아하잖아."

"그래. 윤복이 괜찮네."

"윤복아, 조금 있다 나 공부하러 서울 가야 돼. 우리 할머니랑 잘 지낼 수 있어?"

"응 리안아, 할머니랑 잘 지낼게 ♉ 그리고 내가 지구에 온 이유는 우리 행성에서 더 이상 살 수 없어 온 거야 ♉ 우리 행성에 공기가 너무 오염되어 가족들과 지인들이 거의 모두 사망했어 ɤ 하지만 우리 행성과 지구는 너무 멀어 나 혼자 힘으로 오기가 힘들어 ɤ 아빠와 엄마가 나를 살리려 죽기 직전에 있는 힘을 다해 행성 바깥으로 나를 떠밀었고, 다행히 산소가 있는 지구에 떨어져 나만 이렇게 목숨을 건졌어 ɤ 리안아 나도 너처럼 *φωρυτ* 엄마랑 *φτνωρ*아빠가 많이 보고 싶어 ɤ 그래서 얼마 전에 나도 많이 울었어 ɤ"

"아 그렇구나. 윤복아, 내가 잘할게. 울지 않게 해줄게. 할머니, 세상에 윤복이가 말을 해. 할머니도 들리지?"

"아니, 토끼가 무슨 말을 한다고 그러니? 우리 갱아지가 너무 슬퍼 지금 헛소리를 하는구나. 빨리 침대에 누워 윤복이랑 쉬어라."

윤복이의 존재만으로도 할머니 얼굴에는 다시 생기가 조금씩 돌아온다.

윤복이를 품에 안고 잘 때, 푸르스름한 빛이 나온다. 그 빛이 온몸을 감싸면 아팠던 심장도 치유가 되고, 엄마 때문에 많이 슬펐던 마음도 치유가 된다. 윤복이는 나에게 엄청난 힐링을 준다. 1주일이 지나고, 나는 마음이 많이 회복되어 윤복이에게 할머니를 부탁하고 수업 때문에 서울로 갔다. 참 신기한 일이다.

"리안아, 윤복이를 안고 있으면 네 엄마를 안고 있는 것 같아. 할미가 이상하게 조금 행복해."

할머니는 내가 서울로 올 때도 아주 씩씩하게 윤복이를 안고 배웅했다.

"리안아, 나는 다 필요 없고 이온음료만 먹어 ɤ"

나는 할머니에게 윤복이는 이온음료만 먹으면 살 수 있다고 전했다.

"참 희한한 토끼구나. 토끼가 풀을 안 먹고 이온음료를 먹는다고?"

“응, 할머니. 내가 지금 마트에 가서 사올게.”

윤복이는 이온음료를 긴 혀로 아주 잘 먹었다. 할머니와 나는 신기하여 계속 쳐다보았다.

“리안, 고마워 ♉ 나 목이 많이 말랐어 ♉ 이 이온음료는 맛이 참 좋아 ♉ 나는 이온음료 한 번만 먹으면 일주일은 안 먹어도 돼 ♉ 사실 우리 종족은 신선한 공기와 이온수가 있어야 생명을 유지할 수 있어 ♉ 지구는 아직 공기가 맑아 부럽다 ♉ 그리고 이렇게 질 좋은 이온수도 많아 부러워 ♉ 그런데 요즘 한국도 숨쉬기가 점점 힘들어져 걱정이야 ♉ 한국도 공기가 점점 오염되고 있는 것 같아 ♉”

“윤복아, 그런데 왜 할머니 귀에는 네 목소리가 들리지 않고, 나만 들을 수 있어?”

“글쎄 나도 잘 몰라 ♉ 내 목소리가 들리는 네가 이상할 수도 있어 ♉ 내 목소리를 알아듣는 지구인은 아주 슬픔에 잠긴 감성형 지구인들이야 ♉ 리안아, 앞으로도 내가 필요하면 윤복이 이름을 크게 세 번만 불러 ♉ 알겠지 ♉ 네가 부르면 내가 어디에 있든 반드시 돌아올게 ♉ 리안아, 내가 혹시 사라지더라도 너무 힘들어하지 마 ♉ 나는 네가 부르면 꼭 너에게 돌아올 거니까 ♉”

윤복이와의 수다 덕분에 나는 요즘 마음이 조금 가볍다.

하지만 엄마가 없는 지구는 너무 넓다. 인생이 너무 허망하다. 나는 거리를 정처 없이 쏘다니다 숏컷 머리를 빨간색으로 염색해버렸다. 옷도 마치 미친년마냥 빈티지한 남성적인 옷에 힙합바지를 질질 끌고 다니며 피어싱도 했다. 물론 방학에 할머니 집에 내려갈 때는 얌전한 원피스를 입고 피어싱은 제거했다.

‘영웅아, 네 말처럼 세월이 흐르면 엄마를 잊을 수 있을까? 지금은 가

슴이 이렇게 찢어질 듯 아픈데….'

서울에 있을 땐 할머니에게 자주 전화를 드렸다. 할머니는 윤복이 챙기느라 바빠 엄마를 다소 잊은 듯했다. 차라리 다행이다. 할머니는 그동안 윤복이에게 이온음료를 챙겨주느라 바쁘다.

나는 열흘 후, 학교에 갔다. 혜진이가 많은 위로를 해주었다. 고맙다.

나는 마음 둘 곳이 없어 방황하다, 혜진이에게 연극동아리 '햄릿'에 가입하자고 했다. '햄릿' 동아리는 사람 수가 적어 3월이 아니더라도 언제든 가입이 가능하다고 한다. 혜진이가 나를 위로해준다고 데려간 대학가 연극무대에서 나는 셰익스피어 원작 '한여름 밤의 꿈'을 보았다. 남주 라이샌더를 보며 또 윤영웅을 떠올렸다.

"표리안, 정신 차려! 윤영웅은 이제 너에게 마음이 하나도 없어. 제발 이제 좀 정신 차리자."

나는 한여름 밤의 꿈, 한 편만 보고 연극에 빠져버렸다.

'햄릿'은 우리 둘을 환영했다. 그리고 곧 무대에 올릴 '바벨탑 무너지다'란 공연에서 엑스트라가 필요하다고 한다. '바벨탑 무너지다'는 80학번 선배 연출가가 옛 추억에 젖어 다시 무대에 올리는 리마인드 공연이라고 한다. 주제는 대충 '미신 타파'이다.

혜진이는 조연인 '메리' 역을 맡고, 나는 혜진이보다 비중은 조금 적지만 임팩트가 강한 '무당' 역을 맡았다. 매일 똑같은 일상을 벗어나, 연극무대에서 대사를 읊조리며 여러 사람들과 어울리는 일은 신선하다. 특히 연극은 분장이라는 요소가 있어, 본인 얼굴을 가리는 게 좋다.

'표리안, 너도 얼굴 콤플렉스가 무의식중에 있었나 보네. 후후.'

벌써 내일이 공연이다. 오늘은 총 리허설이다.

나는 남주인 수민 역의 '윤주환'을 보고 깜짝 놀랐다. 윤주환은 경제학과 3학년으로 복학생 선배다.

'세상에 다비드상이 바로 여기 있네.'

나는 황홀하여 윤주환을 정신없이 바라보았다. 그건 혜진이도 마찬가지다.

"와우, 윤주환은 사람이 아니지? 만약 윤주환이 사람이면 이건 반칙이지? 리안아, 진짜로 우짜모 좋노?"

혜진이는 극도로 흥분하면 경상도 사투리가 한 번씩 나온다. 나도 급할 때 여수 사투리가 자주 나온다.

윤주환은 잘생긴 얼굴로 딕션도 좋고, 절제된 감정선에, 목소리도 좋았다. 판타스틱이다!

리허설을 마치고, 혜진이와 나는 카페에서 윤주환 찬양론에 빠졌다.

"리안아, 주환 선배는 여자친구가 있을까?"

"당연하지. 그 얼굴에, 경제학과에, 여자친구가 설마 없겠니?"

"리안아, 나 네 말 듣기 너무 잘했다. '햄릿'에 입단하지 않았으면 저 멋진 '윤주환' 선배 얼굴도 모르고 졸업했겠다."

"맞아. 나도 그렇게 잘생긴 사람은 아직 한 번도 현실에서 못 만나봤어. 여자친구가 누군지 부럽다."

모태솔로인 나도 부러울 만큼 윤주환은 '인간계'가 아니라 거의 '천상계' 수준이다.

"리안아, 연극 공연 끝나고 쫑파티 할 때, 나 주환 선배에게 한번 고백해볼까? 그러면 인생이 너무 재미있지 않을까?"

"뭐? 얼굴만 보고 고백한다고?"

"그럴 수도 있지. 여자가 남자에게 반하는 건 얼굴이 될 수도 있고, 재력이 될 수도 있고, 학식이 될 수도 있고, 성품이 될 수도 있고, 벌키한 몸이 될 수도 있고, 무튼 그 모든 건 나는 다 동등하다고 본다."

혜진이 말도 맞는 말이다. 우리는 돈이나 외모를 본다고 하면 그저 저급하게 취급하지만, 여자가 남자에게 반하는 순간만큼은 적어도 순수한 마음이지 않는가?

공연이 끝난 후, 레스토랑에서 시도한 혜진이의 저돌적인 고백은 단번에 잘려버렸다. 그날 술을 잔뜩 마신 혜진이가 전화를 했다.

"리안아, 나 여기 어디가 어딘지 모르겠어. 나 좀 집에 데려다줘. 엉엉. 다비드가 나 싫대. 엉엉."

혜진이는 우리가 즐겨 가던 대학로 '세빌리아의 이발사'란 술집에서 완전 술에 쩔어있었다.

혜진이는 나를 보곤 너무 좋아 벌떡 일어나, 나를 안고 쓰러졌다.

겨우 나의 원룸에 데리고 온 혜진이는 화장실에서 한 시간 이상을 토하다 갑자기 눈빛이 초롱초롱해졌다.

"혜진아, 너 괜찮은 거지? 너 눈빛이 돌변하니까 나 갑자기 무서워."

"기집애 무섭기는? 나 이제 정신이 들었어. 속도 괜찮아. 리안아, 나 우리 과에서 널 처음 본 순간부터 내 맘에 들었어. 그 이유 아니?"

"이제 사랑 고백 타임? 그 이유 나는 모르지."

"너는 분명히 못생겼는데, 뭔가 함부로 대할 수 없는 당당함이 있어. 내가 첫눈에 반했어. 나는 네가 갖고 있는 그 당당함이 1도 없어. 나는 항상 사람들 눈치를 보고 살거든."

"혜진이 네가? 사람들 눈치를 보고 산다고? 전혀… 네버. 그럼 그 라커 옷차림은?"

"아 이거? 나 학교에서만 이러고 다녀. 울산 집에 갈 때는 원피스에 반묶음 헤어스타일이야. 세상에서 가장 조신한 옷차림으로 가야 해."

"정말이야? 혜진이 너랑 그런 공주 스타일은 잘 매치가 안 돼."

"리안아, 나 사실 보육원에서 자랐어. 중학교 3학년 때 울산 집에 입양되었어. 어머니는 처음부터 나를 사람이 아닌 인형으로 취급했어. 이 얼굴은 청담동에서 열 번쯤 성형한 결과물이야. 이제 의사는 찾아가도 아예 왜 왔는지 묻지도 않아. 체중도 167cm에 52kg을 넘기면 안 돼. 후후, 아이들은 다들 나를 부럽다고들 하지만, 정작 난 이 껍데기를 훌훌 벗어던지고 싶어. 나 벌써 이번 여름방학에도 중매시장에 나가야 돼."

처음 듣는 이야기이다. 나는 너무 놀아 어안이 벙벙했다.

"자식, 놀라긴? 그저 지금까지 살아온 내 삶에 대해 쬐끔 오픈했을 뿐이야. 울산 부모님은 처음엔 남자아이를 입양하려다 혹시 잘못되면 아들은 한방에 재산까지 다 잃을 수 있다고 방향을 돌렸대. 그래서 여자인 나를 입양한 거래. 열 군데도 넘는 보육원에 남아있는 여자아이들 중 내가 제일 이쁘고 성적도 좋았대. 그래서 비록 시각디자인과지만 명문대라고 여기 들어오는 데도 과외 더럽게 많이 했어. 나 머리가 나빠 매일 새벽 2시까지 공부했어. 울산 집에서 쫓겨나 보육원으로 다시 돌아가는 게 더 두려웠거든. 울산 집도 무섭지만 보육원은 더 지옥 같아. 나 열두 살에 보육원 오빠에게 거의 매일 강간당했어. 선생님에게 말씀드리면 고자질쟁이라고 또 얻어맞았어. 그래서 처음에 울산 집으로 입양 갈 때 너무 좋았어. 하지만 울산 집도 거의 제2의 보육원이야. 나를 데려간 이유가 외모만 이쁘게 키워 부자 사위를 보면 재산을 더 증식할 수 있다고 데려갔대. 웃기지? 있는 것들이 더해. 나 그들을 엄마, 아빠로도 부르지 못했어. 꼭 어머니, 아버지로 불렀어. 엄마, 아빠로 부르면 정이 든다나. 정들면 절대 안 된대. 나는 사람이 아니고 인형이니까. 언제든지 버릴 수 있는 인형이니까, 정들면 곤란하다고. 아무튼 리안아, 내 삶이 좀 그래…."

혜진이 목소리가 담담해 더 슬프다.

"나는 재미있는 사람이 좋아. 사실 오늘 다비드에게 프러포즈하는 내가 웃기더라. 매일 어머니에게 끌려 다니며 성형을 강요받던 내가, 다비드 외모만 보고 반해 프러포즈하다니… 리안아, 내가 너무 이율배반적이지 않니?"

"아니야. 혜진아, 우린 아직 어려 얼마든지 실수를 저지를 수 있어. 그럴 수 있어."

"리안아, 넌 참 멋져. 이래서 나는 네가 좋아. 이런 대답을 해주는 친구가 또 어디에 있겠니? 리안아, 과에서 네 닉네임이 뭔지 아니?"

"나 닉네임? 당연히 과대 아니니?"

"과대, 웃기고 있네. 참, 아이들이 너 몰래 부르니까. 너는 모르겠구나. 네 닉네임이 애니야."

"애니? 그건 무슨 뜻이야?"

"후후, 애니멀의 줄임말이래. 애니멀의 줄임말이 네 닉네임인 이유는 동물은 평생 성형 같은 건 하지 않잖아. 동물은 특히 외모로 서로를 비교하거나 외모 때문에 슬퍼하거나 낙담하지 않고 씩씩하게 잘 살아가잖아… 그래서 네 닉네임이 애니래. 난 애니가 너무 맘에 들어. 너의 당당함의 또 다른 표현 같아서."

"이거 칭찬인지 욕인지 모르겠다."

"칭찬이야. 요즘같이 외모로 비교받는 세상에 리안이 너는 얼마나 멋지고 당당하니?"

"그래. 그럼 칭찬으로 들을게. 고맙다."

"리안아, 나는 울산 집에서 강요하는 중매결혼만큼은 절대 하지 않을 거야. 주변에 나를 나 자체로 인정해주는 남자가 있다면 나는 그와 무조건 결혼할 거야. 양부모 허락 없이도… 그가 키가 작든, 못생겼든, 가난하든, 아무 문제 없어. 그게 요즘 나의 인생 목표야. 재미가 있으면 더 좋고. 리안아, 나의 이상형은 나를 웃게 해주는 남자야. 사실 나는 그동안 웃을 일이 없었잖아….”

쓸쓸하게 웃는 혜진이가 너무 슬퍼 보여 나는 혜진이를 꼬옥 안았다.

‘혜진아 너는 꼭 좋은 남자 만날 거야.’

연극과는 담을 쌓은 지안이 언니가 나의 첫 공연에 연락도 없이 왔다. 나에게 꽃다발을 건네던 언니의 청초한 모습에 다비드, 윤주환은 그만 반해버리고, 윤주환을 처음 본 지안이 언니도 정신을 못 차려, 둘은 본격적인 사랑에 빠져 들었다. 결과론적으로 그 둘은 내가 오작교이다.

남자는 참 알 수 없는 동물이다.

‘저렇게 멋진 윤주환이, 저렇게 외모에만 치중하고 독서도 싫어해 맞춤법도 매일 틀리는 거울공주, 지안이 언니를 사랑할 수 있구나. 그게 남녀의 사랑법이구나.’

나 또한 윤주환에 대한 감정을 접고, ‘햄릿’ 동아리도 그만두었지만. 혜진이는 심심하다며 계속 ‘햄릿’에 남아있었다.

윤영웅은 잊을 만하면 전화했다. 늘 술에 취해있다.

“리안이 누나, 나 영웅이야. 나 누나가 너무 보고 싶어 전화했어. 누나는 나 안 보고 싶어? 지금이라도 누나에게 갈까?”

‘이게 가스라이팅이 아니고 뭐란 말인가?’

전화기에서도 라일락 비누향이 나는 것 같아 나는 그리움에 목이 마른다.

영웅이의 가스라이팅은 4학년까지 계속되었다. 이 가스라이팅이 아주 가끔 과에서나 동아리에서 관심이 생기는 남자가 있어도 단박에 잊게 만든 변수이다. 윤영웅은 적어도 아직까지 나에게 그런 가슴 아릿한 존재이다.

몬트리올에서 만난
이케다 타쿠미

엄마의 장례식을 치르고, 나는 외할아버지에게 2학년을 마친 뒤 캐나다로 어학연수를 보내달라고 했다. 할아버지는 대학을 졸업하고 가라고 한다.

엄마가 없는 한국이 싫고 늘 밖으로만 겉도는 아빠도 보기 싫어 나는 무조건 떠나고 싶었지만, 할아버지가 이유를 말해주었다.

"리안아, 사실 네 할미가 밤마다 운단다. 잠도 잘 못 자. 그런데 너까지 캐나다로 가버리면 네 할미는 마음 둘 곳이 없잖아."

"할아버지, 죄송해요. 저는 제 생각만 했어요. 그러면 졸업하고 갈게요."

"그래줄 수 있겠니?"

"네."

나는 꾹꾹 참고 학교를 졸업했다. 졸업장만 취득한 대학 생활이다. 대학 생활 중 개미 새끼 한 마리도 나에게 데이트 신청을 하지 않았다.

'내가 정말 그렇게 매력이 없는 얼굴인가? 그래서 아빠랑 지안이 언니가 계속 성형을 하라고 했을까? 아니야. 그동안 영웅이가 나를 엄청 좋아

했잖아.'

혜진이는 그나마 '햄릿' 동아리의 '박장훈' 선배와 눈이 맞아 데이트 중이다.

"리안아, 드디어 나의 이상형을 찾았어. 나 장훈 선배가 너무 좋아. 농사꾼의 아들이래. 리안아, 시골에서 농사짓고 살면 얼마나 재밌겠니? 나 선배 고시원에서 커피도 마셨어. 퀴퀴한 냄새와 너무 좁아터진 방이라 선배는 싫다고 했지만, 내가 급습해 버렸어. 나는 선배 고시원이 복작복작해서 사람 사는 것 같고 좋기만 하더라. 이제 고시원에도 자주 갈 거야. 리안아, 선배도 나 좋대. 히히 나는 장훈 선배와 미래를 상상만 해도 심장이 팔딱팔딱 뛰어 미치겠어. 나 드디어 나의 이상형을 만났어. 나에게도 이제 진정한 가족이 생길 것 같아. 장훈 선배에게 나의 보육원 시절도 모두 다 오픈했어. 양부모님 얘기도. 그래도 내가 좋대. 리안아, 장훈 선배는 내가 그토록 찾던 재미도 있고 또 마음이 따뜻한 사람인 것 같아. 난 행운아야, 아니 행운 아가씨야. 호호호."

혜진이 눈에서 별이 반짝인다. 혜진이는 장훈 선배와 결혼까지 약속했다고 자랑한다. 부럽다.

장훈 선배는 우리와 아주 다른 캐릭터이다. 나와 혜진이는 부모님이 등록금과 생활비를 주는 것을 당연지사로 여겼다. 하지만 장훈 선배는 우리를 기생충이라고 놀린다.

"너거들이 부모님 피를 쪽쪽 빨아 묵는 기생충이 아니고 뭐꼬?"

장훈 선배는 고시원에 살면서 등록금과 생활비를 알바와 과외로 다 충당하는 선배다. 심지어 빡세게 알바나 과외를 해 가끔 부모님께 용돈도 보낸다. 대단하다. 하지만 어려운 티가 하나도 없고 늘 씩씩하다.

'햄릿'도 처음에 조명 스텝이 없어 알바로 잠시 들어왔다, 눌러앉은

케이스라고 한다. 지금도 선배는 햄릿에서 연기는 하지 않고, 조명 스텝만 한다. 짧은 머리와 블랙 단벌 옷과 까무잡잡한 피부와 170cm가 넘을까 말까 하는 다소 작은 키의 소유자로 처음엔 크게 호감이 가지 않는 외모이다. 주환 선배와 나이가 같은 복학생이지만 눈, 코, 입은 여자처럼 조그맣게 생겨 마치 귀여운 초등학생 고학년으로 보이기까지 하는 동안 외모다.

하지만 또 카리스마는 있다. 반전미가 매력이라고 할까? 장훈 선배 주변에는 언제나 사람들이 넘쳐난다. 툭툭 던지는 경상도 사투리의 매력이 터지는 선배는 항상 밝은 성격의 소유자다. 어려운 후배들에게 아낌없이 베푸는 따뜻한 마음과 타고난 유머감각으로 주변 모두를 사로잡는다.

'어차피 데이트하면 뭐 해? 혹시 아빠 같은 남자면 어떡해? 나는 남자를 믿을 수 없어.'

가끔 여수에 있는 영웅이가 떠올랐지만, 지금 군 복무를 끝내고, 여수에 있는 전문대를 다니고 있다. 나는 영미와 카톡을 통해 영웅이 소식은 다 꿰뚫고 있다. 나는 방학에는 무조건 외가에서 시간을 보냈다.

언니는 생각보다 윤주환과 오래 만나고 있다. 할아버지와 할머니는 방학 때마다 순천에 내려오는 나를 엄청 좋아했다. 나도 외가에서는 드러내놓고 엄마를 그리워할 수 있어 좋았다.

참 윤복이는 나타난 지 2주 만에 사라져버려, 나는 또 많이 울었다. 할머니도 같이 울었다.

"나도 윤복이랑 정이 많이 들었는데, 이 녀석이 갑자기 사라져 버렸네. 우리 갱아지 맴이 많이 아프지?"

"응. 할머니, 나 윤복이 벌써 보고 싶어."

"그 녀석 어느 날 또다시 올 거야. 우리 기다려보자."

엄마가 그리울 때면 나는 할머니와 무작정 차를 몰고 여수 하늘정원에 자주 갔다.

2010년 4월 22일, 오늘 또 엄마 기일이다. 늘 할머니와 나는 엄마 기일을 지킨다. '김미주' 엄마의 유골함 앞에서 아직도 나와 할머니는 말없이 눈물을 흘린다.

이제 나는 대학교 4학년이다. 스물세 살이다.

스치듯 봉안당에서 아빠를 봤다.

'아빠도 냉혈한만은 아니구나.'

아빠에 대한 분노가 조금 사라진다.

세상에 기막힌 우연이다. 영웅이가 오토바이를 타고 지나간다.

'도대체 이게 얼마 만인가? 영웅이는 그동안 왜 나에게 아무 연락도 없던 걸까?'

나는 급하게 영웅이를 불러 세웠다.

"영웅아! 영웅아!"

오토바이 뒤에 노란 머리 여학생이 타고 있다.

영웅이는 이제 많이 변했다. 라일락 비누향 대신 싸구려 향수 냄새가 진동한다. 옷차림도 동네 건달 같다. 싫다.

여학생은 첫눈에도 예쁜 얼굴에 유난히 큰 가슴이 눈에 도드라진다. 너무 짙은 화장에 날티가 덕지덕지 묻어있어 대학생은 아닌 것 같아 보인다.

"어, 누나 잘 지냈어? 나 오후 수업 들으러 학교 가. 그럼 잘 가."

그리고 영웅이는 쌩 가버린다.

"리안아, 재 영웅이 아니니? 재가 왜 저렇게 변했니? 나는 처음에 영웅이 아닌 줄 알았다."

할머니에게 한마디 인사도 없는 영웅이가 할머니는 몹시 낯설어 보인다고 섭섭해한다.

'영웅아, 너는 이제 나에게 아무 관심도 없는데. 나는 아직 마음이 왜 이럴까? 우리 엄마 장례식 때 삐뚤삐뚤 다이어리는 왜 준 거니? 표리안이 바보야. 이제 영웅이는 자유롭게 제 갈 길 가게 그냥 네 맘에서 다 풀어줘라.'

대학을 졸업했다. 모든 게 시들하다.

나는 드디어 할아버지의 허락을 받고 캐나다로 어학연수를 갔다. 나의 어학연수 소식을 듣고 혜진이도 같이 가려고 한다. 나는 혜진이와 캐나다로 떠났다. 우리는 퀘벡주 몬트리올에 있는 어학원에서 제공하는 숙소를 쓰지 않고, 혜진이 아버지가 통 크게 빌린 호텔에서 어학원까지 택시를 타고 다녔다.

한 달도 지나지 않아 혜진이의 남자친구인 '박장훈' 선배가 캐나다까지 왔다. 그 바람에 나는 어학원 다인실에서 지냈다. 두 사람은 완전 용광로처럼 뜨거운 사랑을 한다.

나는 중고등학교 시절 6년 동안 아빠의 강제력에 못 이겨, 거의 매일 반복한 영어회화 사교육이 큰 도움이 되어 영어는 중급반을 거쳐 바로 고급반에 올라갔다. 하지만 프랑스어는 생각보다 까다롭다. 몬트리올은 영어보다 프랑스어가 훨씬 더 많이 통용되는 도시다. 열심히 살았다. 일 년이 지날 무렵, 나는 일 년을 더 연장했다.

혜진이는 지겹다며 2개월도 못 버티고 장훈 선배랑 한국으로 먼저 떠났다.

"리안아, 나 이제 맞선 보기도 힘들어. 어머니 몰래 50번쯤 맞선남에게 퇴짜 맞으려고 별별 짓을 다 했어. 이제 어머니의 인형놀이에 더 이상 휘둘리기는 지긋지긋해. 그동안 키워주신 건 감사하지만 이제 나, 최혜진으로 돌아갈래. 나도 보통 사람으로 한 번만 살아볼래."

혜진이는 한국으로 돌아간 지 보름도 되지 않아 경남 사천이 고향인 장훈 선배와, 장훈 선배의 고향집에 들어가 동거부터 하기로 했다고 신이 나 톡을 보내왔다. 벌써 혼인신고도 했다고 한다. 무직에, 농사꾼 아들에, 2남 2녀의 장남인 장훈 선배를 혜진이 양부모님은 당연히 반대했다. 하지만 혜진이가 바로 사고를 쳤다.

나는 급하게 보이스톡으로 혜진이와 대화를 나누었다. 현재 장훈 선배는 행정학과 졸업생으로 7급 공무원 준비 중이라 수입이 없어 시댁에 같이 살아야 한다고 하는 혜진이 목소리는 꾀꼬리다.

"역시 내 친구 혜진이는 달라. 혜진아, 결혼식 때는 꼭 연락 줘. 캐나다에서 바로 날아갈게. 장훈 선배에게도 축하한다고 전해줘."

"오케이. 리안아, 나 지금 너무 행복해. 살면서 이렇게 재미있는 일은 한 번도 경험하지 못했어. 사실 나 살면서 나를 이렇게 인정해주는 남자 처음 만났어. 시부모님도 나를 진짜 가족처럼 살갑게 대해줘. 나에게도 이제 진짜 가족이 생겨 요즘 살맛이 나. 나를 걱정해주고, 나를 챙겨주는 그런 가족…, 리안아, 나 진짜 장훈 선배 좋아해. 아니 사랑해. 리안아, 너도 빨리 나처럼 멋진 남자 만나. 알겠지?"

그 후로 혜진이는 연락이 없다.

'시부모님과 같이 사느라 힘든가 보네….'

혜진이 없이 혼자 어슬렁거리는 나에게 먼저 다정하게 말을 건네준 남학생이 바로 이케다 타쿠미이다. 어학원에서 처음 만난 타쿠미는 아빠가 일본인, 엄마가 캐나다인이다. 엄마가 이혼녀로 여섯 살인 딸과 함께 일본을 여행하다 미혼인 아빠를 레스토랑에서 만나 둘은 운명처럼 사랑에 빠져 결국 재혼해서 일본에 산다고 한다.

타쿠미 누나는 국적이 캐나다이다. 누나는 열세 살부터 오타와 외할머니 댁에서 외할머니와 같이 산다고 한다.

타쿠미도 전공이 시각디자인이다. 타쿠미는 키가 182cm로 훤칠하고, 성격이 시원시원하다. 특히 웃을 때 보조개가 애기처럼 귀엽다. 타쿠미는 레스토랑이나 카페에서 유머감각이 뛰어나 지나가던 현지인 아가씨에게 폰 번호를 따일 만큼 인기가 많다. 나이는 나와 동갑이고, 캐나다 어학연수가 끝나면 프랑스 파리에서 전공인 디자인 쪽으로 유학을 또 갈 거라고 한다.

타쿠미는 나와 공통점이 많다. 우선 둘 다 수영을 좋아한다. 그래서 우리는 항상 수영 새벽반에 같이 다녔다. 그러면서 나는 타쿠미 어깨가 왜 태평양만큼 넓은지 그 이유를 알게 되었다.

초등학교 3학년부터 김미주 엄마와 10년 동안이나 수영강습반에 다닌 나의 수영 실력은, 한국에서는 대단한 실력으로 부러움을 샀다. 하지만 타쿠미 앞에선 무지렁이다. 타쿠미는 마치 올림픽 수영 국가대표마냥 물살을 가른다. 너무 멋지다!

늘 마음도 착한 타쿠미는 본인에 비해 미미한 나의 수영 실력을 엄지손가락까지 치켜세우며, 칭찬한다.

"타쿠미, 그만해. 진짜 나 여수 고향에서는 우리 고등학교에서 알아주는 수영선수였어. 아마추어에선 나에게 감히 도전할 만한 애가 없었어."

"리안, 네 말이 맞아. 너 되게 멋있어. 나 일본 친구들 중에 너만큼 수영 잘하는 여사친은 없어. 아주 흡족해. 이제 리안 너랑 매일 새벽마다 수영할 생각에 난 조금 설레."

"뭐? 내 실력이 설렐 정도야? 그럼 접수. 우리 내일부터 더 화이팅하자."

타쿠미와 나는 캐나다에 있는 2년 동안 거의 매일 수영 새벽반을 다녔다. 타쿠미에게서 항상 시트러스 향이 난다. 상큼하다. 나는 체력이 많이 좋아졌다.

타쿠미와 나는 둘 다 올드 팝을 좋아하고. 또 둘 다 시각디자인이 전공이라는 공통점이 있어 빨리 친해졌다. 우리 둘은 거의 매일 붙어 다녔다.

타쿠미의 크로키는 수준급이라 거리에서 5분만 지나면 캐나다 아가씨들의 크로키를 완성해 돈도 많이 벌었다. 일명 크로키 버스킹이다. 나는 그 정도 실력은 되지 않아, 휴대폰으로 수강생 손을 찍어 시간이 날 때 스케치를 했다.

"타쿠미, 손은 얼굴처럼 너무 예쁘다고, 또 너무 못생겼다고 평가를 하지 않으니까 참 좋아. 그래서 손 그림은 그리기도 한결 마음이 편해. 나는 어릴 때부터 얼굴이 못생겼다는 얘기를 많이 들었어. 하지만 나는 한 번도 상처받지 않았어."

"리안, 너는 충분히 예뻐."

타쿠미는 항상 나를 이상할 정도로 예뻐했다. 일본에서 온 여자애들도, 서양에서 온 여자애들도 모두 타쿠미에게 프러포즈를 했지만, 타쿠미는 항상 진지하게 나를 짝사랑 중이라며 정식으로 거절했다. 다들 나를 부러워한다. 나도 우쭐한다.

타쿠미와 나는 남, 여라 그런지 어학원에서는 다들 사귄다고 오해를 했다. 하지만 우리는 굳이 정정하지 않았다. 하지만 우리는 쿨한 친구 사이다.

타쿠미의 외가가 오타와다. 우리는 오타와까지 가서 외할머니도 같이 만났다. 외할머니의 이름은 '안나'로 파란 눈동자에, 금발인 미인이다. 안나 할머니도 피오나를 많이 닮았다. 미인이지만, 체중이 많이 불어 푸근한 인상을 주기 때문이다. 안나 할머니는 다정다감한 성격에 요리도 수준급이다.

"리안, 우리 할머니 피오나 많이 닮았지? 그래서 나 할머니 많이 좋아해. 어릴 때부터 할머니 품은 너무 푸근하고 따뜻했어. 우리 조이 엄마는 직장 다니느라 바빠서, 나 방학 때마다 캐나다에서 할머니랑 누나랑 같이 지냈어."

오타와에서 타쿠미의 유치원 시절 사진이랑 누나와 아빠와 엄마의 사진도 보았다. 아빠는 일본 영화에 나오는 전형적인 회사원 같지만 날카로운 눈빛이 인상적이다. 누나와 엄마도 타쿠미처럼 키가 크고 미인이다. 타쿠미는 머리와 눈동자 색만 갈색으로 아빠를 닮고, 나머진 모두 엄마를 쏙 빼닮았다.

"올리비아 누나는 나보다 일곱 살이나 많고 사진처럼 실물도 예뻐. 그리고 생각도 무지 건전해. 어릴 때부터 누나는 환경에 관한 관심이 남달라 동네에서 닉네임이 '할머니'로 통했어. 쓰레기 분리수거 문제로 잔소리를 달고 다녀 그래. 누나 꿈은 나중에 '그린피스'에서 근무하는 거야. 지금은 오타와 '하수종말처리장'에서 나오는 오폐수 검사 요원을 하고 있어. 내가 봐도 우리 누난 멋져."

"와우 그린피스 회원? 난 말로만 들었지. 그냥 환경단체 정도로만 알고 있어."

"나도 마찬가지야. 누난 나중에 그린피스 배를 운항하는 항해사가 되는 게 꿈이래."

"그럼 전 세계를 누비고 다니면서 환경을 감시하겠구나."

"응. 그게 누나의 꿈이야. 결혼은 안 하고 싶대. 난 결혼이 하고 싶어."

"타쿠미 나랑?"

나는 타쿠미에게 농담을 했다.

"응 너랑 꼭 하고 싶어."

갑자기 타쿠미 두 눈에 하트가 새겨진다.

나는 당황하여 화제를 돌렸다.

타쿠미는 영어는 수준급이라. 불어반만 더블로 수강했다. 나와 타쿠미는 주말이면 렌트카로 몬트리올 곳곳을 돌아다니고, 두 시간 삼십 분 걸리는 퀘벡시에도 자주 가 유럽 정취가 물씬 풍기는 곳을 정처 없이 다니기를 즐겼다.

퀘벡에서 내가 가장 좋아하는 곳은 노트르담 성당이다. 1874년에 지어진 만큼 고풍스럽다. 예배당 내부의 스테인드글라스는 너무 아름답다. 셀린 디온이 이곳에서 결혼식을 치러서 더 유명해졌다.

나는 특히 오후 여섯 시 이후에 벌어지는 노트르담 아우라쇼를 보는 것을 아주 좋아한다. 아우라쇼는 언제나 황홀하다. 타쿠미도 아우라쇼를 좋아한다.

삼십 분 동안 진행되는 아우라쇼를 보며 나는 타쿠미 몰래 혼자 많이 울었다. 어머니가 생각나기도 하고, 할머니와 할아버지가 보고 싶고, 이어서 영미가 생각나기도 했다. 영미네 집에서 떡볶이를 먹으며 도란도란 수다를 떨던 그 시절로 돌아가고 싶어 마음이 많이 아팠다.

아우라쇼가 끝날 무렵 늘 마지막에 떠오르는 얼굴이 꼭 하나 있다. 윤영웅이다. 이상하다. 셀린 디온의 결혼식 이야기를 들었을 때도 나는 혼자 상상했다.

'나도 이 성당에서 영웅이랑 결혼하면 얼마나 좋을까?'

나는 정신병자 같다.

'영웅이는 나 대신 오토바이 아가씨와 알콩달콩 시간을 보내고 있을 텐데….'

그럼에도 불구하고 매일 꼭 한 번씩은 영웅이를 떠올리는 나 자신에게 살짝 소름이 끼치기도 했다.

다음으로 자주 가는 곳은 나중에 드라마 도깨비 촬영지로 유명해진 샤토 프랑트낙 호텔이다. 도깨비에서 공유 소유의 호텔로 나와 우리나라에 많이 알려져있는 호텔이다. 공유와 김고은이 엽서를 보내는 그 유명한 금색 우체통도 있는데, 직접 호텔에서 엽서와 우표를 사서 엽서를 보낼 수도 있다.

나는 영미에게 엽서를 보냈다. 사실, 나는 영웅이에게도 엽서를 보내고 싶었지만 미친 짓인 것 같아 꾹 참았다. 나는 아직도 영미 집 주소를 또렷이 기억한다. 전남 여수시 ○○○

나는 샤토 프랑트낙 호텔이 너무 아름다워 딱 한 번 숙박도 했다. 물론 타쿠미와 나는 각각 다른 침대에서 잤다. 다음날 아침 나는 타쿠미와 왕의 산책로를 걸었다.

상쾌하다.

돌아와 호텔 조식을 먹으러 갔다.

"봉쥬르."

호텔 직원의 인사말도 프랑스 인사다.

호텔 절벽 아래에 있는 쁘띠 샹플랭 거리에, 일명 '목 부러지는 계단'

이라고 불리는 계단은 매우 위험하다. 높이가 아찔하다.

시월, 가을이 오면 무조건 몽트랑블랑이다. 타쿠미와 나는 단풍나무로 이루어진 숲이 끊임없이 이어진 길을 걷는다. 그냥 걷기만 해도 힐링이다. 곤돌라를 타고 산을 가로질러 정상까지 올라가는 길에 보는 단풍 절경은 말이 나오지 않는다. 이제 단풍이라는 단어가 떠오르면 나는 무조건 몽트랑블랑이다.

가족들이 넓은 잔디밭에서 독서를 하고, 꼬맹이들이 그림을 그리는 모습은 평화롭다. 아이들의 그림은 자유분방하고 색감도 너무 다채롭다. 어떤 꼬맹이는 경이로움을 느낄 정도로 표현력이 뛰어나다.

'와우 저런 꼬맹이들을 내가 가르치면 행복할 것 같다.'

나는 가끔 어학연수가 끝나면 디자인 회사에 취업할 것이 아니라, 저런 꼬맹이들에게 그림을 가르치고 싶다는 생각을 자주 한다.

'내가 가르치는 꼬맹이들이 어린 왕자처럼 상상력이 풍부한 그림을 마구마구 그리면 나는 너무 행복할 것 같아.'

나는 나의 미래 직업 목록에 미술학원 원장도 하나 그려 넣었다. '타쿠미'의 꿈은 도쿄대학 예술학부 교수가 목표다.

몬트리올은 '언더그라운드 시티'가 인상적이다. 여의도 1.5배 크기의 거대 지하공간이다. 쇼핑과 문화활동, 친구와의 만남 등을 모두 지하공간에서 해결할 수 있다. 캐나다의 혹독한 겨울 추위에도 아무 방해를 받지 않고 즐길 수 있는 공간이다.

겨울에는 이 공간에서 달리기 대회가 열릴 정도로 길다. 약 32km이다.

몬트리올에서 음식으로는 푸틴이나 스모크드 비프가 유명하다. 나는 특히 어학원에서 한 번씩 별식으로 나오는 베이글을 좋아한다. 베이글이 정말 맛있다. 베이글과 곁들이는 시나몬 향이 듬뿍 나는 카푸치노는 천국이다.

그리고 또 하나 몬트리올 하면 떠오르는 음식이 훈제고기 샌드위치이다. 고기를 그다지 좋아하지 않는 나에게도 참 맛있는 음식이다. 호밀빵 사이에 훈제로 구운 양지머리 고기를 넣어 머스터드와 코셔 피클을 버무려 주는 샌드위치이다. 몬트리올러들은 '소울푸드'라고 엄청 자부심을 가진다.

그리고 나는 몬트리올 미술관을 좋아한다. 1860년에 개관한 걸로 알고 있다. 작품이 엄청나게 많다. 4만 점이 넘는다. 모네, 피카소, 르누아르 등 세계적인 작가의 작품과 퀘벡이나 캐나다 출신 예술가들의 작품이 많이 소장되어있다.

특히 나는 전공이 시각디자인이어서 그런지 보고 싶었던 작품이 많아 몬트리올 미술관에서 시간을 많이 보냈다. 모리스 드 블라맹크의 '농부'도 볼 수 있고, 내가 좋아하는 미국의 작가 라이오넬 파이닝거의 '노란 거리 2'를 직접 접하게 되어 너무 좋다. 도시나 배 모양을 직선적인 면 분할과 빛의 교차에 의한 모티브에 기초를 두는 큐비즘의 영향을 받은 화가로, 나의 전공과 맞닿는 점이 없잖아 있다.

와우! 살바도르 달리의 '마리아 카르보나의 초상화'는 사실적 표현으로 마치 거울 속에 살아있는 것 같은 놀라움을 나에게 선물했다.

파블로 피카소의 '등잔과 버찌'도 좋다.

몬트리올 미술관에 있는 그림 중 페르낭 레제의 '흰 암탉'을 나는 제일 좋아한다. 그 이유는 강렬한 원색을 사용하고, 뭔가 나의 전공에 영감을 주기 때문이다. 나도 만약 서양화를 그린다면 레제의 화풍을 따를 것 같다.

앙드레 마송의 철학적 사색이 돋보이는 '형상'도 있다.

생각보다 나는 어학에 재능이 있어 다른 아이들보다 빨리 익혔다. 몬트리올 사람들은 영어와 프랑스어 두 가지를 다 사용하므로 나의 어학 실력은 하루가 다르게 향상되었다. 타쿠미도 칭찬을 많이 받았다.

몬트리올은 축제가 자주 열리고 사람들이 밝고 활달하여, 차츰 엄마를 잃은 슬픔이 많이 사라졌다. 어학원에서 맞이한 두 번째 성탄절은 조촐하지만 타쿠미와 유학생들과 같이 즐겁게 보냈다.

얼마 후 일본에서 타쿠미의 아빠와 엄마가 캐나다에 왔다. 누나 올리비아도 함께 오기로 했다. 올리비아는 외가에 살면서, 오타와에서 직장도 다니고, 안나 할머니 건강도 케어한다.

우리는 레스토랑에서 같이 만났다. 타쿠미 아빠, 하루토는 깔끔한 정장으로 영락없는 비즈니스맨으로 보인다. 사진처럼 눈빛이 날카롭다. 하지만 타쿠미처럼 키가 크지 않다.

하루토는 타쿠미의 엄마보다 세 살 연하이며, 재혼할 당시 미혼이었다고 한다.

타쿠미는 엄마에게 엄청 다정다감하다. 타쿠미의 누나 올리비아는 파란 눈동자에 금발이다. 연구원답게 시크하다.

타쿠미의 엄마는 '조이'로 올리비아처럼 파란 눈동자에 금발로, 무척 화려한 옷차림에 성격도 활달하다. 올리비아 언니도 조이 엄마도 키가 엄청 크다.

'타쿠미가 조이 엄마를 많이 닮았네. 키도 그렇고, 얼굴도 그렇고, 하루토 아빠도 미남이지만, 타쿠미와는 영 이미지가 다르구나. 얼굴이 차가워 보여. 키도 보통이고.'

타쿠미는 아직도 엄마에게 응석을 많이 피운다. 나는 타쿠미의 그런 모습을 처음 봐 오늘따라 타쿠미가 무척 귀엽다.

가족 모두들 나에게 호감을 보인다.

"리안, 너 정말 타쿠미 말처럼 볼 통통 피오나를 그대로 빼닮았구나. 우리 타쿠미는 어릴 때부터 그림 그리기와 애니메이션을 엄청 좋아했어. 초등학교 6학년인가, '슈렉'을 보고 너무 좋아해 타쿠미가 영화관에 열 번은 갔을 거야. 물론 나는 타쿠미에게 억지로 열 번이나 영화관에 끌려갔지. 그런데 타쿠미가 낮에 등장하는 날씬한 미녀 피오나보다 밤에 나오는 통통한 피오나를 너무 좋아하는 거야. 그래서 타쿠미에게 이유를 물어봤어. 그때 타쿠미가 나에게 뭐라고 대답했지? 타쿠미 세월이 너무 흘러 이 엄마가 잊었어. 지금 다시 들려줄래?"

타쿠미는 수줍게 웃으며 말했다.

"엄마, 나는 이제 저런 공주는 너무 식상해. 나는 통통한 피오나가 너무 사랑스러워. 볼 통통 피오나가 안나 할머니랑 닮아 마음이 더 가는 것 같아. 엄마, 나는 볼 통통 피오나랑 결혼할 거야."

"맞아. 리안, 타쿠미가 지금처럼 이렇게 대답했어. 그래서 타쿠미가 리안을 좋아하는 거야. 호호호."

조이 엄마는 유쾌했다. 타쿠미 대답이 엉뚱해 나도 웃었다.

"타쿠미, 아직도 꿈에 켄토가 보여? 그리고 눈은 어때? 이제 완전히 괜찮지?"

조이 엄마 질문에 타쿠미 표정이 갑자기 어두워진다. 이제까지 타쿠미와 지내면서 처음 보는 표정이다.

'켄토가 누구지? 타쿠미와 안 좋은 일이 있는 사람일까?'

"엄마, 식사 나왔어요."

올리비아 언니가 재촉하는 바람에 대화가 끊어졌다.

외할머니와의 통화로 아빠는 엄마가 돌아가신 지 6개월도 채 지나지 않아 재혼을 했다고 들었다. 재혼 상대는 호텔에서 본 그 여자다. 나는 매주 일요일이면 걸려오는 아빠 전화를 한 번도 받지 않았다. 나는 여수에 내려가도 본가 대신 원룸에서 살기로 마음먹었다.

"외할머니 속상하지?"

"아니다. 표 서방이 제 자리를 찾아가니까, 오히려 마음이 놓인다."

할머니가 운다. 나도 같이 울었다.

"할머니, 이제 조금 있으면 다 끝나고, 할머니 할아버지 보러 갈 거야. 조금만 기다려."

"우리 갱아지 몸은 건강하지?"

"그럼. 나는 항상 건강하지. 할머니랑 할아버지는 어때?"

"나는 할아버지가 철마다 보약을 지어주잖아. 그래서 아직 건강하지. 할아버지도 요즘 한의원 안 나가고 집에 있으니까, 건강이 더 좋아졌어."

"할머니 보고 싶다."

"나도 우리 갱아지 많이 보고 싶다."

"할머니, 윤복이 없어도 괜찮아?"

"그럼. 할아버지가 있잖아."

나는 2년의 어학연수를 마친 뒤 타쿠미와 진한 이별을 하고 순천 할머니 댁으로 갔다. 다행스럽게 두 분은 아직 건강하다. 나는 다시 타쿠미와 함께 프랑스 파리로 유학을 가고 싶었으나, 전부터 많이 고민하던 여수에서의 미술학원도 의미가 있다는 생각이 들었다.

'어린 왕자'처럼 상상력과 창의력이 풍부한 아이들을 직접 키우고 싶다. 그런 창의력이 마구 샘솟는 아이들을 길러내는 일은 얼마나 멋질 것인가? 그리고 시간이 나면 나는 화가로서 작품 활동도 계속할 것이다. 그리고 무엇보다 나의 윤영웅이 아직 이 여수에 있잖아.'

나는 드디어 여수에서 미술학원을 오픈하기로 했다. 아빠도 새엄마도 찬성이다. 사실 윤영웅을 잊지 못한 탓이 제일 크다. 할머니와 할아버지가 벌써 서운해하는 모습이 눈에 선하다.

'할머니, 할아버지는 분명 순천에서 학원을 하라고 할 텐데, 여수에서 학원을 오픈하려면 납득할 만한 핑계를 대야 되는데, 뭐라고 하지?'

'나도 고향이 그립고, 친구들도 보고 싶다고 하면 되겠지. 두 분 뵙고 싶으면 학원 쉬는 날에 내가 순천으로 오면 돼. 표리안! 화이팅!'

갑자기 엄마의 목소리가 들린다. 환청이다.

"우리 리안이는 꼭 너만 사랑해주고 너를 존중해주고 가정에 충실한 외할아버지 같은 남자 만나. 알겠지?"

나는 허공에 대고 크게 대답했다.

"네. 엄마, 나는 꼭 그런 남자를 만날게요. 엄마, 하늘나라에서 지켜봐 주세요."

몽트랑블랑에서의 기도

표리안, 그녀가 한국으로 떠났다.

'나는 표리안을 정말 좋아했는데, 리안이 한국에 좋아하는 남자가 있다고 해, 결국 나는 제대로 고백 한 번 못 했어. 네가 떠난 지 이제 이틀밖에 지나지 않았지만, 내 맘은 벌써 너를 향해 달려가고 있어. 나는 요즘 밥맛도 잃었어. 벌써 어학원을 이틀이나 결석했어. 리안, 너 때문에 처음으로 어학원도 결석했단 말이야.'

그녀가 우리 어학원에 나타난 날, 나는 가슴이 두근거렸다. 내가 좋아하던 슈렉에 나오는 볼 통통 '피오나'가 그대로 현실에 나타났기 때문이다. 꿈같은 일이 현실에 나타난 것이다. 나는 속으로 쾌재를 불렀다.

그렇게 사랑스럽게 생긴 피오나는 성격까지 나이스하다. 순간 신이 존재한다는 생각까지 들었다.

'내가 중학교 때부터 지금까지 매일 기도했는데, 이렇게 나의 기도를 들어주시는 거야?'

순전히 불어 땜에 엄마가 강제로 보내 홈그라운드인 오사카를 떠나 캐나다 어학원에 왔는데, 피오나를 보는 순간 나는 오히려 조이 엄마에게 감사했다. 피오나는 얼굴도 매력적이지만, 마음이 더 예쁘다.

주말에 렌트카를 타고 주변 지역을 관광할 때면 어김없이 노숙자를 마주치곤 한다. 그런데 피오나는 절대 한 번도 그냥 지나치지를 못하는 아가씨다.

"타쿠미, 잠깐 기다려."

리안은 따끈한 햄버거를 사와 노숙자에게 건네고, 특유의 사랑스러운 미소를 장착한 채 렌트카로 달려온다.

달려오는 피오나 얼굴이 그렇게 예쁠 수가 없다. 나도 차에서 내려 달려오는 피오나에게 달려가 마구 키스나 뽀뽀를 퍼붓고 싶지만, 그럴 수 없어 항상 맘이 아프다.

'한국에 있다는 남자친구는 얼마나 좋을까? 이렇게 얼굴도 예쁘고, 마음도 예쁜 여자아이랑 사귀면 세상 그 무엇도 부럽지 않을 거야.'

나는 항상 리안의 남자친구를 질투했다.

리안은 어학원에서는 그 많은 남자 유학생들 중 유독 나랑 친했다. 우리는 매일 새벽 수영도 같이 다니고, 주말마다 여행도 꼭 붙어 다녔다. 나는 너무 좋았다. 기막힌 우연은 우리 둘 다 최애 팝이 올리비아 뉴턴 존의 'Let me be there'이다. 우리 나이 또래는 올리비아 뉴턴 존을 거의 모른다. 혹시 알더라도 그녀가 절대 최애가 되지 않는다. 그래서 서로 이유를 물었더니, 각자 김미주 엄마와 조이 엄마가 좋아해 어린 시절 자주 듣게 되어 자연스럽게 스며들어 좋아한다는 똑같은 이유를 댔다. 우리는 운명이다.

우리는 자주 어울려 퀘벡시에도 갔다. 노트르담 대성당에서 아우라쇼를 그녀와 같이 볼 때마다 나는 신에게 빌었다.

'하나님, 이제 현실에서 피오나를 만나게 해주었으니, 제발 리안과 제가 언젠가 꼭 같이 사랑에 빠지게 해주세요.'

아우라쇼가 끝날 무렵, 리안은 자주 눈물을 훔쳤다.

'한국에 있는 남자친구와 전화로 싸웠을까? 아니면 혼자 떨어져 부모님이 보고 싶을까?'

리안이가 우는 걸 들키면 창피해할까 봐, 나는 아는 체를 못 해 위로도 건네지 못하고, 매번 혼자 속이 상했다.

사토 프랑트낙 호텔에서 단둘이 같은 룸에 숙박한 적이 있다. 나는 밤새 잠을 이루지 못했다. 리안은 새근새근 잘 잤다. 나는 리안을 안고 싶고 뽀뽀도 하고 싶지만 그럴 수 없는 현실 때문에 일부러 밖을 나가 배회하기도 하고, 수영장에서 밤새 수영을 하기도 했다.

리안은 숙면을 취해 보송보송한 얼굴로 아침을 맞이했지만, 나는 밤을 새워 몹시 피곤했다. 하지만 주말마다 리안과 같이 움직이는 게 좋아 나는 그런 피곤함은 무시했다.

시월, 가을에는 몽트랑블랑이다. 리안과 함께 걷는 단풍 길은 아름다움과 고즈넉함이 공존한다. 나는 단풍의 컬러풀한 아름다움보다 옆에 걷는 리안의 살짝 붉어진 볼에 마음을 더 뺏긴다.

'하나님, 이 단풍 길이 끝나지 않았으면 좋겠어요. 제발 끝나지 않게 해주세요.'

나는 몽트랑블랑을 갈 때마다 다시 기도했다. 하지만 리안은 항상 나에게 무심하다. 슬펐지만, 나는 리안을 보는 것만으로 위안을 얻었다.

그녀는 볼 때마다 예뻤고, 볼 때마다 착했고, 볼 때마다 나에게 그 누구보다 해맑게 웃어주었다.

외할머니도, 아빠도, 엄마도, 올리비아 누나도 리안을 좋아했다.

'이 세상에 피오나를 싫어할 사람이 있을까?'

나는 피오나가 캐나다에 영원히 있었으면 했지만, 그녀는 2년이 지난 후, 머리카락 한 올의 미련도 없이 한국으로 가버렸다. 볼 통통 피오나에게 온통 마음을 빼앗긴 나만 남겨둔 채….

오사카에서 자랄 때 나를 좋아하던 여학생은 수없이 많았지만, 리안처럼 나의 마음을 송두리째 앗아간 사람은 한 명도 없었다. 피오나와 함께 있으면 켄토 꿈을 꾸지 않는다. 하지만 이제 피오나는 캐나다에 없다. 나는 다시 피투성이로 울고 있는 켄토를 꿈속에서 본다.

Let me be there

캐나다 어학연수를 마치고, 외가에 가서, 할아버지, 할머니와 2주일을 실컷 같이 보내다 나는 여수로 갔다. 서울에 있는 디자인 회사에 원서를 넣었으나 취업난이 심각한 걸 실감했다. 한 군데도 서류전형에 패스했다는 연락이 오지 않는다.

'에코 뮤즈'라는 화장품 회사에서 처음이자 마지막으로 연락이 왔다. 나는 달려갔다. 아주 소규모 회사지만, 친환경 생분해 플라스틱 용기를 만든다는 점에 나는 마음이 끌렸다. 면접도 소박하게 했지만 면접위원장이 회사 취지를 설명하는 모습이 인상적이라, 꼭 합격하고 싶었다.

"우리 에코 뮤즈는 모든 용기를 친환경 생분해 플라스틱 용기로 쓰게 합니다. 플라스틱보다 단가는 열 배 또는 스무 배로 비싸지만 하나밖에 없는 지구를 우리가 살려야 합니다. 우리 회사는 비록 5년밖에 되지 않았지만, 환경학과 생화학 박사가 스무 명이나 됩니다. 오래지 않아 우리 회사가 세계적으로 유명해져 지구에 존재하는 모든 플라스틱 공장이 모두 친환경 생분해 플라스틱으로 바꾸어 생산하는 그날까지 우리는 무조건 앞으로 돌진입니다."

머릿속에서 도파민이 팡팡 터진다! 처음 들어보는 신세계이다.

신입 직원들은 출근 후 한 달 동안 미세 플라스틱에 관한 위험성에 대해, 퇴근 전 매일 한 시간씩 철저한 연수를 받았다. 우선 플라스틱은 싸고, 가볍고, 편리하며, 활용성까지 좋지만, 녹이 슬거나 썩지 않아 큰 문제라고 한다. 그렇게 썩지 않은 플라스틱이 쌓이고 쌓여 바다로 흘러들어가면, 결국 5mm 미만의 크기인 '미세 플라스틱'으로 잘게 분해되어 더 많은 유해물질을 흡착하거나 첨가된 화학물질을 배출하게 만들어 너무 위험하다고 한다. 특히 해양 생물들이 이 미세 플라스틱을 먹이로 착각해 계속 먹게 되면 성장장애나 번식 장애를 일으키게 되고, 결국 이 미세 플라스틱으로 가득 찬 생선을 우리 사람들이 먹으면 우리의 건강까지 위협하게 된다.

나로서는 처음 알게 된 아주 유익한 내용들이었다. 친구들에게도, 가족들에게도 빨리 알려주고 싶어 조바심이 났다.

에코 뮤즈에서 나는 새로운 세상을 알게 되었다. 스물여섯 살에 지구의 소중함을 처음으로 알게 되어 부끄럽기도 했다. 그리고 늘 편리하게 사용하던 플라스틱의 위험성을 뼈저리게 감지했다. 나는 회사에서 생산하는 친환경 생분해 플라스틱 용기의 디자이너로 출근하면서 자긍심을 가지고 무척 고무가 되었다.

하지만 이렇게 멋진 회사를 나는 겨우 세 달밖에 다니지 못했다. 그 이유는 회사가 자금난으로 문을 닫았기 때문이다. 나는 직진 표리안답게 용감하게 박민철 사장님을 만나, 도대체 얼마의 자금이 필요한지 여쭈어 보았다.

"표리안 씨, 지금 딱 필요한 자금만 해도 50억이에요. 저도 대학에서 후진양성에 힘쓰다, 지구 살리기에 미쳐 여기까지 왔어요. 지금 회사가 망해도 사무직 사원들은 다른 회사로 옮기기 쉽지만, 우리 생산직 사원들이 앞으로 뭘 하고 살지가 가장 맘이 아파요."

"사장님, 아빠에게 당장 50억을 부탁해볼게요."

"표리안 씨, 모르긴 몰라도 우리 회사에 50억이란 큰돈을 투자할 일반인은 한 명도 없어요. 이쪽 방면에 전문가라면 모를까."

박민철 사장님은 끝내 눈물을 흘렸다.

나는 급하게 여수로 내려가 아빠에게 회사 사정을 설명했으나, 아빠는 사장님 말씀처럼 바로 거절이다.

"표리안, 정신 차려. 50억이면 우리 빌딩의 반은 팔아야 돼. 아가씨 정신 차리고, 빨리 다른 회사 알아보세요."

'사장님, 나중에 제가 돈 많이 생기면 그때 꼭 연락드릴게요. 우리 언젠가 에코 뮤즈 꼭 살려요.'

결국 회사는 없어지고, 나는 여수로 내려와 미술학원을 준비했다. 그래도 그토록 하고 싶었던, 꼬맹이들의 미술학원이라 흥이 났다. 나는 아빠 빌딩에서 드디어 꼬맹이들을 가르치는 '복숭아' 미술학원을 열었다. '복숭아'는 내가 제일 좋아하는 과일이기도 하고, 또 꼬맹이들 볼이 마치 복숭아 같아 이름을 복숭아로 지었다.

미술학원을 하는 틈틈이 나는 에코 뮤즈 사장님께 안부 문자를 보냈다. 사장님은 꼭 답장을 해주었다. 나는 그즈음부터 환경에 관심이 많이 생겨, 뉴스나 아빠가 보는 종이신문에서 관련 기사를 모두 스크랩을 했다. 그리고 플라스틱의 위험성을 가족들에게도, 친구들에게도, 아직 꼬맹이인 학원생에게도, 학부모님에게도 설명했다.

'언젠가 돈이 많이 생기면 나는 꼭 에코 뮤즈 직원 분들을 불러 모아 다시 회사를 시작할 거야.'

개원한 지 얼마 후, 뜻밖에 윤영웅이 찾아왔다. 나는 내심 뛸 듯이 기뻤다.

"누나, 이 빌딩에서 학원 한다고 해서, 궁금해 한번 와봤어."

영웅이는 예전과 다르게 얼굴에 흉터도 많고, 건들건들한 기색이 역력하다.

"누나, 나 사실 아직도 누나 잊지 못하고 있어. 우리 오늘부터 다시 사귈래?"

나는 깜짝 놀랐다.

"그래 좋아. 나도 사실 아직 너 많이 좋아해."

우리의 본격적인 데이트가 시작되었다. 주말에는 영웅이와 서울에 올라가 엄마랑 자주 갔던 국립중앙박물관과 간송미술관에 들러 민화도 감상했다.

엄마는 국문학이 전공이면서, 우리나라 민화를 특히 좋아하고 관심이 많았다. 생각보다 영웅이도 민화를 좋아하는 눈치다. 신윤복의 '노상탁발'도 나만큼 진심으로 좋아했다.

가끔 영웅이의 리액션은 너무 천편일률적이었다. 데이트 도중 걸려오는 전화도 많아 영웅이의 진심을 의심한 적도 있다. 하지만 그 잘생긴 얼굴과 그동안의 우리 추억이 모든 의심을 단번에 부수어 버렸다.

나는 옛 기억이 떠올라 모사금 해변으로 차를 달렸다.

영웅이는 아직 차가 없다.

"누나, 이 차 벤츠지? 도대체 이 차 얼마야? 누나 집 부자지? 누나 아빠가 하는 치과 빌딩은 다 누나 아빠 거라던데, 진짜야?"

오늘 영웅이가 말이 많다. 신이 많이 난 표정이다.

'앞으로 영웅이와 스몰웨딩을 한다면, 이 모사금 해변에서 하는 것도 의미가 있겠어.'

나는 나 혼자 생각이 너무 앞서가는 것 같아 살짝 얼굴이 붉어졌다.

학원 꼬맹이들은 너무 귀엽고 사랑스럽다. 내가 원하는 자유롭고 창의적인 그림을 너도나도 잘 그린다.

나의 꿈도 이제 완성되어 가고, 결혼도 거의 완성형으로 치달아갈 무렵이었다. 나는 데이트 도중 화장실에 갔다가 나오는데, 카페에서 영웅이가 나에게 설렘이 눈곱만큼도 없다는 충격적인 이야기를 휴대폰에 대고 강수찬에게 큰 소리로 떠드는 걸 듣고 말았다.

"수찬아, 나 어릴 땐 누나가 못생긴 줄 전혀 몰랐어. 적어도 내 눈엔 예뻤어. 하지만 지금 누나는 완전 피오나야. 하지만 네 말처럼 누나는 요즘 조물주 위에 건물주의 딸이잖아. 그러니 무슨 짓을 해서라도 꼭 잡아야지. 하지만 키스할 맘은 진짜 없어. 표리안 입술이 너무 두꺼워 내 입술이 빨려 들어가. 완전 짐승 입술 같아 너무 싫어. 수찬아, 지금 상상만 해도 징그러워. 씨발 그리고 가슴은 또 껌딱지야. 수찬아, 나랑 같이 택배 하는 희주랑 여수대 글래머 진아와도 헤어져야 하니? 걔들은 진짜 너무 아깝다."

나는 영웅이 목소리에 기절할 정도의 엄청난 충격을 받았다. 아무 말 없이 혼자 원룸으로 도망 와, 음악을 크게 틀고 실컷 울었다.

'영웅이는 인기가 많아 아직도 주변에 여자가 끊이질 않구나. 난 영웅이가 나를 좋아하는 걸로 착각했어. 표리안, 이제 정신을 차리자. 너는 너무 어리석어. 윤영웅, 나랑 키스하는 게 징그럽다고? 알았어. 윤영웅, 그

말 절대 잊지 않을게.'

밤새 울어 눈이 퉁퉁 부었다.

긴 머리칼에 파스텔톤 원피스 차림을 학원 꼬맹이들이 좋아했다. 꼬맹이들도 나를 '피오나 선생님'이라고 부른다. 나쁘지 않다.

할아버지에게서 오랜만에 전화가 왔다. 밤 9시가 넘은 시각이다.

"리안아, 할머니가 지금 심장이 너무 나빠져 응급실에 입원했어. 많이 심각해. 리안아 지금 순천중앙병원 응급실로 올 수 있겠니?"

"네. 할아버지 빨리 갈게요."

나는 헐레벌떡 정신없이 차를 몰고 순천으로 달렸다.

할머니는 이미 의식이 없다. 바로 수술을 감행해야만 한다고 한다. 수술실에 할머니를 들여보내고 할아버지와 나는 보호자 대기실에서 기도를 하며 기다렸다.

'할머니 수술 잘 끝나게 도와주세요.'

할머니는 이제 아흔이고, 할아버지는 아흔셋이다.

할머니는 바로 운명하셨다. 나는 엄마가 별세했을 때보다 더 많은 충격을 받았다. 왜 할머니랑 할아버지는 평생 나와 함께 있을 거라는 착각을 했는지 모르겠다.

"할머니, 리안이 두고 혼자 가면 어떡해? 나 혼자 어떻게 살라고? 할아버지는 또 혼자 어떡하라고?"

할아버지도 실신을 해 응급실에서 수액을 맞았다.

할아버지는 아빠에게 연락을 하지 못하게 했다. 장례식장에는 할아버지 남동생과 여동생, 그리고 할머니 여동생 두 분과 할머니 조카 분들이 왔다. 조촐하다. 나는 검은 상복을 입고 빈소를 지켰다. 영웅이에게 처음엔 연락하고 싶었지만 내가 못생겨 키스조차 하기 싫다는 말이 자꾸 귀에 맴돌아 연락하지 않았다.

할머니는 순천 시립추모공원에 안치되었다. 할아버지와 거의 한 달 동안 매일 할머니 봉안당에 갔다. 미술학원은 어쩔 수 없이 문을 닫았다.

할아버지가 식사를 잘하지 못해 속이 상한다. 아주머니가 전복죽을 정성스럽게 끓여 올려도 두 숟갈을 다 못 먹고 숟가락을 놓는다.

"할아버지, 식사를 하셔야 할머니 봉안당에 같이 갈 거 아니에요? 할아버지 이렇게 식사를 안 하시면 하늘에서 할머니가 진짜 슬퍼하실 거예요."

할머니가 슬퍼하신다는 내 말을 듣곤 할아버지는 억지로 숟가락을 들어 죽을 입으로 밀어 넣었다. 할아버지가 하루가 다르게 수척하다.

"할아버지, 병원에 가서 좋은 영양제 하나 맞고 와요."

"할미도 없는데, 뭣 하러 비싼 영양제를 맞냐? 리안아, 이 할애비도 네 할미 곁으로 빨리 가고 싶다."

"할아버지, 그럼 나는 어떡해요? 제발 그러지 마세요."

결국 할아버지도 한 달이 지나지 않아 할머니 곁으로 가버렸다. 어마어마한 재산이 나에게 전부 상속되었지만 나는 하나도 기쁘지 않았다.

전화벨이 울린다. 그토록 기다리던 윤영웅이 아니다.

"리안, 나야. 엄마가 교통사고로 얼마 전에 돌아가셨어."

타쿠미이다. 나는 깜짝 놀랐다.

"뭐라고? 타쿠미, 그럼 좀 더 일찍 전화를 하지? 그럼 내가 오사카에 갈 수도 있었잖아."

조이 엄마의 활달한 모습이 아직도 눈앞에 생생하다.

할아버지가 떠난 지 두 달이 지난 목요일 저녁이다. 나는 아직도 외가에 머물고 있다. 타쿠미는 한참을 서럽게 운다. 나는 조용히 기다려 주었다.

"타쿠미, 지금 어디야? 내가 너에게 갈게. 오사카로 가면 돼? 나도 할아버지, 할머니 두 분 다 얼마 전에 돌아가셔서 많이 우울해. 나도 혼자 있기 싫어."

"리안, 나 지금 파리야."

"타쿠미, 갑자기 파리는 왜?"

"리안, 나 파리 에콜 드 아르데코에 다녀. 리안, 나를 위해 지금 파리로 와줄 수 있어? 나도 혼자 견디기 힘들어. 엄마가 이렇게 갑자기 천국으로 가실 줄 몰랐어. 누나도 외할머니도 슬퍼서 침대에서 일어나지 못하고 있어. 아빠는 회사 때문에 억지로 일어나 출근은 해. 나는 학교 수업과 과제 땜에 계속 오사카에 머물 수도 없이 파리로 오게 되어 더 슬퍼."

나는 타쿠미에게 파리로 가겠다고 했다. 어차피 윤영웅은 그동안 나에게 전화 한 통도 없다. 나는 할아버지, 할머니도 없는 한국에 있기도 싫고, 윤영웅은 꼴도 보기 싫어 타쿠미를 위로하러 파리로 떠났다.

캐나다 어학연수 시절, 나를 연인처럼 챙겨주던 '타쿠미', 나에게 항상 친절하고, 나만 좋아하던 남사친 '타쿠미', 조이 엄마랑 유난히 사이가 좋아 매일 보이스톡을 하던 '타쿠미', '그래 이제 내가 타쿠미를 위로해주자.

타쿠미는 공항에 나와있었다. 눈에 띄게 수척하다. 우리는 진하게 포옹을 했다.

"리안, 너는 또 왜 이렇게 핼쑥해?"

할아버지와 할머니, 그리고 윤영웅 때문에 나는 하루에 한 끼도 제대로 삼키지 못했다.

"타쿠미, 네가 더 그래."

타쿠미가 쓰는 아파트는 방이 3개다. 에펠탑 뷰의 멋진 아파트다. 나는 에펠탑 뷰의 방을 쓰기로 했다. 공항에서 타쿠미 아파트에 들어오자, 올리비아 뉴턴 존의 'Let me be there'가 울려 퍼진다. 오랜만이다.

'이 노래를 다시 듣다니, 여기가 정말 타쿠미 집이 맞구나.'

나도 타쿠미도 약속한 듯, 둘 다 크게 소리 내어 따라 부른다. 모처럼 기분이 좋다.

Wherever you go
Wherever you may wander in your life
Surely you know
I always wanna be there
Holding your hand
And standing by to catch you when you fall
Seeing you through
In everything you do

Let me be there in your morning
Let me be there in your night
Let me change Whatever's wrong and make it right
Let me take you through that wonderland
That only two can share
All I ask is let me be there

Watching you grow

And going through the changes in your life

That's how I know

I always wanna be there

Whenever you feel

You need a friend to lean on, here I am

Whenever you call

You know I'll be there

Let me be there in your morning

Let me be there in your night

Let me change Whatever's wrong and make it right

Let me take you through that wonderland

That only two can share

All I ask is let me be there

Let me be there in your morning

Let me be there in your night

Let me change Whatever's wrong and make it right

Let me take you through that wonderland

That only two can share

All I ask is let me be there

All I ask is let me be there

우리는 유치원에 다니는 아이들처럼 노래를 끝까지 두 번이나 목이 터져라 따라 불렀다. 우울감이 조금 사라진다.

"역시 리안, 네가 오니 너무 좋아. 우리 조이 엄마 애창곡을 이렇게 같이 소리쳐 부르니, 슬픔이 어느새 저 노을 속으로 많이 사라져 버렸어. 리안 고마워."

"타쿠미, 이 노래 가사처럼 언제나 내가 타쿠미 옆에 있어줄게. 아침이든, 저녁이든, 알겠지?"

"응. 고마워. 리안, 나도 항상 아니, 평생 리안 옆에 같이 있어줄게."

타쿠미는 일본에서 제법 잘 사는 집 자제이다. 오사카가 집이다.

타쿠미는 그 어렵다는 '에콜 드 아르데코'에 다닌다고 한다. 그곳의 입학시험은 자유 창작 시험 후 본인이 만든 작품을 두고 심사위원들과 20분 동안 유창한 불어로 토론을 해서 통과해야만 한다. 그런데 타쿠미는 이론시험도 실기시험도 다 통과한 것이다. 부럽다.

'에콜 드 아르데코'는 클로드 모네, 에드가 드가, 피에르 오귀스트 르누아르, 조르주 쇠라, 오젠 들라크루아, 오귀스트 도미니크 앵그르, 앙투안 부르델 등 쟁쟁한 화가와 조각가가 다니던 학교다.

타쿠미는 다시 나를 끌어안고 울었다.

"리안, 파리까지 와줘서 너무 고마워. 내가 맛있는 것도 매일 사주고, 주말에는 네가 좋아하는 박물관이랑 미술관 투어도 많이 시켜줄게."

"그럼. 이 리안이가 학원까지 접고 파리까지 왔는데, 그 정도는 해줘야지."

타쿠미는 진심으로 좋아했다. 나도 타쿠미를 오랜만에 보니. 참 좋다. 파리에 있는 동안만큼은 나도 할머니와 할아버지를 잊을 수 있어 마음이 조금 가볍다. 그리고 타쿠미와 있으면 윤영웅을 잊는다.

나는 타쿠미가 학교에 간 사이, 아파트 주변을 걸어다녔다. 아파트에서 십 분 거리에 있는 '카페 콩스탕'에서 주로 굴 요리와 달콤한 디저트를 먹었다.

'카페 콩스탕', 이층으로 이루어진 조그마한 식당이지만 대기가 있을 정도로 인기가 많다. 미슐랭 세프가 운영한다. 파리에 있는 내내 나는 거의 이곳에서 식사를 해결했다. 다른 레스토랑에 비해서 비교적 값이 저렴하다. 하지만 '리네뜨' 바깥 매장에서 먹는 샐러드와 맥주는 일품이다.

나는 주중에는 파리 시내를 어슬렁거리다, 주말에는 약속이라도 한 것처럼 타쿠미와 미술관, 박물관 투어를 했다. 오르세 미술관은 마침 반 고흐 특별전을 하고 있어 너무 좋았다.

실제로 기차역으로 사용되었던 건물을 개조한 오르세 미술관 1층에는 밀레의 '만종'이 있다. 밀레 작품 앞에는 꼬맹이들이 체험학습을 하러 왔는지 올망졸망 스케치북을 들고 바닥에 털썩 앉아있다. 갑자기 한국에 두고 온 나의 학원생, 아름이와 준빈이, 은중이, 소라, 미나가 생각나 갑자기 눈물이 났다.

'나 빨리 한국으로 돌아가, 다시 학원 문을 열어야겠다.'

생각보다 빨리 한국으로 돌아가고 싶다.

5층에는 유명한 포토 존이 있다.

시계탑 뒤로 사크레쾨르 대성당이 찍혀져 포토 존으로 좋다. 평소 사진도 잘 찍는 타쿠미가 멋진 사진을 찍어주었다.

"리안, 베리 뷰티풀!"

우리는 영어로 대화한다. 타쿠미는 나만 보면 매번 칭찬을 늘어놓는다. 그리고 조용히 나를 응시하는 걸 좋아한다. 가끔 그런 타쿠미가 참 매력적이다.

"리안, 나 넷플릭스에서 한국 드라마나 영화 보면서 한국어도 많이 배우고 있어. 기대해. 얼마 지나지 않아 너랑 한국어로 대화가 분명 가능할 거야."

"나는 믿어. 타쿠미는 어학에 남다른 재능이 있잖아."

타쿠미가 환하게 웃는다.

나도 그런 타쿠미를 정신없이 한없이 응시하고 있다, 후다닥 정신을 차린 적이 몇 번 있다.

'나도 혹시 타쿠미를 좋아하는 건 아닐까? 그래 세상에 어떤 여자가 타쿠미를 좋아하지 않을 수가 있겠어?'

오랑쥬리 미술관은 모네의 '수련'이 파노라마처럼 펼쳐진다. 위트릴로의 '노트르담 성당'과 르누아르의 '긴 머리의 목욕하는 여인'과 '피아노 치는 소녀들'도 인상적이다.

파리 16구에 있는 마르모탕 모네 미술관은 한 공작의 별장을 미술관으로 꾸몄다고 한다. 지하 1층에는 모네의 '트루빌 해변'과 '까미유'가 있다. 특히 '인상 : 해돋이'는 색감이 너무 이쁘다. 여기에도 '수련'이 있다. 역시 모네는 '수련'이다.

우리는 미술관 투어가 끝나면 와인을 같이 마셨다. 타쿠미는 과제가 너무 많아 힘이 든다고 하소연을 한다.

"리안, 한국 남자친구가 요즘 연락도 왜 하지 않아? 한국 남자친구랑 권태기면 나랑 새로 시작하는 건 어때?"

타쿠미 표정이 진지하다. 캐나다에서도 호의를 표하는 남자들에게 나는 항상 한국에 근사한 남자친구가 있다고 거짓말을 했다. 물론 그 당시에도 나의 머릿속에는 항상 윤영웅이 존재했다.

나는 갑자기 눈물이 나왔다. 윤영웅의 무심함이 상처가 되었기 때문이다.

'어떻게 2개월이 지나도록 너는 문자 한 번, 전화 한 통이 없니? 윤영웅 너 진짜 너무해.'

타쿠미는 당황하여 냅킨으로 눈물을 닦아준다.

"너, 남자친구랑 다투었구나. 그치?"

"응 그래. 나 이제 남자친구와 헤어지고 싶어."

나의 본마음이다.

"타쿠미, 지금 내가 하는 질문에 진심으로 솔직하게 대답해줘. 알겠지? 타쿠미 눈에도 나 못생겼어? 키스가 하고 싶지 않을 정도로 내 얼굴이 징그러워?"

어느새 내 눈에서 눈물이 나왔다.

"리안, 갑자기 왜 그렇게 슬픈 얼굴을 하고 그런 이상한 질문을 해?"

"타쿠미, 나는 심각해. 솔직하게 대답해줘."

"알겠어. 솔직하게 말할게. 적어도 나는 리안이 매력적이라고 생각해. 물론 드라마나 영화에 나오는 주인공처럼 엄청 예쁘고 아름다운 얼굴은 아니야. 하지만 사람들이 지적하는 그렇게 이상한 얼굴은 절대 아니야. 그 사람들 눈이 이상해. 나는 네가 너무 이뻐. 그리고 너만의 매력이 아주 많아. 저기 보이는 에펠탑만큼 너는 매력이 넘쳐. 나 사실 캐나다 어학연수 할 때, 노숙자들에게 따뜻한 햄버거를 숨차게 달려가 하나하나 전해주는 네 모습이 마치 하늘에서 내려온 아기천사보다 더 예뻤어. 나는 그때 사실 너에게 키스하고 싶었어. 적어도 너만 허락한다면, 리안, 나는 지금도 너에게 당장 키스하고 싶어."

나는 타쿠미 입술이 다가오는 걸 거부하지 않았다. 타쿠미의 입술은 따뜻하고 촉촉했다. 달콤한 시간이 우리에게 선물처럼 주어졌다.

"어느 날에는 석양을 마흔네 번이나 보았어요. 아저씨도 알 거예요.

몹시 슬픈 날에는 석양이 몹시 보고 싶어진다는 것을."

달콤한 키스가 끝난 후, 수줍어진 타쿠미가 갑자기 어린 왕자에 나오는 대사를 읊는다.

"타쿠미, 너 아직도 이 대사 기억하고 있구나."

"그럼. 리안이 슬플 때나 기쁠 때나 캐나다에서 매번 이 대사 중얼거렸잖아. 우리 석양 보러 지금 나갈까?"

"그래, 좋아."

타쿠미가 살포시 나에게 다시 키스했다.

'그래. 이제 나에게 아무 관심이 없는 윤영웅은 잊자. 김미주 엄마랑 약속했잖아. 할아버지 같은 남자 꼭 만나겠다고. 어쩌면 타쿠미가 그 남자일지 몰라. 엄마, 제발 가르쳐주세요.'

타쿠미와 방금 키스를 했는데도, 지금 머릿속에는 윤영웅이 맴돈다. 이런 나 자신이 정말 싫다. 어지럽다.

"타쿠미, 나도 시험 쳐서 너랑 같은 학교 다닐까?"

타쿠미는 반색을 했다.

"리안, 그럼 정말 좋겠다. 우리 같이 다니면 과제 할 때도 서로 도와주고, 그리고 외롭지도 않고. 나도 엄마 생각도 덜 할 거 같아. 매일매일 엄마 생각으로 나 사실 많이 힘들어. 여기는 캐나다랑 좀 달라. 나의 유머를 아무도 몰라. 불어가 구사하기 어려운 것도 있지만, 나의 유머에는 철학이 없다고 시시하대. 요즘 올리비아 누나도 많이 힘들어해."

타쿠미가 눈물을 흘린다.

'타쿠미가 파리에서 혼자 많이 외로운가 보다.'

나는 타쿠미를 안아주었다.

우리는 와인을 꺼내 마셨다.

"리안, 나 너에게 할 말이 있어."

타쿠미가 와인에 조금 취한 얼굴이다.

"그래 타쿠미 얘기해."

"내 친구 얘기야. 켄토 얘기는 가족 말곤 네가 처음이야."

"아, 켄토? 저번에 조이 아줌마에게 들었던 이름이지?"

"그래. 오타와 레스토랑에서 엄마가 꺼냈지. 켄토는 나의 둘도 없는 친구야. 우리는 형제나 다름없이 자랐어. 사실 나 어릴 때는 약골에 내성적이라 친구가 한 명도 없었어. 그런 나에게 먼저 다가온 녀석이 켄토였어. 우리는 중고등학교까지 쭉 단짝으로 지내, 다른 친구는 아예 필요도 없었어. 우리는 대학도 같은 대학으로 진학했어. 당연히 전공은 다르지만, 그러다 1학년 때 사건이 벌어졌지. 둘이 도쿄 시내를 다니다 불량배를 만나 심하게 다투게 되었어. 켄토는 그냥 가자고 말렸는데, 내가 고집을 피우고 달려들어 같이 싸우자고 하는 바람에… 켄토가 그만 칼에 찔려…."

타쿠미는 말을 잇지 못하고 눈물만 계속 흘린다.

"켄토는 피를 너무 많이 흘려 결국 하늘나라로 먼저 갔어. 나는 죄책감에 너무 힘들어 수면제를 모아 털어 넣었지만, 조이 엄마에게 일찍 발각되어 위세척으로 다시 혼자 살아남게 되었어. 켄토는 혼자 쓸쓸히 죽었는데… 리안 흑흑, 내가 그냥 가자는 켄토 말만 들었어도 켄토는 지금 살아있을 거야. 흑흑."

나는 타쿠미를 안았다.

"타쿠미, 나는 전혀 눈치채지 못했어. 네가 워낙 밝고 씩씩해서."

"리안, 다행히 캐나다에서 너를 만나고 켄토를 많이 잊을 수 있었어. 예전 꿈에는 피투성이로 울고 있는 켄토가 보였지만, 요즘은 활짝 웃는 켄토도 자주 봐. 그리고 조이 엄마도 꿈속에서 만나."

"타쿠미, 정신과 치료는 받고 있어?"

"응. 켄토가 떠난 그때부터 계속 치료받고 있어."

"타쿠미, 이제부터 내가 너에게 힘이 되어 줄게. 타쿠미, 켄토 일은 그냥 우연한 사고야. 사고는 누구에게나 일어날 수 있는 거야. 그러니 이제 죄책감은 더 이상 갖지 마. 켄토는 아예 처음부터 너에게 아무 원망도 없었을 거야."

"진짜 켄토가 그랬을까?"

"그럼. 너랑 둘도 없는 친구였잖아. 친구는 그런 거야."

"리안 고마워. 너는 그 어느 의사 선생님보다 나에게 더 많은 위로가 돼."

"조이 아줌마도 하늘나라에서 편안하게 계실 거야. 타쿠미 알겠지?"

"응. 리안 고마워. 그리고 나 켄토랑 그 사건이 일어날 때 왼쪽 눈을 크게 다쳐 의사 선생님이 실명할 수 있다고 했어. 부모님과 올리비아 누나는 엄청 걱정했지만, 하늘나라에 먼저 간 켄토에 비하면 나는 한쪽 눈 실명쯤 아무것도 아니라고 생각했어. 차라리 눈이라도 다쳐 켄토에게 덜 미안한 마음도 사실 있었어. 이 년쯤 지나 눈은 저절로 회복되었어. 나는 그때부터 인생을 살 때 누구에게나 불행이 예고도 없이 찾아온다는 사실도 알게 되었고, 또 세월이 지나면 바위같이 큰 불행도 조금씩 닳아 없어진다는 교훈도 얻게 되었어. 그래서 나는 웬만한 일에는 잘 놀라지 않아. 하지만 조이 엄마 사고는 아직도 많이 힘들어."

타쿠미의 과거를 듣고 난 후, 나는 타쿠미가 너무 가엾어 파리에 계속 같이 있어주기로 마음먹었다. 나 또한 여수에 가기 싫었던 탓도 크다.

하루하루 밝아지는 타쿠미 모습을 보면 내 마음도 같이 밝아진다.

'이래서 타쿠미가 일본에도 캐나다에도 친구가 없다고 했구나….'

그럭저럭 10개월이 지나고 나는 한국으로 돌아왔다.

"리안, 나 지금 상태로 너 가버리면 아마 에펠탑에서 뛰어내릴 거야. 제발 살려줘. 가지 마."

타쿠미가 이제 농담을 할 정도로 많이 밝아졌다. 이 정도면 되었다.

"타쿠미, 나도 한국에서 할 일이 많아. 다시 꼬맹이들 미술학원도 하고 싶어. 타쿠미, 미술학원 방학 때 다시 또 올게."

타쿠미와 이별의 키스를 진하게 했다.

나는 한국으로 돌아왔다. 여수는 매우 쓸쓸하다. 이제 순천에는 할머니, 할아버지도 없다.

'이제 윤영웅과 정식으로 이별을 해야겠지.'

여수 원룸으로 왔다. 현관문 앞에 큰 박스가 놓여있다. 나는 박스를 들고 들어왔다.

'누가 보낸 거지?'

박스에는 놀랍게도 윤영웅 편지가 50통은 넘게 들어있다. 나는 깜짝 놀랐다. 구구절절하다. 진심이 느껴진다.

'누나가 사라진 후 나는 이곳이 지옥 가타. 마니 미안해. 이 편지를 보는 대로 연락 좀 헤줘. 누나가 나를 조금이라도 용서하고 나를 볼 마음이 있으면 휴대폰으로 살아있는지만 알려줘. 나는 지금 너무 불안해. 누나 사라지고 내가 얼마나 누나 사랑하는 지 이번에 죽을 만큼 빼저리게 깨다랐어. 누나 나 용서해줘. 그리고 나 누나 마니 사랑해. 누나 얼굴 가지고 흉 본 거 진짜 미안해. 진심이야.'

삐뚤삐뚤, 맞춤법도 틀리는 귀여운 영웅이 편지가 맞다. 나는 편지를 끝까지 읽지 못하고 영웅이에게 전화를 했다.

"네. 여보세요. 영웅이 폰입니다."

강수찬이다.

"어, 리안이 누나. 저 수찬이에요. 지금 영웅이가 아파 병원에 있어요."

"뭐라고? 수찬아, 영웅이 어디가 아픈데? 지금 어느 병원이니?"

나는 수찬이가 싫었지만, 내색은 하지 않았다.

나는 한마음병원으로 달려갔다. 영웅이는 수액을 맞고 있었다.

"영웅아 누나야. 어디가 아프니?"

"어 누나, 이제 돌아온 거예요?"

수찬이는 영웅이가 몇 달 사이 자주 아팠다고 한다. 얼굴에 퍼런 멍자국도 있다. 나는 눈물이 났다.

"수찬아, 도대체 영웅이 얼굴은 왜 저러니?"

"누나 말도 마세요. 누나 실종됐다고 영웅이가 얼마나 찾아다녔는지 몰라요. 영웅이 얼굴도 며칠 전에 오토바이 타고 누나 찾으러 다니다 저렇게 됐어요. 영웅이 핼쑥해진 것 봤죠?"

"응. 나는 당연히 내가 사라지면 영웅이가 후련해할 줄 알았어. 그래서…."

"누나, 무슨 말 같지도 않은 얘기를. 영웅이가 누나를 얼마나 좋아하는데요. 저한테 술만 마시면 매일 누나 얘기해요. 참, 누나 원룸에 영웅이 보낸 편지는 봤어요?"

"그럼. 편지 보자마자 전화했어."

"누나, 우리 영웅이에게 잘해주세요."

"수찬아 고맙다. 참 수찬이는 어느 대학 다니니?"

"저도 영웅이처럼 전문대 나와, 지금 이곳저곳 알바해요. 취준생이죠."

수찬이는 영웅이와 비슷한 키에 체구는 영웅이보다 더 벌키하다.

수찬이는 돌아가고, 나는 병실로 돌아왔다. 영웅이는 잠들어 있었다.

나는 영웅이 병실에 앉아 마음을 다졌다.

'영웅이 애가 나를 이렇게 좋아하는 줄도 모르고. 나랑은 키스도 하기 싫다는 말만 듣고, 혼자 실망해 파리까지 가서 괴로워했구나. 나 이제 결정했어. 무슨 일이 있어도 영웅이 너와 결혼할 거야. 그리고 수찬이도 직접 대화를 해보니 그렇게 나쁜 애는 아닌 것 같다.'

그녀는
바보 멍충이

표리안 집이 엄청 부자라는 사실을 수찬이가 알아왔다. 예전에도 잘 사는 건 알았지만, 거의 여수 재벌 수준이다. '표민창 치과' 10층 건물이 다 표리안 아빠 건물이라고 한다.

"야 윤영웅, 지금부터 내 말 잘 들어. 지금 이 시시한 택배만 하다 인생 종칠래? 아니면 한탕 크게 해 벤츠 한번 탈래?"

"그야 당연히 벤츠 굴리고 싶지."

"그럼, 지금부터 네 주변에 시시껄렁한 계집애들은 한 명도 남김없이 다 정리해. 그리고 지금부터 오직 너에겐 표리안밖에 없는 거야. 이 세상에 여자라곤 표리안뿐이야. 알아들었어?"

"아 수찬아, 나는 싫어. 세상에 얼마나 이쁘고 쭉쭉빵빵인 애들이 많은데. 그 애들을 이제 한 명도 만나지 말라는 게 말이 되니? 씨발 차라리 나보고 밥을 먹지 말라고 하는 게 더 실천 가능한 일인 것 같다.

"너 지금 얻어터질래? 아니면 그냥 내 말 들을래?"

"아 알았어. 어떻게 하라고?"

"표리안과 결혼하면 너는 이따위 택배는 접고, 평생 놀고먹을 수 있어. 그리고 결혼하고 혼인신고만 끝나면 그때부터 네가 꼴리는 기집년들 다시 다 만나면 돼. 나의 이 비상한 두뇌회전으로 계산을 해보면, 적어도 표리안과 결혼하면 표리안 빌딩에 있는 스타벅스는 우리가 접수할 수 있어. 상가도 하나 공짜로 얻고. 어때? 괜찮지?"

"진짜 표리안과 결혼만 하면 나한테 스타벅스와 상가가 생긴다고?"

"그래. 이 형님 각본대로 잘만 따라오면 돼. 그리고 혼인신고만 한 뒤에, 눈 감고 몇 개월 살아주다 이혼하면 돼. 성공하면 너 나한테 따박따박 수고비로 월 300만 입금해."

"뭐? 월 300, 너무 많은 거 아니냐?"

"이 바보 새끼. 스타벅스 오픈하면 월 순수익만 최소 1,500은 벌 텐데, 300이 많다고?"

"진짜? 와우 1,500이 들어오면, 그깟 300 얼마든지 꽂아주지. 그런데 씨발, 나 표리안 더럽게 못생겨서 싫은데."

"야 윤영웅, 지금 우리가 찬밥 더운밥 가리게 생겼니? 표리안 정도면 고맙습니다지. 윤영웅 너 내일부터 표리안한테 최선을 다해. 그리고 그 '씨발' 같은 욕설은 앞으로 절대 쓰면 안 돼. 배운 계집애들은 무식하게 저질 욕설 쓰는 거 제일 혐오해."

"알았어. 월 1,500 통장에 꽂히기만 하면, 그까짓 거 아무것도 아니야. 나 옛날에 수찬이 네가 시켜서 술값 10만 원이 없어 호프집 과부 아줌마랑도 그 짓 했잖아. 나중에 그 과부 아줌마 찰거머리처럼 달라붙어 혼났지. 씨발."

"그래그래. 윤영웅 머리 좋네. 그 과부보다는 표리안이 낫잖아? 안 그래?"

"그건 그래. 표리안 숫처녀 아닐까? 씨발 그 얼굴에 남자 만나봤겠어?"

"윤영웅, 너 지금부터 욕설 금지라고 했지. 아까도 말했지만, 표리안 같이 배운 것들은 욕설 쓰는 거 되게 싫어해."

"아 씨발, 이건 습관이라 고치기 힘든데."

"야! 상가랑 스타벅스랑 벤츠만 생각해. 너 벤츠 타고 옆에 새끈이들 태우고 드라이브 가고, 카지노도 가고, 호텔 간다고 상상해봐."

"와 죽이는데."

"그럼 지금부터 표리안에게 충성해라. 행동 개시하다가 잘 모르는 상황 발생 시, 즉각 이 수찬이 형님에게 콜한다. 알겠지?"

"알겠어. 그나저나 표리안은 몸은 그나마 늘씬한데, 나는 그 두꺼운 입술이 너무 싫어. 그 입술과 키스는 죽어도 못 하겠더라."

"이 미친 새끼 배가 처 불렀구나. 너나 나나 이대로 있다간 죽도 밥도 안 돼. 머니가 있어야 기집애들도 달라붙는다고, 알아들었어? 윤영웅, 두 눈 딱 감고 키스도 하고, 애무도 하고, 그 짓도 해라. 너 제대로 못 하면 나한테 죽는다."

"아 알겠어."

나는 수찬이가 시키는 대로, 너무너무 아깝지만 주변 여자애들을 엄청난 욕설과 무시무시한 협박으로 다 정리했다. 그리고 표리안 학원에 찾아가 사력을 다해 좋아한다는 표정으로 데이트 신청을 했다. 못 할 짓이다. 표리안은 나의 전화에 매번 감동하여 목이 잠기는 걸 여러 번 확인했다.

계획대로 잘 진행되고 있었는데, 리안이 누나가 카페에서 수찬이와 통화한 걸 들었는지 별안간 외국으로 가버렸다. 수찬이는 리안이 누나의 마음을 돌리기 위해 편지를 쓰자고 했다. 편지 내용은 수찬이가 불러주고 나는 받아 적기만 한다. 물론 누나한테는 끝까지 나 혼자 쓴 거라고 잡아뗄 것이다.

결과론적으로 나는 이래저래 운 좋은 놈이다. 이틀 전 세븐 이글스 멤버들과 나이트클럽에서 술을 마시다, 우리보다 덩치가 큰 놈들이랑 새끈이 한 명 때문에 싸움이 붙었다. 수찬이 보스가 그놈들과 합의금 문제로, 내게 억지로 수액을 맞고 병원에 입원하라고 했는데, 마침 그날 표리안이 파리에서 돌아왔다.

그리고 내가 완전히 지 때문에 헤매고 돌아다니다, 크게 다쳐 병원에 입원한 걸로 착각하고 있다. 표리안은 하여튼 바보 멍충이다. 나의 멍든 얼굴을 보고 표리안은 눈물까지 흘린다.

'수찬이가 우리 '세븐 이글스' 보스인 건 확실해. 세상에 아직 이렇게 순수, 아니 꽉 막힌 여자도 있구나. 도대체 갇혀만 살았나? 표리안, 너 설마 아직 숫처녀? 씨발 재미없겠는데. 숫처녀랑 몇 번 섹스해 봤지만 별로다 말이야. 나는 테크닉이 뛰어나고, 콧소리로 간드러지게 고양이 울음소리를 내며, 등짝에 손톱자국을 깊게 내는 여시 같은 계집애가 취향이야. 근데 표리안은 영 스프를 넣지 않은 라면 국물 맛일 것 같아. 아 싫어. 우린 프로라 한번 딱 보면 알잖아.'

나는 그놈의 돈만 아니면 표리안은 트럭 채 실어줘도 노 땡큐다. 우리는 여수 시내에서 영화도 보고, 커피도 마셨다. 나는 두 눈을 질끈 감고 표리안에게 키스도 감행했다. 표리안의 메기 같은 두꺼운 입술은 짐승을 연상시켜 죽을 맛이다. 그리고 키스할 때 눈에 띄는 넓적한 코는 남자 같다.

'여자가 뭔가 콧날이 날렵한 맛이 있어야지. 누나는 코는 뭉뚝하고, 입술은 쓸데없이 두껍고, 가슴은 무슨 마라톤 선수니? 젖꼭지만 달려 있게,

아이고 내 팔자야. 누나는 내 친구들에게 소개하기도 창피하다. 내 친구들 애인은 하나같이 싹 다 글래머에 미인들이야.'

표리안은 좋아 죽는다. 나는 죽어도 표리안과 키스만은 하기 싫다.

"그깟 돈이 뭐라고 이 메기랑 억지로 키스를 해야 하나? 아이고 내 팔자야, 주변에 콜만 하면 바로 달려올 새끈이들이 널리고 널렸는데. 강수찬 이 새끼 지는 싹 빠지고, 아이고 참자. 스타벅스가 애 이름이냐? 표리안, 너는 뭐가 이렇게 쉬워? 서울에서 연애도 안 하고 뭐 했냐? 표리안, 너 한 달이면 나랑 혼인신고 각이다."

표리안은 스몰웨딩 운운하지만 나는 비위만 적당히 맞추고, 여수에서 가장 비싼 예식장에서 결혼식을 하리라 마음먹었다.

'예식장이 럭셔리 팍팍 풍겨줘야 사람들이 부조도 많이 하지. 우리 아빠가 부조는 다 나 준다고 했어. 표리안, 바보도 아니고 스몰웨딩 같은 소리 좀 작작해라. 너네 아빠도 축의금 이번에 싹 다 수금하려고 할걸. 지안이 누나는 이미 결혼했고. 너네 집에서 네가 막내잖아. 그나저나 우리 영미 누나는 언제 결혼할까? 그 계집애도 못생긴 게 눈만 높아서는 쯧쯧. 그래도 머리는 좋아 임용은 바로 붙어 엄마 아빠가 사족을 못 쓰더라마는. 부모도 안 그런 척 폼 잡아도 다 속물이야. 중학교 미술 교사 간판이라면 우리 영미 누나도 좋아하는 남자가 더러 있을 거다. 암! 있고말고.'

수찬이가 우리 '세븐 이글스' 멤버 중 브레인이라, 수찬이 말만 들으면, 나는 완성형이다. 소년원에서 만난 나머지 다섯 명의 멤버와 우리는 한 달에 한 번씩 만나 카지노도 가고, 나이트도 가고, 새끈이들과 섹스도 한다. 너무 신나고 즐겁다. 물론 경비는 사기를 치거나, 순진한 회사원 년들과 섹스 몰카를 찍으면 어느 정도 충당이 된다.

세븐 이글스 멤버 중 소년원에서 만난 김용식은 무지막지하게 싸움을 잘해, 인근에서 우리를 건드릴 사람은 하나도 없다. 우리들 중 가장 센 주먹을 가지고 있어, 우리 세븐 이글스는 겁을 상실했다.

역시 수찬이는 우리의 보스임에 틀림없다. 한 달도 지나지 않아, 보스 계획대로 모든 게 진행되었다. 멍청한 표리안은 '결혼'을 입에 달고 산다.

'성공이다. 빨리 결혼해 혼인신고하고, 상가랑, 스타벅스랑, 벤츠랑 와우 우리 멤버 중 내가 가장 성공하겠는걸.'

수찬이가 카페로 와, 표리안 아빠랑 만나면 해야 할 말들을 차근차근 일러준다. 입력 완료다! 드디어 표리안 아빠가 만나자고 연락이 왔다.

표리안 아빠의 치과가 있는 빌딩 카페에서 표리안과 표리안 아빠, 표리안 새엄마를 만났다. 일은 일사천리로 진행되었다. 표리안 아빠는 거짓말처럼 나에게 첫 질문을 수찬이가 예상했던 그대로 던진다.

"영웅 씨, 우리 건물에서 스타벅스 한 번 해보는 거 어때요? 자네 지금 하는 택배 일은 좀 그래. 나도 여수에서 소셜 포지션도 있고."

나는 정중하게 대답했다. 수찬이가 시킨 대로.

"저야 하면 좋겠지만, 결혼이 장사도 아니고 너무 부담스럽습니다. 저는 지금 몸담고 있는 택배로 자수성가하고 싶습니다."

"영웅 씨가 보기보다 야무지고, 생각이 건실한 청년이네요. 오히려 그렇게 사양하니까 나는 신뢰감이 더 가네요. 리안이도 지금 미술학원 원생이 10명도 되지 않아 그것만으로는 두 사람 생활비가 모자랄 거예요. 그러니까, 이번에만 자네가 내 말 듣고 이 건물에서 스타벅스 한번 운영해봐요."

새엄마도 적극적이다.

"그래요. 영웅 씨, 우리 리안이가 얼마나 영웅 씨를 사랑하는지 몰라요. 요즘 리안이 얼굴에 웃음꽃이 활짝 피었어요. 스타벅스 하나 정도는 지금 시작해야, 미래의 사업가 발판이 다져지는 첫걸음이 될 거예요."

표리안은 정말 바보 멍충이다. 자꾸 멍충이처럼 심하게 거절을 한다.

"아빠, 새엄마, 우리는 우리 힘으로 멋지게 출발할게요. 영웅이는 택배 열심히 하고, 저는 미술학원에서 열심히 일하면 우리 밥벌이 정도는 얼마든지 할 수 있어요. 그러니 우리는 두 분 마음만 받을게요."

'누구 맘대로? 표리안, 너 나보다 연상인 거 맞니? 세상을 그렇게 모르니? 세상은 다 돈이야 돈. 너 지금부터 아가리 찢기 전에 당장 입부터 닥쳐라.'

나는 어리석은 멍충이 표리안 때문에 하마터면 욕설이 튀어나올 뻔했다. 나는 꾹꾹 눌러 참았다. 표리안과 표리안 아빠가 10분쯤 실랑이를 하다 결국 표리안 아빠의 승리로 끝이 났다.

나는 이제 얼마 남지 않은 결혼식만 끝내고 소기의 목적인 혼인신고만 하면, 수찬이 말처럼 상가랑, 스타벅스랑, 벤츠가 나의 손아귀에 들어온다.

나는 못 이긴 척, 또 말을 꺼냈다.

"아버님 차종은 뭔지 궁금하네요. 제가 어릴 때부터 차에 관심이 많습니다만."

"아, 나야 벤츠 마이바흐 S클래스야. 자네는?"

"저는 커피 배달하느라, 오토바이는 하나 있습니다. 차는 필요 없습니다."

"어머, 영웅 씨가 아직 차가 없네요. 우리 리안이도 벤츠 타는데. 여보, 영웅 씨도 벤츠 작은 거라도 하나 결혼선물로 사줘요."

"아, 아닙니다. 어머님."

"어머, 나보고 어머님이래요. 듣기 좋네요."

"참 리안아, 신혼집은 어떡하니?"

"새엄마, 신혼집은 우리 맘대로 할 게 아니라, 시부모님을 만나 뵙고 의논드려 볼게요. 그러지 않아도 영웅 씨 집에 제가 내일 부모님 뵙기로 약속 잡았어요. 내일 결정되면 말씀드릴게요."

'표리안, 그럴 필요 없어. 우리 집은 지금 돈 나올 구멍이 없어. 내가 사고를 많이 치는 바람에 합의금으로 다 날렸어. 그냥 부자 아빠에게 신축 아파트 50평 정도 사달라고 해라. 이 눈치 없는 년아.'

"그래 사돈 되실 분 의사도 존중해드려야 하니까. 그리고 상견례 날짜도 잡아오고, 우리는 주말은 골프 모임 가야 하니까. 주중에 저녁시간이 좋겠다."

다음날, 나는 마침 우리 부모님이 표리안 혼자 집으로 보내라고 해, 신나게 새끈이들과 놀았다.

나도 사실 강수찬을 만나기 전에는 표리안을 엄청 좋아했다. 일단 마음이 착하고, 적어도 내 눈에는 예뻐, 나는 매일 누나 집이나 치과로 달려가 뽀뽀를 해야 잠이 들었다. 중학교 때도 나는 누나밖에 없었다. 나의 매일은 누나를 위해 존재했다. 누나의 아빠랑 엄마, 그리고 외할아버지랑 외할머니도 나에게 푹 빠졌다. 나는 리안이 누나와 꼭 결혼할 거라고 동네방네 노래를 부르고 다녔다.

우리는 매일매일 교환일기도 썼다. 지금도 내 방 서랍 어딘가 교환일기가 남아있다. 이상하게 나는 그 교환일기는 버리지 못 하고, 간직하고 있다. 표리안 누나는 키만 전봇대처럼 컸지, 모든 면에서 아기 같아 내가 항상 옆에 꼭 붙어 보호해줘야 하는 여자였다.

하지만 강수찬이 소개해주는 계집애들을 만난 후 나는 완전히 달라졌다. 그 계집애들과 표리안은 상대가 되지 않는다. 걔들은 예쁜 얼굴과 글래머인 몸으로 애정을 표현한다. 나는 이제 표리안이 시시하다. 그 애들과 모텔에서 뒹굴면 세상을 다 가진 기분이다.

누나가 서울로 가버렸을 때, 아주 가끔 표리안이 그리운 적은 있었다.

천식과
미세플라스틱

나는 윤영웅 없이 혼자 영웅이네 집에 갔다. 새엄마가 준비해준 한우와 과일바구니를 들고 갔다. 영웅이는 어젯밤, 전화를 걸어 카페를 너무 오래 비웠다며, 나에게 충분한 양해를 구했다. 나는 이렇게 영웅이의 다정다감한 모습에 또 한 번 반했다. 나는 요즘 영웅이 덕분에 너무 행복하다. 아마 천국에 계신 엄마와 할머니, 할아버지가 도와주시는 것 같다.

'나 이제 드디어 영웅이의 팔 흉터를 조금이라도 보상할 수 있겠네. 나 영웅이랑 결혼해서 너무너무 상냥하고 이쁜 와이프가 되어야지. 시댁에서는 사랑받는 이쁜 며느리도 되고 히히. 그리고 예쁜 아기도 낳고. 영웅이 닮은 아기 낳으면 얼마나 이쁘겠어? 히히.'

영웅이와의 결혼은 나의 몸 안 세포를 하나하나 살아 움직이게 만들어 온몸 구석구석에서 도파민을 마구 분출하게 한다.

아빠는 처음엔 택배나 하고 다니며, 껄렁껄렁한 윤영웅과의 결혼을 엄청 반대했다.

"영웅이 걔 평판이 좋지 않더라. 여자관계도 복잡하다고 하고, 사고를 많이 치고 다닌다고 하더라. 리안아, 우리 한 번만 더 진지하게 생각해보자."

"아빠, 아빠는 새엄마와의 재혼 저에게 허락받았어요? 그래서 저도 아빠 허락 없어도 영웅이와 결혼할 거예요."

아빠는 허무맹랑하고 당돌한 나의 대답에 할 말을 잃은 표정이다.

"리안아, 그럼 영웅이와 결혼한 후 힘든 상황이 와도 나에게 도움을 요청하지 않는다는 조건으로 허락하마."

"알겠어요. 절대 어떤 상황이 와도 아빠에게 도움을 요청하지 않을게요."

그 당시 나는 자존감만 쓸데없이 높아 '직진 리안'이란 별명이 있을 만큼 자신의 판단력에 믿음이 강했다. 결혼은 다른 조건은 하나도 볼 필요 없이 사랑만 있으면 끝이라고 생각했다. 왕고집 아빠를 꺾어 기분이 좋았다. 하지만 결혼만큼은 조금 더 신중해야 했다.

참, 새엄마가 요즘 원룸에 자주 온다. 밑반찬도 직접 해서 공수하고, 나랑 이야기도 곧잘 한다. 호텔에서 처음 보던 그 쌀쌀한 멋쟁이보다는 푸근한 엄마 쪽이라 정이 간다. 그렇다고 내가 나의 엄마인 김미주 여사를 잊은 건 아니다. 나의 엄마는 항상 나의 심장 속에 살아있다.

새엄마는 윤영웅 앞에서는 영웅이 칭찬을 하더니만, 지금은 영웅이 험담을 한다.

'리안아, 나도 영웅 씨 뭔가 찜찜해. 이 결혼에 순수한 마음보다 흑심이 있는 것 같아. 너를 억지로 좋아하는 척하는 것 같기도 하고. 리안아, 나 사람 보는 눈이 정확하다고 주변 사람들이 다들 인정해. 그러니 리안아, 이번 결혼, 한 번 더 신중하게 생각하는 게 좋을 것 같아.'

나는 짜증이 났다. 나는 새엄마에게 바쁘다는 핑계로 중간에 말을 끊었다.

"새엄마, 저 아이들 수업교재 만들어야 해요. 이제 그만 가주세요."

새엄마는 많이 당황하고 많이 서운한 눈치다.

영웅이네 할아버지, 할머니는 환하게 웃음을 띤 얼굴로 나를 꼭 끌어안아 맞이해 주시곤, 경로당에 모임이 있다며 서둘러 나갔다. 나는 아버님과 어머님, 영미와 함께 거실에 앉았다.

어머님이 과일과 커피를 내오셨다.

"리안아, 오랜만이다. 잘 지냈지? 여기 와 커피랑 과일 먹어라."

"네. 두 분도 잘 지내셨죠? 감사합니다."

할아버지, 할머니에 비해 세 사람은 이상하게 얼굴이 어둡다.

"안녕하세요. 근데 오늘 분위기가 조금 무거워 보이네요. 어머님, 혹시 집에 무슨 일이 있나요?"

"리안아, 그건 아니고, 오해 없이 들었으면 좋겠다. 여보 당신이 말씀하실래요?"

"리안아, 아빠도 말 꺼내기가 힘이 드시는 것 같아. 그냥 내가 솔직하게 말할게."

아버님은 아까보다 표정이 더 어둡다. 나는 갑자기 겁이 덜컥 났다.

'혹시 결혼을 반대하는 걸까? 아버님, 어머님 표정이 왜 이러시지?'

"리안아, 우리는 너와 영웅이 결혼을 반대하는 입장이란다."

나는 영미의 말에 누군가 나의 뒤통수를 세게 친 것 같이 얼얼하다.

"영미야, 그게 무슨 말이니?"

"영웅이는 우리 가족이지만, 네가 생각하는 그런 순수하고 바른 아이가 아니란다. 우리도 네가 너무 영웅이를 사랑하고 또 결혼하고 싶어하니까 그냥 둘을 결혼시킬까도 했어. 하지만 넌 나의 둘도 없는 친구이고, 우리 아빠 엄마는 양심적으로 도저히 그냥 결혼을 시킬 수는 없다고 말씀하셔. 그래서 급하게 영웅이 없이 이런 자리를 마련한 거야."

'도대체 영웅이에 대해 무슨 이야기를 하려고 이렇게나 서두를 거창하게 깔지?'

영미는 차분하게 이야기를 이어나간다. 작년 가을쯤, 일어난 사건이라고 한다. 영웅이가 오토바이를 타고 가다 국도에서 중앙분리대를 들이박고 다리뼈가 부러진 사건이다. 영웅이는 그동안 항상 오토바이 운전을 급하게 하고 다녀 자잘한 접촉사고도 많았다고 한다.

경찰의 연락을 받은 영미네 가족을 기다리고 있던 것은 영웅이의 부상이 아니라, 생면부지 여학생의 죽음이었다. 오토바이 뒷좌석에 있던 17살, 미성년 여학생이 그 자리에서 즉사한 엄청난 사건이 기다리고 있었다. 영웅이가 미성년자를 앱으로 만나 성매매를 하고, 드라이브를 즐기다 사망사고가 나버린 것이다. 경찰은 영웅이가 입건되지 않기 위해서는 하루빨리 여학생의 보호자와 합의를 하라고 했고, 가족들은 여학생의 유일한 보호자인 할아버지를 만나 2억으로 겨우겨우 합의를 봤다고 한다.

그 사건 이외에도 영웅이는 폭행 사건과 사기 사건, 강간미수 등 정상인이 할 수 없는 범죄행위를 많이 저지르고 다녀, 도저히 나를 며느리로 맞이할 수 없다는 양심선언이었다.

나는 한편으론 감사했지만, 한편으론 서운했다.

'차라리 저런 무서운 일들을 나에게 말하지 않았으면, 그저 나는 영웅이랑 행복하게 결혼할 수 있을 텐데.'

나는 영웅이에게 이미 반쯤 미친 사람이라, 그런 무시무시한 범죄 사실조차 귀에 들어오지 않는다. 나는 한 치의 망설임도 없이 바로 대답했다.

"아버님, 어머님, 영미야, 저 그런 거 개의치 않아요. 오히려 제가 결혼해서 영웅이를 바르게 케어하겠습니다. 저를 한 번만 믿어주세요."

세 사람은 너무 놀라 입을 꾹 다물었다.

"그런데 아버님, 저희 신혼집은 어떡할까요? 어머님, 저는 대가족이 너무 좋아요. 그래서 저기 아래채에 리모델링을 하고 저희가 들어와 살아도 될까요?"

"리안아, 너 내 이야기 제대로 이해했니?"

"응. 영미야, 결혼 당사자인 내가 아무렇지 않다고 하잖아. 내가 영웅이에게 진심으로 잘할게. 참 아빠가 상견례 날짜도 잡아오라고 하셨어요. 그리고 아빠가 결혼하면 영웅이는 택배 일 그만두고, 아빠 건물 1층에 있는 스타벅스 운영하라고 했어요."

아버님, 어머님은 어쩔 줄 몰라 서로 얼굴만 바라보고 있고, 영미는 안타까운 표정으로 나를 바라보았다. 아무래도 그 당시의 나는 윤영웅 그 자체에 단단히 콩깍지가 쓰여있었다. 그리고 결혼하면 윤영웅을 충분히 변화시킬 힘이 나에게 있다고 굳게 믿었다.

결국 나는 나의 고집대로 2016년 9월 20일 내 나이 스물여덟, 영웅이 스물일곱에, 드디어 그토록 소원하던 영웅이와 결혼식을 올렸다. 영웅이가 원하는 여수에서 가장 비싼 호텔 웨딩을 했다.

혜진이는 벌써 장훈 선배와 동거한다더니. 이미 아들 하나를 얻었고, 또 배가 만삭이 되어 참석했다.

"리안아 축하해! 나도 요즘 너무 행복해. 양부모님은 이제 나를 버렸어. 하지만 오빠는 매해 첫 추수한 쌀을 울산 집으로 보내. 다행히 쌀이 돌아오지는 않아. 참 오빠는 7급 공시에 합격했어. 나는 논농사 일도 밭농사 일도 다 재미있어. 리안아, 나는 요즘 하루하루가 너무 행복해."

대학 시절에 거금을 주고 매일 피부 클리닉에 다니던 혜진이는 이제 농사일로 가무잡잡한 피부에 시골 아낙네처럼 수수한 임신복을 입고 있었다. 그래도 이상하게 빛이 난다. 장훈 선배도 행복한 얼굴이다.

만족한 결혼식이다. 결혼식을 끝내고 나는 윤영웅과 캐나다로 신혼여행을 2주 동안 가기로 했다. 그동안 아래채를 시부모님이 책임지고 리모델링 해주기로 했다.

"누나, 나는 신축 아파트에서 멋진 신혼을 살고 싶은데, 폐허 같은 우리 집 아래채 리모델링 부탁했다면서? 나 친구들에게 솔직히 창피하다. 누나 왜 그래? 집도 부자면서."

"응. 나는 엄마도 돌아가시고, 지안이 언니도 서울에 있어 언니와도 자주 왕래가 없어. 나는 사람이 그리워. 그래서 대가족이 같이 사는 집이 너무 부러워. 영웅아, 우리 여기에서 몇 년 살다 아파트로 옮기자. 누나 부탁이야."

"조금만 살다 진짜 옮길 거지?"

"그럼."

"알았어. 누나 화내서 미안해."

신혼여행비와 결혼식 제반 비용은 모두 아빠가 제공했다. 어학연수 때 호텔비가 비싸 딱 1박만 묵었던 퀘벡시 샤토 프랑트낙 호텔에서, 우리는 2주를 다 묵기로 했다.

"영웅아, 신혼여행은 일생에 딱 한 번뿐이니까, 우리 신혼여행만큼은 과용하기로 하자."

"누나 찬성."

"영웅아, 내가 한 살 연상이지만 우리 이제 호칭을 바꾸자. 아무래도 누나는 좀 그렇지 않니? 누나는 부부 사이에서는 좀 어색한 것 같아."

"음 누나, 그러면 호칭은 리안 씨, 영웅 씨는 어때?"

"좋아. 영웅 씨. 이제 영웅 씨도 리안 씨라고 불러봐."

"어 어색해. 나 그냥 누나라고 부를게."

"오늘 당장 힘들면 천천히 해."

"응 알겠어. 누나, 나 배고파."

"나갈까? 아니면 룸서비스 시킬까?"

"누나 좋을 대로."

우리는 3일 동안 거의 외출은 하지 않고 룸서비스로 요기만 하고, 형식적인 몸짓만 나누는 사랑을 했다.

나는 영웅이 팔에 있는 흉터에 입술을 맞추었다. 영웅이는 버럭 화를 냈다.

"누나, 거기에 손대지 마. 너무 싫어."

나는 놀라 사과했다.

그다음부터 나는 모든 행동에 제약을 받았다. 난 남자 경험이 처음이지만, 영웅이가 도무지 이상했다. 키스는 절대 하지 않았다. 커피숍에서 수찬이에게 나랑 키스는 절대 하기 싫다던 영웅이 말이 귀에 맴돌아, 나는 머리를 흔들며 그 기억을 애써 지우려 노력했다.

"이젠 밖으로 나갈까? 영웅 씨."

"좋아. 누나."

"그럼, 우리 오늘은 노트르담 성당 가고, 내일은 쁘띠 샹플랭 거리 구경하자. 그곳은 '목 부러지는 계단'으로 유명해."

우리는 렌트카를 타고 노트르담 성당 아우라쇼를 보러 갔다. 영웅이는 나만큼 감동하지 않는 눈치다.

"나 사실 어학연수 왔을 때 아우라쇼 볼 때마다 영웅 씨 생각했어."

"진짜? 나는 이런 레이저쇼 시시해."

"아 그래? 그러면 우리 다음에 뭘 할까?"

"술집에 가자. 갑자기 술 당긴다."

아우라쇼를 보고 난 후 저녁은 'Au Petit Coin Breton'에서 먹었다. 퀘벡 전통 옷을 입은 직원 분이 서빙을 해 유명한 곳이다. 에그 베네딕트와 수제 샐러드와 딸기 크레페는 영웅이도 맛있다고 탄성을 질렀다. 그리고 와인도 마셨다. 타쿠미와 자주 왔던 곳이다.

"누나 여기는 불어를 많이 쓰는 것 같아."

"맞아. 캐나다는 영어와 불어를 다 쓰는데, 퀘벡은 거의 불어를 쓰는 것 같아."

"누나는 불어도 유창한데?"

"아니야. 어학연수 실력이라 겨우 알아들을 정도야."

"여기 서빙 아가씨들 되게 예쁘다."

영웅이 표정이 활짝 밝아졌다. 영웅이 눈이 바쁘다. 캐나다 서빙 아가씨들 얼굴과 몸을 훔쳐보느라 정말 바쁘다. 나는 기분이 나빠 먼저 나왔다.

영웅이는 삼십 분이 지나도 기척이 없다. 식당으로 내려갔더니, 영웅이는 와인에 벌써 취해 캐나다 아가씨에게 추파를 던지는 중이다.

"영웅 씨, 이제 나가요. 아가씨 미안해요."

나는 영웅이를 부축하여 호텔로 왔다. 영웅이는 코까지 드렁드렁 골며 바로 잔다. 뭔가 쓸쓸하다.

나는 혼자 나가 수영을 했다.

'표리안, 똑같은 이 호텔에서 예전에는 타쿠미랑 수영도 같이 하며 너무너무 행복했는데, 지금 이게 뭐니? 이게 허니문이니?'

갑자기 타쿠미가 너무 보고 싶다. 타쿠미에게 전화를 걸고 싶었으나, 나는 꾹 참았다. 타쿠미에게 나의 결혼을 알리지 않은 것은, 사실 나도 타쿠미 마음을 알아버렸고, 나도 타쿠미를 사실 많이 좋아하기 때문이다.

'타쿠미, 영웅이만 없었다면 나 너랑 바로 사랑에 빠졌을 거야. 타쿠미, 너를 어느 여자가 사랑하지 않을 수 있겠니? 착하지, 잘생겼지, 전공도 탑이지, 유머감각도 흘러넘치지. 특히 너의 그 부드러운 갈색 눈동자와 부드러운 중저음 목소리엔 당할 재간이 없어. 너의 그 매력적인 불어 발음은 또 얼마나 섹시한지 너만 몰라 타쿠미….'

그토록 목을 빼고 해바라기만 하던 윤영웅과 이렇게 캐나다로 신혼여행까지 왔는데, 혼자 수영장에서 타쿠미 생각으로 청승맞게 앉아 있으리라곤 나는 꿈에도 몰랐다.

나는 혼자 바에서 와인을 마시고 취해, 충동적으로 타쿠미에게 전화를 해 횡설수설 술주정까지 했다. 그 와중에도 타쿠미 목소리는 다정했다. 눈물이 나왔다.

"리안, 나 너 언제든 기다릴 수 있어. 그러니 네가 오고 싶을 때 언제든 나에게 와. 나 피오나를 평생 기다릴 수 있어."

타쿠미 목소리가 윙윙거린다.

다음 날, 우리는 렌트카를 타고 몽모렌시 폭포를 향해 갔다. 영웅이는 국제면허증이 없어 내가 운전했다. 다들 몽모렌시가 나이아가라보다 웅장하다고 하지만 나는 나이아가라 폭포가 훨씬 더 웅장했다.

"영웅 씨, 이 몽모렌시 폭포보다 나이아가라가 더 웅장하지?"

"누나, 나 나이아가라 폭포도 아직 못 봤어. 나 외국이라곤 가족들이랑 간 필리핀 보라카이가 전부야."

"그럼 내일은 나이아가라 폭포 보러 가. 그런데 9시간은 족히 걸려. 너무 늦으면 나이아가라 근처 호텔에서 자고 오면 되겠지?"

영웅이는 나이아가라를 너무 좋아했다. 어린아이처럼 팔짝팔짝 뛰었다. 나는 순수한 영웅이가 다시 좋아졌다. 그래서 우리는 나이아가라 옆 '메리어트 호텔'에서 2박을 했다.

갑자기 미술학원 아이들이 떠오른다.

"영웅 씨, 나 학원 아이들이 너무 보고 싶어."

"오케이 빨리 가서 돈 벌어야지."

호텔 뷔페에서도 영웅이는 글래머 호텔 여직원 아가씨를 집적댔다.

2박 동안 우리는 같이 섹스를 했지만, 키스는 나누지 않았다.

'영웅이는 왜 나랑 키스를 하지 않는 걸까?'

몬트리올 여행을 끝으로 우리의 신혼여행은 끝이 났다.

신혼여행 후 나는 영웅이네 아래채에서 신혼살림을 시작했다. 영웅이는 하루가 멀다 하고 혼인신고를 하자며 독촉을 했고, 우리는 같이 여수시청에 가서 혼인신고를 했다.

'어머! 영웅이가 이렇게 나를 사랑했나? 아주 혼인신고를 못 해 안달이 났구나. 히히.'

영웅이는 아빠 빌딩 1층에 있는 스타벅스로 출근을 했다. 영웅이는 알바 직원도 알아서 채용했다. 남편 옆에는 항상 수찬 씨가 붙어 커피숍 일을 많이 도와주었다. 소문과 달리 고마운 친구다.

식사는 대가족이 다 같이 했다. 본채 식탁에서 할아버지, 할머니, 아버님, 어머님, 나, 영웅 씨 여섯 가족이 다 함께 식사를 했다. 영미는 2년 전에 원룸으로 독립을 했다.

처음엔 대가족이 바글바글 식사를 하는 일이 즐겁고 행복했다. 시댁 식구는 모두 나에게 상냥하고 친절하다. 나는 주로 설거지를 담당하고, 미술학원도 다시 열어 출근했다.

영웅이는 스타벅스를 핑계로 매일 술에 취한 채 늦게 귀가하거나 외박이 잦다. 신혼여행 후 우리는 3개월이 지나도록 합방을 한 적이 없다. 이제 결혼한 지 겨우 3개월이 지났지만, 영웅이 없이 혼자 지내는 시댁 생활은 상상과 달리 어마어마하게 불편하다. 하루 종일 시댁 식구 눈치만 보게 된다. 힘들다. 휴우….

새엄마가 밑반찬을 잔뜩 해 시댁에 왔다. 너무 반갑고 또 고맙다. 나는 새엄마랑 집 앞 카페에서 조잘조잘 이야기를 나누었다.

"리안아 어때? 윤 서방이 잘해줘?"

나는 순간 울컥했다.

"네. 잘해줘요."

겨우 대답했으나 이미 눈물이 또르르 흘렀다.

"어머 리안아, 너 속상한 일이 있구나."

"새엄마, 나 거짓말을 잘 못해요. 신혼여행 후 남편은 매일 늦게 오거나 외박을 해요. 그리고 이상하게 신혼여행에서도 나에게 윤 서방은 키스를 안 해요."

"뭐라고? 그건 진짜 이상하다."

"새엄마, 같이 자기는 했어요. 하지만 키스는 안 해요. 영웅이가 나를 사랑하지 않는 것 같아요."

"그럴 리가? 그러면 리안이랑 결혼을 왜 하겠어? 하지만 키스를 안 한다는 건 나도 많이 이상하기는 해."

"사실 신혼여행 후 윤 서방과 합방을 한 적이 한 번도 없어요."

나는 얼굴이 살짝 붉어졌지만 솔직하게 말했다.

'이런 점은 오히려 엄마보다 새엄마가 더 편하구나.'

새엄마 얼굴에 수심이 가득했으나 더 이상 말은 없었다.

"리안아, 얼굴이 많이 야윈 것 같아. 요즘 소화는 잘되니?"

"요즘 소화도 잘 안되는 것 같아요."

"혹시 임신?"

"네? 임신요?"

다음주에 새엄마랑 산부인과에 갔다. 임신이다! 허니문 베이비다. 나는 무조건 기뻤다. 아빠에게도 알렸다. 아빠도 좋아했다. 언니에게도 말했다. 언니도 축하해주었다. 시댁 식구들도 모두 좋아했다. 특히 할아버지와 할머니는 엄청 좋아해 마치 내가 엄청난 효도를 하는 것 같은 기분이 든다.

오직 한 사람, 남편인 윤영웅만 시큰둥하다.

"누나, 벌써 임신을 하고 그래? 우리 신혼을 좀 더 즐겨야 하는 거 아니야? 나 작년에 결혼해 이제 스물여덟인데, 벌써 애아빠는 징그럽다."

영웅이는 드러내놓고 싫어했다.

2017년 5월 29일, 나는 드디어 내가 그토록 원했던 딸을 낳았다. 아빠와 새엄마가 와서 축하해 주었다. 너무 힘든 난산이어서 의사는 제왕절개를 권했으나, 나는 끝까지 고집을 피워 자연분만을 했다.

윤영웅은 끝까지 분만실에 나타나지 않았다.

"윤 서방 이 자식 너무하는 거 아니야. 겨우 커피숍 하나 하면서 뭐가 그렇게 바빠? 와이프 분만실에도 안 오는 거니?"

"그러게요. 여보, 나는 윤 서방이 좀 이상한 것 같아요."

"이상하기까지는 아니고. 리안아, 남자가 사업을 하면 밖으로 많이 나돌 수 있어. 네가 이해해라."

아빠는 여수에서 가장 비싼 산후조리원에 등록을 해주었다.

산후조리원에 아버님과 어머님과 영미가 꽃다발과 돈봉투를 들고 방문했다. 감사했다. 다들 세라가 예쁘다고 한다.

영웅이는 한 달 내내 산후조리원에도 한 번 나타나지 않았다. 몹시 서운하다.

1주일에 한 번씩, 아빠와 새엄마가 꼭꼭 들러 세라와 나를 보고 갔다. 요즘 아빠는, 옛날에 늘 밖으로 나돌던 아빠가 아닌 다른 사람이 되었다. 새엄마가 애교도 많고 다정다감한 분이라 아빠도 변한 것 같다. 이제 나이가 들어 눈 건강이 취약해진 아빠는 치과 일도 힘들어 거의 집에만 있다. 그리고 새엄마를 많이 도와준다. 보기 좋다.

세라에게 모유를 먹이는데, 젖몸살을 해 많이 아프다. 옆방에 있는 산모가 걱정을 해주며 거든다.

"남편 분이 바쁘세요? 그럴 때 남편 분이 마사지를 해주면 훨씬 덜 아플 텐데요."

나는 대꾸할 말이 없어 그저 미소만 지었다. 콕 바늘로 찌른 듯 심장이 아프다.

'윤세라'

나의 딸 이름이다. 몽글몽글 너무 사랑스럽다.

아빠 빌딩 5층에 있는 미술학원 출근으로 인해, 자연스럽게 나와 세라는 아빠 집에 기거하게 되었다. 외박을 밥 먹듯 하는 영웅이 때문에 나도 시댁에 혼자 있기 싫다. 아빠 집은 도우미 아주머니도 있고, 새엄마도 도와주고, 육아환경도 좋아, 나는 시댁에는 한 달에 한 번 정도 주말에만 가게 되었다. 시댁 식구는 모두 이해해 주었다.

남편은 항상 처갓집이 부담스럽다며, 아예 오지를 않는다. 자연스러운 별거가 반복된다. 가끔 스타벅스에 가면, 남편은 항상 알바 아가씨와 수다를 떠느라 정신이 없다. 아가씨들은 다들 예쁜 외모에 글래머 몸매를 가지고 있다.

매장 손님은 항상 많다. 카운터에는 항상 수찬 씨가 있어, 마치 수찬 씨가 매장 책임자처럼 보인다.

'남편은 어떻게 된 사람이 딸을 보러 한 번도 오지 않지? 주말에 시댁에 가도 매일 바쁘다며 카페에 있고. 나 저 남자와 결혼한 게 맞나? 윤영웅 너 내 남편 맞니?'

나는 항상 외롭다. 영미가 가끔 주말에 시댁으로 와 같이 세라와 놀아준다. 나는 요즘 세라가 없으면 살아가지 못할 거 같다. 세라가 얼마나 사랑스러운지 모른다.

'나의 몽글이.'

세라를 안고 있으면, 그 몽글몽글한 감촉 때문에 너무 행복하다.

'하나님, 이렇게 예쁘고 귀여운 우리 몽글이를 나의 딸로 태어나게 해주셔서 감사합니다.'

나는 매일 아침, 세라가 나의 딸인 것에 감사했다. 세라가 감기에 걸리면 나는 물티슈가 세라 피부에 나쁠 것 같아 입으로 세라 코를 빨았다. 도우미 아주머니가 깜짝 놀란다.

"어머 리안아, 코딱지가 더럽지 않니?"

"아뇨. 더럽긴요? 우리 세라는 똥도 이뻐요."

아주머니는 많은 집을 다녀 봐도 내가 세라에게 너무 유별나다고 흉을 본다.

"살다 살다 리안이 같은 엄마는 내가 처음 본다. 세상에 아기 코딱지를 입으로 빨아내는 엄마가 어디 있니? 리안아, 나도 아기가 있으면 우리 리안이처럼 물고 빨고 할 것 같아. 하지만 이 아줌마는 불행하게도 아기가 없단다."

아주머니가 긴 한숨을 쉰다.

"아주머니 아직 젊은데, 아기 가지면 되죠. 아주머니, 물티슈가 우리 세라 피부에 안 좋다고 육아 책에서 봤어요. 새엄마 그렇죠?"

"그럼. 나도 우리 아들을 리안이 너처럼 귀하게 키웠지."

"어, 새엄마는 아기 한 번도 낳지 않았다고…."

새엄마가 흠칫 당황한다. 새엄마 눈에서 금방 눈물이 흐른다. 이상하게 눈가가 촉촉해진 아주머니도 마트에 간다고 급하게 나갔다.

"리안아, 나도 사실 첫 남편 사이에 시우라고 너무 멋진 아들이 하나 있었어. 근데 시우가 돌이 지나고 갑자기 급성폐렴으로 거짓말같이 하늘나라로 가버렸어. 그 후, 첫 남편과 거의 매일 싸웠어. 나는 우울증까지 와 결국 이혼을 택했지. 리안아, 나 우리 시우 키워봤기 땜에 우리 세라도 잘 키울 자신이 있어. 그리고 세라가 너무 예쁘잖아. 딸은 아들과 또 다른 키우는 맛이 있어."

새엄마가 세라를 전문가처럼 잘 케어하는 것이 다 시우를 키워본 경험 때문이었다.

"리안아, 지금도 가끔 시우가 꿈에 나타나. 자식이 먼저 가면 세상 엄마들은 다 가슴에 묻어두는 것 같아. 그래서 평생 심장이 아파. 지금도 자주 심장이 아파. 늘 그래."

시우 이야기를 계기로 나는 새엄마와 더 가까워졌다. 아빠와 새엄마는 세라에게 헌신적이다. 나는 아빠가 아기를 그렇게 좋아하고, 잘 케어하는지 예전엔 미처 몰랐다. 두 분 덕분에 나는 미술학원을 잘 운영해 나갔다. 원생도 나날이 늘었다. 하지만 세라는 나를 가장 좋아한다.

윤세라 이목구비는 서양인형이다. 예방접종을 하러 가면 간호사 언니들이 서로 안아보려고 경쟁을 한다. 하지만 세라는 다른 사람들에겐 시크해도 너무 시크하다. 그럴수록 간호사들은 더 안달이다. 새엄마도 세라와 눈 한번 맞추려고 온갖 수단과 방법을 동원한다. 가끔 세라는 새엄마에게 코를 찡긋하며, 귀여운 행동을 한다. 새엄마는 자지러진다. 세라는 보는 사람 모두가 다 좋아한다.

남편의 무관심도 나는 이제 별로 개의치 않는다. 나조차 세라의 코 찡긋 한 번에 세상 모든 근심이 환희로 바뀐다.

아빠와 새엄마는 또 세라 옷을 얼마나 많이 쇼핑하는지 모른다. 세라 방이 유아용품 매장으로 둔갑했다.

세라 엉덩이엔 북두칠성보다 별이 하나 모자란 여섯 개의 귀여운 점이 국자 모양으로 나있다. 너무 사랑스럽다. 같이 침대에 잘 때 새근새근 내는 숨소리는 엄청난 안정감을 안겨준다. 이제 세라가 옆에 없으면 나는 불면증이다.

생후 9개월쯤 세라가 갑자기 자지러지게 기침을 해대다 호흡이 멈춘 것 같아, 온 가족이 놀라 응급실에 갔다. '천식'이라고 한다. 가끔 위급상황이 발생해 나는 새엄마 도움이 없으면 도저히 세라를 키울 수가 없다. 나는 우리 몽글이 세라를 케어하느라 그 좋아하던 미술학원도 다시 접었다. 학부모님과 아이들에게 많이 미안하다.

세라의 천식 때문에 집안이 초비상이다. 온종일 공기청정기를 튼다. 새엄마는 친구들에게 전화해 천식 전문의를 찾는 수고로움을 마다하지 않고, 백방으로 수소문한다.

나는 천식 치료에 관한 공부를 하게 되면서 공기 환기의 중요성을 알게 되었다. 그렇게 다시 한번 지구환경의 중요성을 깨우치게 되었다. 천식을 악화시키는 요인에는 가스나 먼지 등의 공해가 있다. 그리고 공기에도 미세플라스틱이 있다는 사실에 나는 깜짝 놀랐다.

"새엄마 공기에도 미세플라스틱이 있다고 해요. 우리 지금부터 플라스틱은 쓰지 말고, 되도록 사기그릇과 유리그릇만 써야겠어요."

매년 지구에 5,000만 톤의 플라스틱 오염이 발생한다는 신문기사도 스크랩했다. 5,000만 톤은 미국 뉴욕 센트럴 파크를 엠파이어 스테이트 빌딩 높이만큼 채울 정도의 어마어마한 양이다.

플라스틱 1위 배출량은 인도이고, 나이지리아, 인도네시아가 그 뒤를 잇는다. 전 세계 인구 중 12억이 고형 폐기물 수거 없이 살아, 플라스틱을 그냥 버리거나 태운다고 한다. 이렇게 방출된 플라스틱이 에베레스트산부터 마리아나 해구까지 지구 곳곳에 지금도 쌓이고 있다.

위험을 크게 감지한 유엔에서는 '플라스틱 40% 감축안'을 비롯한 구속력 있는 국제협약을 만들려고 하지만 아직 합의에는 이르지 못했다고 한다. 참으로 큰일이다.

갑자기 에코 뮤즈 생각이 났다.

'박민철 사장님이 이래서 땅에서 썩는 플라스틱을 만드는 회사를 창업했구나. 그래 우리 세라와 지구 전체에 사는 사람들의 건강을 위해서라도 난 꼭 에코 뮤즈를 다시 열어야겠어.'

세라의 첫돌이다. 아빠는 호텔에서 성대하게 돌잔치를 열어주었다. 시댁에서 할아버지, 할머니, 아버님, 어머님, 영미까지 왔으나 남편이 보이지 않는다.

"리안아, 윤 서방은?"

"아빠, 제가 전화해볼게요."

어제도 전화를 받지 않아, 문자를 남겼다. 호텔로 바로 온다는 답장이 왔었다. 남편은 또 전화를 받지 않는다.

공주처럼 예쁘게 차려입은 언니와 근사한 양복 차림의 형부도 도착하고, 아직 임용고시가 되지 않아 기간제 화학 교사로 있는 에스더와 뜻밖에 에스더 동생인 요한이가 같이 왔다.

요한이는 대학을 마치고, 이제 군대도 다녀와 순천에 있는 '환경운동연합'에 취업을 했다고 한다. 금오도로 여행을 갔던 고등학교 3학년 때, 에스더 아빠랑 배를 타고 다니며 무인도 쓰레기를 청소하고 다니던 꼬맹이 요한이는 멋지게 성장했다.

'노 플라스틱'

요한이가 추구하는 인생 모토이면서. 요한이가 다니는 동호회 이름이라고 한다. 예전에 금오도에서 들어본 이름이다. 요한이는 직장을 다니는 지금도 주말에는 무조건 금오도에 내려가 해변 쓰레기를 줍거나, 동호회 회원들과 무인도 쓰레기를 줍는다고 한다.

"리안이 누나도 세라 많이 자라면 같이 우리 동호회 회원으로 들어오세요. 세라가 살아갈 이 지구를 우리가 깨끗하게 물려주어야죠."

맞는 말이다.

"요한아, 나도 잠시 친환경 생분해 플라스틱 용기를 생산하는 회사에 디자이너로 다녔어. 혹시 '에코 뮤즈'라고 들어봤니?"

에스더와 요한이는 둘 다 용케 그 회사를 알았다.

"에코 뮤즈는 환경단체들이 가장 선호하는 기업이었어요. 비록 자금난으로 문을 닫았지만. 다시 꼭 오픈했으면 좋겠어요."

요한이가 말했다.

"요한아, 나 박민철 사장님과 여건이 되면 '에코 뮤즈'를 다시 세우자고 약속했어. 언젠가 꼭 이루고 말 거야. 우리 세라 같은 아이들에게 조금이라도 깨끗한 지구를 물려주는 것이 우리 어른이 꼭 해야 할 일이라고 나도 생각해."

둘은 박수까지 치며 대환영이라고 엄지손가락을 치켜세웠다.

"우리 리안이 대박, 나는 기간제 교사 하기도 힘든데. 리안 사장님, 꼭 에코 뮤즈를 오픈하고 저도 채용을 부탁해요. 이 한 몸 부서지도록 정말 열심히 일할게요."

"리안이 누나가 그런 회사를 경영한다면 나도 그린피스는 조금 뒤로 미룰 수 있어. 아 상상만 해도 갑자기 힘이 솟는다."

우리는 하이파이브를 했다. 요한이는 먼 훗날에는 반드시 '그린피스' 항해사가 되겠다고 한다. 타쿠미 누나인 올리비아와 꿈이 같다. 신기하다. 요한이는 의젓해도 너무 의젓하다. 도무지 사고뭉치 남편인 영웅이와 동갑으로 보이지 않는다.

요즘 나는 멍하게 타쿠미 생각을 자주 한다.

'타쿠미 잘 지내? 요즘 나는 네가 많이 보고 싶어. 너는 피오나가 보고 싶지 않니? 난 네가 많이 그리워.'

요한이는 호텔 직원 분들이 혀를 내두를 만큼, 남은 뷔페 음식을 철저히 분리하고 쓰레기도 재활용하고 난 후, 에스더와 떠났다.

'요한아, 에스더, 나는 나중에 꼭 '에코 뮤즈'를 다시 세울 거야.'

요한이는 우리 모두에게 선한 영향력을 보여주고 떠났다.

지안이 언니와 형부도 귀엽고 사랑스러운 우리 세라를 너무 좋아했다. 천식도 기구와 약만 있으면 안심이다.

호텔 측과 약속한 세 시간이 다 지나도록 영웅이는 코빼기도 보이지 않았다. 시댁 식구는 아빠와 새엄마 앞에서 쩔쩔매고, 아빠는 불편한 심기를 숨기지 않는다.

"리안아, 윤 서방에게 전화했니?"

나도 이제 거짓말에 지친다.

"네. 전화를 안 받아요."

"아니, 지 새끼 돌잔치보다 중요한 일이 어디 있다고. 윤 서방 진짜 이렇게 안 봤는데 너무 하네."

아버님과 어머님은 연신 아빠에게 죄송하다고 고개를 숙였다.

나는 시댁 식구를 배웅하고, 집으로 왔다. 아빠는 아직도 화가 풀리지 않는지, 혼자 툴툴거렸다.

"정화야, 리안이 재 차라리 혼자 사는 게 낫겠다. 남편이라는 자식이 딸아이 돌잔치에 어떻게 아무 연락도 없이 불참을 할 수 있니? 이 자식 한번 불러 따끔하게 혼을 내야지."

"여보, 이제 그만해요. 당신 땜에 리안이 속이 더 상하겠어요."

"아니에요. 아빠, 새엄마, 이제 저도 윤 서방 포기했어요."

나는 처음으로 속마음을 밖으로 표출했다. 영웅이는 일주일이 지나도록 아무 연락도 없고, 심지어 카페에도 나타나지 않았다. 매일 미술학원으로 출근하기 전, 카페에 들렀지만, 영웅이는 보이지 않는다.

카페에는 수찬 씨만 매일 성실하게 카운터에 나와있다. 알바 아가씨는 청소 중이다.

"수찬 씨, 우리 남편은 도대체 어디 갔어요?"

"이거 형수님께 드릴 말씀인지 모르지만, 이제 더 숨기기가 저도 힘이 드네요. '강루나'라는 알바생 알죠?"

"네. 키 크고 예쁜 음대 여학생 아니에요?"

"네. 맞아요. 개랑 싱가폴 여행 갔어요."

"뭐라고요? 어제가 우리 세라 돌인데요. 그리고 결혼한 남자가 알바 아가씨랑 외국으로 여행을 갔다고요?"

"그러게요. 제가 그렇게 말려도 자식이 말을 통 듣지 않아요. 저는 이 녀석이 아예 대놓고 알바생들이랑 해외여행을 하도 많이 다녀, 제수씨도 다 알면서 눈감아주는 줄 알았어요. 요즘 지가 사장이라고 얼마나 거들먹대는지 눈꼴시려 죽겠어요. 요즘 카페는 아예 뒷전이고, 알바생 중에 좀 괜찮다 싶으면 그 애들이랑 놀러 다니느라 돈도 엄청 많이 쓰고 다녀요. 수입의 반은 영웅이가 다 써버려요. 저도 열심히 한 보람이 없어 오늘은 형수님께 고자질 좀 할래요."

마른하늘에 날벼락이다. 현기증이 돈다. 짐작은 했지만, 직접 불륜 사실을 두 귀로 듣기는 처음이다.

'이래서 영미도, 아버님도, 어머님도 결혼을 반대했구나.'

갑자기 타쿠미가 너무너무 보고 싶다. 타쿠미에게 나는 전화를 했다.

"리안, 잘 지내?"

타쿠미의 따뜻한 중저음 목소리다. 나는 그만 울음을 터뜨렸다. 타쿠미는 아무 말 없이 나를 기다려주었다.

"리안, 실컷 울어. 맘이 조금이라도 편해지면 이야기해. 나 지금 시간 엄청 많아."

나는 타쿠미에게, 항상 가정에 불성실한 남편 소식도 전하고 나의 몸글이 '세라' 소식도 다 전했다. 타쿠미는 엄청나게 놀라 한동안 말을 잇지 못하고 5분쯤 정적이 흘렀다.

"리안, 너 너무해. 어떻게 결혼식에도 초대를 안 해? 그럼 그때 술에 취해 캐나다로 허니문 왔다는 게 술주정이 아니고 진짜였구나. 세상에 피오나가 피오나 2세를 낳았다고? 나 세라 너무 보고 싶다. 우리 피오나랑 닮았어?"

나는 타쿠미 물음에 대답도 없이, 일련의 비상식적인 남편의 행동들만 울음이 섞인 목소리로 주저리주저리 떠들었다.

"리안, 나 방학이야. 오사카 갈 일 있어. 가면서 한국에 잠깐 들를까? 나 리안한테 최대한 빨리 가야겠어."

나는 최대한 빨리 와달라고 했다.

2018년 7월이다.

타쿠미는 약속대로 한국으로 왔다. 나는 아빠와 새엄마에게 타쿠미를 소개했다.

"와 타쿠미 영화배우 같네. 아빠가 일본 사람이고, 엄마가 캐나다 사람이라고?"

아빠는 타쿠미에게 완전 반했다. 그리고 타쿠미는 세라에게 완전 반했다. 세라 뒤만 졸졸 따라다녔다. 세라는 이제 돌이 지나 '엄마'라는 말은 겨우 한다. '엄마'라는 말을 처음 들었을 때 느낀 그 벅찬 감동은 이루 말할 수 없다. 하루 종일 만나는 사람들에게 자랑을 했다.

"엄마."

나의 김미주 엄마도 내가 처음으로 엄마라고 했을 때 이런 마음이었을까? 괜스레 나의 김미주 엄마가 요즘 들어 더 많이 보고 싶다. 어서 빨리 세라가 자라, 나랑 김미주 엄마가 하던 질문놀이를 똑같이 경험하고 싶다.

"세라가 리안보다 더 귀여워."

"타쿠미 당연하지. 후후."

새엄마도 타쿠미를 좋아했다. 타쿠미는 새엄마가 해주는 한국음식을 곧잘 먹어 새엄마를 감동시켰다. 사실 새엄마 음식 솜씨는 중간에도 못 미친다.

사실 우리 가족의 인색한 표현에 새엄마는 그동안 기가 죽어있었다. 하지만 타쿠미의 '퍼펙'이란 음식 찬양에 새엄마는 완전 행복한 여인이 되어 아예 부엌에 새 살림을 차렸다. 타쿠미 하나로 우리 가족은 지금 '스위트 홈'이다.

나도 이제 영웅이 생각은 아예 하지 않는다.

'내가 만약 타쿠미랑 결혼했으면, 우리 집은 지금처럼 이렇게 행복하게 지내겠구나.'

씁쓸하다.

요즘 아빠도 노안이 와, 치과는 일주일에 이틀 정도만 하고, 새엄마는 아예 전업주부로 들어앉은 지 3년이 넘었다. 몽글몽글한 세라를 타쿠미도 품에서 놓지 않는다.

"리안아, 타쿠미 덕분에 나도 세라에게 해방되고, 이렇게 요리에 전념하는 전업주부도 한 번 되어보는구나. 리안아, 타쿠미 우리 집에 자주 오라고 해."

새엄마는 갑자기 열 살은 젊어 보인다.

생기가 가득하다.

"리안아, 이번 주말에 우리 타쿠미랑 캠핑 가자."

요즘 아빠는 캠핑에 빠졌다.

"아빠, 우리 세라 때문에 힘들지 않을까요?"

"타쿠미가 저렇게 세라를 잘 보는데, 어때? 그리고 요즘 캠핑용품에 유아용품도 다 있어."

우리는 밤하늘에 쏟아지는 별을 만끽할 수 있는 '스타캠핑장'으로 출발해 꿈같은 2박 3일을 보냈다. 세라도 보채지 않고 잘 놀았다. 천식 기침도 한 번 없었다. 세라가 일찍 자는 덕분에, 나와 타쿠미는 깊은 대화시간을 가졌다. 아빠와 새엄마도 맥주 타임을 즐기며 오랜만에 행복한 시간을 보냈다.

"타쿠미 덕분에 우리 아빠 엄마가 무척 행복한 시간을 보내고 있어. 나와 세라도. 너무 고마워."

"아니야. 나 요즘 전공 수업이 힘들었는데, 너희 가족 덕분에 오히려 힐링 시간을 가졌어. 세라를 품에 안으면 세상에 부러울 게 하나도 없어. 뭔가 몽글몽글한 기분이 들어."

타쿠미는 특유의 그 매력적인 웃음을 발산했다.

"타쿠미 언제 졸업해?"

"4년제여서 이제 6개월만 있으면 졸업해. 졸업하면 석사 자격증이 나와. 그러면 도쿄에서 강사 자리를 구할 수 있어. 조이 엄마도 천국에서 좋아하실 거야. 나의 아빠는 남자는 사업을 해야 한다는 고정관념이 있는 분이라 나의 전공을 별로 탐탁잖게 여기고 있어."

"올리비아 누나는?"

"누나는 계속 회사 다니며 야간학원에서 공부해서 항해사 자격증을 따려고 노력해. 안나 할머니는 요즘 건강이 조금 좋지 않아."

"그렇구나. 안나 할머니도, 올리비아 언니도 보고 싶다."

"누나와 외할머니도 리안 이야기 자주 해. 다음에 세라랑 같이 캐나다 가자."

"타쿠미, 나 안나 할머니와 올리비아 언니랑 우리 세라가 같이 있는 모습 상상만 해도 기분이 좋아. 나 요즘 남편 때문에 무지 우울했는데, 지금은 남편 생각이 거짓말처럼 하나도 나지 않아."

"정말? 리안만 행복하면 나도 행복해,"

나는 타쿠미 말이 너무 부드럽고 이뻐, 나도 모르게 타쿠미를 와락 안아버렸다. 타쿠미도 나를 안았다. 시트러스 향이 온몸을 감싼다. 행복하다. 타쿠미 품은 너무 포근했다. 부드럽고 달콤한 향이 나의 코를 자꾸 간지럽힌다.

갑자기 타쿠미와 키스가 너무 하고 싶었다. 하지만 나는 유부녀인지라 꾹꾹 참았다.

'표리안, 이 바보야. 이렇게 반짝반짝 빛나는 원석을 바로 옆에 두고, 아무짝에도 소용없는 짱돌을 네가 직접 골랐어. 하나님, 지금이라도 저 지긋지긋한 짱돌을 타쿠미라는 반짝반짝 빛나는 원석으로 체인지할 수 있을까요?'

사고

새엄마랑 아빠가 김 변호사 사무실에 남편과 나를 불렀다. 세라는 도우미 아주머니에게 잠시 부탁했다. 세라는 이제 의사표현도 제법 잘하고, 키도 나와 남편을 닮아 또래보다 많이 큰 편이다.

윤영웅은 제 버릇 개 못 주듯 매일 외박에, 커피숍 알바 아가씨나 골프장 아가씨와 돌아가며 바람을 피우고 있다. 남편은 결혼 4년 동안 똑같은 패턴의 삶을 지금도 살고 있다.

아빠는 6개월 동안 심부름센터에서 촬영한 남편의 밤 생활과 알바 아가씨들과의 모텔 사진 등, 조사한 자료를 두툼한 서류봉투에 갖고 나타났다.

2020년 6월이다. 이제 세라는 생후 37개월이 지나, 벌써 네 살이다. 내 나이도 벌써 서른둘이다. 남편은 서른하나다. 그동안 나는 신혼여행에서 남편과 섹스를 한 후, 결혼 4년 동안 남편과 단 한 번도 같이 몸을 섞은 적이 없다.

"변호사님, 이 자료 좀 보시죠. 우리 윤 서방은 아니, 윤영웅 씨는 매일 외박에, 다른 여자와 호텔과 모텔에서 바람피웠어요. 사진이 여기 다 있어요. 그리고 알바 아가씨랑 해외여행까지 다니며 배우자를 외롭게 만들었습니다. 그리고 하나밖에 없는 딸 윤세라를 단 한 번도 아빠로서 보살핀 적이 없습니다. 저는 윤영웅 씨 장인입니다. 저는 이 두 사람을 이혼시키고 싶습니다. 이혼 사유는 성립되는지요?

"이혼 사유로 얼마든지 채택이 됩니다. 특히 표리안 씨는 윤영웅 씨에게 위자료를 청구할 수도 있습니다."

"윤영웅 씨에게 묻겠습니다. 윤영웅 씨는 윤세라의 양육권을 가지고 싶습니까?"

"아뇨. 절대로 노입니다. 만약 이혼이 성립되면 저는 아이를 키우고 싶지 않습니다. 씨발 나는 내 한 몸 건사하기도 힘들어요."

"김 변호사님 오늘은 여기까지 하고, 또 다음에 찾아뵙겠습니다."

우리는 집으로 왔다. 아빠는 남편도 강제로 데리고 왔다.

"여보, 커피 한 잔 줘요. 자 이제 우리 속 다 터놓고 얘기 한번 해보자. 자네, 우리 리안이랑 결혼은 왜 했나? 상가랑 프랜차이즈 커피숍 때문에 했나?"

"아, 네. 그것도 없잖아 작용했습니다."

"솔직해서 맘에 드네. 그러면 우리 리안이를 조금이라도 좋아는 했나?"

"저 그게, 누나가 전적으로 나를 너무 사랑해가지고…."

"그렇군. 그럼 딸 윤세라에 대한 애정은 있나?"

"아뇨. 제가 아직 딸 얼굴도 제대로 본 적도 없습니다만…."

"그럼, 마지막 질문이네. 도대체 우리 리안이가 어떻게 하면 자네가 밖을 나돌지 않고, 가정에 충실할 수 있겠나?"

"장인어른 솔직하게 말씀드려도 되나요?"

"그럼 당연히 솔직해야 해결점을 찾지."

"장인어른, 저는 리안이 누나 얼굴이 너무 못생겨 맨정신으로는 사실 안고 싶지가 않습니다. 특히 입술은 무슨 메기처럼 너무 두꺼워 맨정신으로 키스하기도 역겹습니다. 이상입니다. 다시 한번 말하지만 저를 알몸으로 쫓아내면, 우리 '세븐 이글스' 멤버들이 가만있지 않을 거예요. 두고 보면 아시겠죠. 그러니 다들 알아서들 하세요."

아빠는 이성적으로 감정을 많이 억누르고, 남편에게 마지막으로 나지막하게 물었다.

"그러면 우리 리안이가 얼굴을 성형해서 예뻐지면, 앞으로 바람을 안 피우고 가정을 지키겠나?"

"네, 장인어른. 그거 정말 좋은 생각입니다. 예쁜 마누라 싫어할 남자가 어디 있겠어요? 장인어른, 하는 김에 누나 가슴도 좀 크게, 이왕이면 많이 크게 왕가슴으로…."

나는 너무 창피했다.

"자네 약속했네."

"네, 장인어른."

영웅이는 커피숍 일로 바쁘다며 나갔다.

'저렇게 덜 자란 올챙이 같은 새끼를 도대체 나는 뭘 보고 그렇게 결혼을 하려고 미친 사람마냥 안달을 냈을까? 표리안, 이 바보 멍충아.'

아빠는 나에게 세라를 위해 더럽지만. 눈 딱 감고 성형을 한번 해보라고 권한다. 새엄마는 반대다.

"저 자식은 리안이 얼굴은 그저 핑계예요. 얼굴을 성형하면 또 다른 핑계로 리안이를 괴롭힐 거예요. 리안아, 그냥 깨끗하게 헤어지는 게 어때? 일단 우리 리안이랑 윤 서방은 수준이 맞지 않아요. 저런 어른 같지도 않은 양아치 말을 듣고, 리안이가 성형수술을 하는 것은 완전 코미디라고 생각해요. 리안아, 네 생각은 어때?"

"새엄마, 아빠, 우선 죄송해요. 저도 저런 남자를 선택한 제가 너무 한심해 미치겠어요. 다시 과거로 돌아갈 수 있는 타임머신이 있다면 저는 절대 저 사람이랑 결혼을 하지 않을 거예요. 저에게 1주일 정도 시간을 주세요. 이성적으로 많이 생각도 해보고, 또 서울에 있는 우리 집안의 성형 전문가, 지안이 언니랑 의논도 할게요."

'이렇게 내 마음이 차갑게 돌아섰는데, 굳이 성형까지 해서 영웅이 마음을 돌이키는 것은 아무 의미가 없어. 새엄마 말이 백번 맞아. 엄마, 영웅이와 그냥 지금 바로 이혼하는 게 답일까요?'

답답한 마음에 천국에 있는 나의 생모인 김미주 엄마에게 질문을 한다.

그해 8월이다.

수술실 문을 박차고 나와, 순천 외가에서 타쿠미와 휴식을 취한 나는, 다시 여수 집으로 돌아왔다. 나는 아빠, 새엄마랑 가족회의를 거쳐 최대한 일찍 윤영웅과 이혼 수순을 밟기로 결정했다.

"우리 리안이 생각이 그렇다면, 아빠는 그 자식에게 아무것도 주지 말고 그냥 내쫓고 싶다. 나도 남자지만, 그 자식은 우리 리안이에게 너무했어. 남자는 적어도 본인의 혈통만은 벌벌 떠는 습성이 있는데, 이 녀석은 그런 상식도 통하지 않아. 김 변호사에게 내가 얘기할게."

"아빠 감사해요. 세라는 당연히 제가 키울 수 있겠죠?"

"리안아, 저번에 변호사 사무실에서 윤 서방이 하는 짓들이 애 아빠라고 할 수 있는 행동이니? 본인에게 세라 혹 붙일까 얼마나 전전긍긍하는지, 나 그때 또 한 번 윤 서방에게 없던 정도 다 떨어졌단다."

이제 새엄마도 윤영웅이라면 치를 떤다. 충분히 이해된다.

나는 주말에 시댁에 가 이혼을 통보했다. 다들 나를 안아준다. 물론 할아버지, 할머니에게는 말하지 않았다.

"아버님, 어머님, 세라는 제가 잘 키우겠습니다."

"그래야지. 영웅이는 우리 새끼지만 걔가 우리 세라를 어떻게 키우겠니? 지 몸 하나도 제대로 못 챙기는 사고뭉치인데."

아버님이 정색을 한다.

"리안아, 그동안 우리 집에 시집와 마음고생 많이 했다. 한 번씩 우리 세라 보고 싶으면 전화해도 되지?"

시어머님이 운다.

"그럼요. 저는 아버님, 어머님이랑은 계속 연락하고 살 거예요. 언제든지 전화하세요. 어머님, 할아버지, 할머니는 제가 차마 못 뵐 거 같아요. 이해해 주세요."

"그래라. 두 분 다 요즘 몸이 좋지 않단다. 나중에 건강이 좋아지면 내가 직접 말씀드릴게."

"아버님, 어머님, 건강하세요."

영미와는 카페에서 만나 소식을 전했다.

"리안아, 잘 생각했다. 영웅이는 내 동생이지만 가정을 이루고 살 녀석은 아닌 것 같다. 네가 4년 동안 정말 고생 많았다."

"영미야, 우리 세라 보고 싶으면 언제든 전화해."

시댁과는 이렇게 끝이 났다.

아빠가 남편을 집으로 불러 이혼을 통보했다. 영웅이는 아주 흔쾌히 이혼에 동의하고, 양육권도 포기했다. 하지만 상가와 카페는 포기하지 않았다.

"장인어른 기다리세요. 저도 변호사 돈으로 사서 상가와 카페는 꼭 제가 차지할 거예요. 두고 보세요. 씨발 이런 경우가 어디 있어?"

윤영웅은 결국 본색을 드러냈다. 새엄마는 기겁을 했다. 오히려 아빠는 담담하다.

"리안아, 그냥 상가랑 카페 저 자식 줘버릴까?"

"아뇨. 저 자식 줄 바엔 차라리 기부를 하는 게 나을 것 같아요. 그동안 카페 수입금도 본인이 다 가져갔잖아요. 아빠 이제 저 자식에게 더 이상 10원도 주고 싶지 않아요."

나는 괜히 아빠에게 악을 써댔다. 아빠가 가만히 나를 안아주었다. 나는 아빠 품에서 오랜만에 펑펑 울었다.

"아빠, 새엄마, 죄송해요. 두 분 말 새겨듣고 조금 더 신중했더라면 이런 이혼 소식을 전하진 않았을 텐데, 정말 죄송해요."

이제 속이 후련하다.

8월 30일이다.

영웅이가 전화를 했다. 잠깐 보자고 한다. 나를 보자마자, 영웅이는 조수석에 나를 거칠게 밀어 넣는다.

"나 세라랑 두 시에 병원 검진 있어."

"지금 병원이 문제야? 이 상가랑 카페 나에게 주지 않으면 나 우리 세라 양육권 포기 안 해."

"와우! 우리 영웅이 잘한다."

뒷좌석에서 싸늘한 남자 목소리가 들린다. '강수찬'이다.

"어머 수찬 씨, 영웅이 좀 말려주세요. 어차피 영웅이는 우리 세라 양육하지 못해요."

"우리 영웅이가 왜 세라를 양육 못해요? 잘할 수 있어요. 나도 도와주고 또 영웅이 애인 민지도 같이 양육한다고 동의했어요. 리안 씨, 영웅이에게 세라 뺏기기 싫으면 지금 빨리 표 원장에게 전화해 상가랑 카페 영웅이에게 양도하라고 하세요. 빨리요."

수찬의 눈빛은 평소와 완전 딴판이다. 수찬은 이미 처음 보는 사나운 짐승의 눈빛으로 변해 있었다.

"수찬 씨, 싫어요. 당신도 알다시피 영웅이가 결혼해 바람피운 일 말고 한 게 뭐 있어요? 우리 세라 한 번 안아준 적도 없어요. 수찬 씨가 영웅이 좀 설득해 주세요."

"영웅아, 엑셀 더 밟아. 이 년이 아직 정신을 못 차린 거 같다. 순천 상사호로 가자! 지금 표 원장에게 전화 안 하면 우리 다 같이 호수에 빠져 죽자. 이 년아 내가 왜 영웅이가 강루나랑 싱가폴로 바람피우러 간 이야기를 너에게 미주알고주알 다 불었겠니? 네가 열을 자꾸 받아 영웅이와 빨리 이혼하라고 그런 거지. 빨리 이혼을 해야 상가랑 스타벅스를 우리 세븐 이글스가 딱 차지하잖아. 그러면 우리 맘대로 월 1,500 수입으로 신나게 놀 수 있잖아. 그런데 너는 눈치도 없고, 또 쓸데없이 참을성도 너무 많더라. 너 같은 년은 나도 질린다. 야! 표리안, 빨리 표 원장에게 전화해!"

강수찬의 본색이 이제 드러났다.

나는 불의에 절대 응하는 성격이 아니다. 나는 끝내 전화를 하지 않았다. 영웅이는 수찬이가 시키는 대로 순천 상사호를 향해 내달렸다.

"빨리 전화해! 야 너같이 못생긴 년이랑 4년 사는 게, 나 사실 완전 지옥이었어. 너같이 생긴 년이랑 1년도 아니고 2년도 아니고, 씨발 4년이나 살아줬으면 그까짓 상가랑 카페는 인간적으로 불쌍해서라도 나한테 줘야 하지 않아? 씨발 누나, 빨리 전화해라. 우리 보스 화나면 누난 국물도 없어."

'수찬이가 보스라고?'

나는 정말 놀랐다. 나는 수찬이가 순한 사람이고, 영웅이 말에 꼼짝도 못 하는 사람인 줄 알았다.

"야 이 년아, 빨리 표 원장 새끼에게 전화해."

사나운 수찬 씨 목소리다.

"야! 윤영웅, 강수찬, 마음대로 해. 나도 별로 이 세상 살고 싶지 않아. 그리고 너희 같은 양아치 새끼들에게 아빠가 환자들에게 고생하며 번 돈을 갖다 바치고 싶지 않아. 세상에는 기부할 곳이 얼마나 많은지 몰라. 난 기부를 하면 했지. 너희 같은 양아치 새끼에게 줄 돈은 하나도 없어."

"뭐? 양아치? 이 년이 내가 제일 듣기 싫어하는 소리를 지껄이고 있어. 좋아 내가 영웅이 대신 본때를 보여주지."

강수찬이 조수석 뒤로 바짝 다가와 억세고 두툼한 팔로 번개같이 내 목을 졸랐다. 숨이 막힌다.

"야 이년아, 죽고 싶지 않으면 빨리 표 원장 그 새끼에게 전화해라."

"음… 음… 음…."

나는 있는 힘을 다해 강수찬 팔을 풀려고 했으나, 강수찬은 어마무시하게 힘이 세다.

이대로 숨이 막혀 죽을 것만 같다.

"보스, 이제 그만해! 이러다 누나가 자칫 죽을 수도 있어."

영웅이가 급하게 소리 질렀다. 강수찬이 팔을 풀었다. 나는 겨우 숨을 쉴 수 있었다.

"야 이 새끼, 이제 와 지 마누라라고 죽이지는 마라 이거야? 그럼 마지막 수단이 딱 하나 있지. 영웅아 그럼 우리 세븐 이글스, 동석이 시켜 세라

납치하라고 하자."

"보스! 세라나 누나에게는 손대지 말자. 분명 다른 방법이 있을 거야."

"야 윤영웅, 그러면 스타벅스와 상가 둘 다 포기할래? 이 새끼 오늘 이상하네. 너 내 손에 한번 죽어볼래?"

강수찬은 이제 영웅이 뒤로 가, 영웅이 목을 세차게 조른다.

"보스 음… 음… 수찬아! 그만! 그만! 앞이 안 보여. 음…."

"야! 윤영웅 이 새끼 나에게 함부로 반항하다 진짜 죽는 수가 있어. 윤영웅 이 새끼 뭐 해? 더 세게 밟아!"

순간 굉음이 들리더니, 차가 어딘가에 부딪혀 몇 바퀴를 굴렀다.

"엄마, 살려주세요! 윤복아, 살려줘!"

나는 정신을 잃었다.

병원이다. 어마어마하게 큰 사고가 났다. 윤영웅과 강수찬은 즉사를 하고, 나는 코마 상태가 되었다. 둘은 안전벨트도 하지 않았고, 그나마 나는 안전벨트를 해 목숨은 건졌다고 한다.

가끔 의식이 돌아오는 적이 있다. 하지만 그건 모두 나의 생각일 뿐이다. 항상 곁을 지키는 수간호사님은 나를 전혀 알아봐주지 않는다. 손발이 저릴 만큼 요동을 쳐도 수간호사님도, 그 누구도 나를 느끼지 못한다. 답답하다. 이게 모두 꿈이라면 좋겠다.

"수간호사님, 우리 리안이 언젠가 의식을 되찾겠죠?"

아빠다! 아빠 목소리다!

"그럼요. 오늘이라도 일어날 수 있어요. 아버님, 그건 아무도 모르는 일이에요. 아버님 오늘도 세라와 세라 할머니도 같이 오셨겠네요."

"네. 같이 왔어요. 중환자실에 면회가 한 명밖에 허락이 되지 않아 밖에 보호자 대기실에 있어요. 수간호사님, 우리 리안이 사고가 난 지 벌써 1년이 지났어요…."

이어 아버지의 한숨 소리도 들린다.

"뭐라고? 벌써 1년이 지났다고? 난 그저 며칠 푹 쉰 기억밖에 없는데…. 세라야 어디 있니? 우리 아가야, 몽글아, 엄마가 우리 몽글이 많이 보고 싶어…. 하나님, 저를 꼭 깨어나게 해주세요. 우리 세라가 가엾잖아요. 아빠도 없는데, 엄마인 저라도 옆에 있어야 하잖아요. 제발요…."

"참 아버님, 타쿠미 씨도 얼마 전에 다녀갔어요."

"타쿠미, 그 녀석도 불쌍해요. 하필 우리 리안이를 사랑해서…. 도쿄에서 주말마다 병원으로 찾아오고, 또 여수까지 내려와 세라도 꼭 보고 가. 그 녀석이 얼마나 피곤하겠어요? 참, 못 할 짓이에요. 수간호사님 타쿠미 때문에라도 우리 리안이 꼭 깨어나야 해요."

"아버님, 우리 희망을 잃지 말아야 해요. 오늘, 아니 내일이라도 리안 씨가 벌떡 일어나 아버님과 세라를 찾을 수도 있어요."

"그럴까요? 혹시 이 병원에서 가장 오래 코마 상태에 있던 환자는 몇 년이나…."

"아버님, 제가 알기론 20년 만에 깨어난 환자분도 있어요."

"네? 20년이요?"

아빠의 놀란 목소리다.

'안 돼요. 하나님 저는 20년이 걸리면 절대 안 돼요. 우리 세라를 그렇게 오랫동안 혼자 외롭게 할 순 없어요. 하나님 제발 저를 지금이라도 깨어나게 도와주세요. 제발….'

나는 다시 깊은 잠 속으로 빠져 들었다.

바프린-V(Baplin-V)

대학 4학년이다.

새엄마가 전화를 했다. 처음엔 나에게 그렇게 싹싹하게 굴던 여자가 어디에서 나의 비밀을 들었는지, 결혼한 다음해부터 갑자기 나에게 냉정하다.

"지안아, 너 알고 있니? 너 아빠 딸 아니라면서?"

"새엄마, 저는 아빠 딸은 정확하게 맞고요. 김미주 엄마 딸이 아니에요. 아빠는 이 사실을 몰라요. 그러니까 새엄마, 아빠에겐 절대 알리지 마세요."

"그건 생각 좀 해볼게. 나도 이 집에 표민창만 알고 재혼하는 건 좀 그렇잖아. 그래서 사람을 시켜 집안도 좀 조사했지."

"새엄마, 그래서 아빠에게 알릴 거예요? 아니면 리안이한테?"

"아니 이 좋은 약점을 벌써 터뜨리면 뭐가 좋겠니? 아무튼 너는 좋은 남자 만나 빨리 이 집을 떠나는 게 좋을 거야."

"알겠어요."

그래서 나는 데이트하던 윤주환을 졸라, 대학 졸업하던 해에 결혼을 해, 서울로 와버렸다.

윤주환은 내가 찾던 맞춤형 남자다. 미남에, 키도 크고, 일단 귀족 혈통이다. 아버지는 유명 기업 중역이고, 어머니는 대학 교수다. 외동이라 강남에 단출한 신혼 아파트를 구입해 줄 정도로 부유하다.

시댁도 나를 환영했다. 여수에서 제일 유명한 치과 원장 딸이라 좋아하고, 나의 미모도 한몫을 한다. 그리고 '인 서울' 대학이라 결혼을 바로 승낙해 주었다.

나는 생모를 처음 만난 순간부터 나의 피를 저주했다. 할 수만 있다면, 내 몸속에 있는 피를 한 방울도 빠짐없이 다 빼버리고, 수억을 주더라도 혈통이 우수한 귀족의 피를 구해 다시 수혈받고 싶다.

'저렇게 천박한 여자 피가 흐르니까, 내가 머리가 나쁘고 공부를 못하는구나. 표리안은 귀족 혈통이라 공부도 잘하고, 머리도 좋아 유머감각도 뛰어나구나. 그깟 얼굴은 아무것도 아니지.'

이상하게 표리안 앞에서는 나의 미모가 아무런 의미가 없다. 심지어 못생긴 리안이 얼굴마저 부럽다. 김미주 엄마는 나에게 부족함 하나 없이 잘해주었지만, 생모를 안 다음부터 그 친절함도 나는 불편해지기 시작했다. 외가에는 발을 끊다시피 했다. 노골적으로 싫은 티를 팍팍 내는 딸기코 괴물 외할아버지가 나도 싫었기 때문이다.

나는 오로지 아빠에게만 매달렸다. 아빠는 달랐다. 나의 예쁜 얼굴을 찬양하고, 가녀리고 긴 팔과 다리를 아름다운 옷으로 치장해주고, 비싼 고액 과외로 '인 서울' 명함도 새겨주었다. 아빠가 최고다.

아빠는 단순명료한 사람이다. 가끔 김미주 엄마를 두고 바람을 피우는 것도 나는 아무렇지도 않다. 나에게 올 피해가 하나도 없기 때문이다.

나는 아빠에게서 서울에서 누릴 혜택은 하나도 빠짐없이 쪽쪽 빨아내 공주처럼 살았다. 서울 친구들은 나에게 '지방 재벌 공주님'이라고 불렀다. 나는 충분히 누렸다.

그나마 표리안은 나에게 행운을 주는 계집애다. 일단 못생긴 얼굴 때문에 나 혼자 아빠의 사랑을 독차지하는 것도 좋다. 표리안은 어리석어 물욕도 없고, 선천적으로 동정심이 많아 내가 조금만 엄살을 피워도 자기 물건을 다 제공한다.

'바보 같은 년.'

표리안이 나에게 가장 고마운 점은 윤주환을 만나게 해준 것이다. 윤주환은 그야말로 '백마 탄 왕자님'이다. 완전 퍼펙트한 신랑감이다. 그동안 서울에서 만난 남자친구들은 다 쭉정이다. 그저 서로 성욕을 나누기 위해, 때로는 시간을 죽이기 위해, 때로는 외로움이란 감정을 달래기 위해 만난 그저 그런 남자들이었다. 하지만 윤주환은 지적인 미남에, 인성도 바르고, 표리안처럼 물욕도 없어 보인다.

딱 한 가지 단점은 데이트에서 키스만 할 뿐, 더 이상의 스킨십이 없다.

"지안 씨, 나는 결혼할 때까지 혼전순결을 지킬 겁니다. 지안 씨도 나와 같은 생각이죠?"

나는 하마터면 욕설이 튀어나올 뻔했다.

"아, 네. 그럼요."

나는 얼렁뚱땅 급하게 대답했다.

'윤주환, 너 미쳤구나. 요즘 세상에 혼전순결 운운하다니. 도대체 너 남자 맞니? 난 이미 순결이고 나발이고, 성경험을 벌써 고2 때 했어. 아이고 답답해라. 내가 너랑 결혼을 하는 게, 이게 맞는 거니? 하지만 오늘 보니, 적어도 너는 착해서 나를 버리지 않겠구나. 그래. 나 너를 결혼 상대자

로 결정했어.'

2020년 8월 30일이다.

새엄마 전화가 왔다. 새엄마는 숨이 넘어갈 듯 목소리가 급했다.

"지안아, 리안이가 교통사고가 나 죽을지도 몰라. 지금 아빠랑 구급차 타고 서울 '늘푸른 병원'으로 가고 있어. 너도 빨리 와."

"새엄마, 도대체 얼마나 중상이면 그 큰 병원으로 가는 거예요?"

"빨리 와라. 아빠도 지금 졸도 직전이야."

나는 너무 놀랐다. 그리고 그렇게 놀라는 나 자신을 보고 또 한 번 소름이 끼쳤다.

'뭐야? 나 그 계집애 걱정하는 거야? 그 계집애 죽으면 아빠 재산 나에게 다 올 텐데, 웬 걱정? 그리고 그 계집애는 외가로부터 받은 유산이 도대체 얼마야? 바보 같은 년이 하필 윤영웅 같은 양아치랑 결혼을 하고, 그 자식에게 들어간 상가랑 카페가 도대체 얼마야? 아깝다 아까워. 그리고 도대체 윤영웅 수준이 맞아야 우리 주환 씨랑 어울리게 하지. 표리안, 그 바보 멍충이가 윤영웅 얼굴 보고 반했나? 내가 그렇게 주환 씨 은행 직원 소개팅 해준다고 할 때는 잘난 척하고 다 거절하더니만. 도대체 이 바보, 지금 상태가 어느 정도야? 그리고 웬 교통사고야? 만약 리안이가 죽으면 아빠 재산이 다 나에게 오는 거야?'

나는 주환 씨에게 리안이 상태에 대한 문자를 남기고 병원을 향했다.

요즘 '플라스틱 뷰티' 구독자가 200만에서 답보 상태다. 물론 200만이면 모두들 부러워하지만, 내가 누구야? 나는 표지안이다. 앞으로 목표가 300만이다. 요즘 남편 월급은 그야말로 껌값이다.

시부모님은 처음엔 천박하다고 나의 유튜브를 거들떠보지도 않았다.

하지만 명품 선물 몇 개에, 본인들이 직접 '플라스틱 뷰티'를 찾아 구독도 눌러주고, 주변에 광고도 한다.

'이 세상은 돈이 전부야. 돈으로 안 되는 게 어디 있어?'

시부모님은 이제 나에게 저자세로 굽실까지는 아니더라도, 아무튼 처음보다 많이 나긋해졌다. 특히 시어머님은 주기적으로 D 성형외과에서 보톡스와 필러를, 원장에게 직접 시술받는 것을 좋아한다. 친구들 모임에 빼놓지 않고 며느리 자랑도 곁들이는 눈치다.

아버님도 처음엔 노골적으로 성형을 저급한 문화로 치부했다. 하지만 지금은 주기적으로 미백주사는 꼭 맞는다.

"우리 부부가 며느리 잘 봐 아주 호강하는구나."

아버님은 시술 후, 돈봉투도 잊지 않고 꼭 준다.

역시 배운 양반은 다르다.

나는 처음부터 시댁에서는 시어머님에 주도권이 있는 걸 캐치했다. 그래서 나는 신혼 초부터 시어머님에게 개처럼 충성했다. 나의 인생 모토는 절대 버림을 받지 않는 것이다. 본가에서도 나는 아빠에게 충성을 다했다.

리안이는 참혹하다. 얼굴은 형체를 알아볼 수 없고, 갈비뼈가 부러져 내장도 다 터지고, 하체를 지탱하는 뼈란 뼈는 모두 산산조각이 났다. 의사 다섯 명이 협업으로 수술실에서 23시간을 보냈다. 다행히 목숨은 부지했다.

'저럴 바에 차라리 죽는 게 낫지. 기집애, 그래도 죽는 것보다 사는 게 낫지. 우리 세라도 있는데….'

나는 리안이에게 세라가 있는 것도 사실 무척 부럽다. 내 꿈은 현모양처이다. 다비드 닮은 아들 하나, 딸 하나 낳아 남부럽지 않게 키우는 것이다.

"도대체 교통사고가 왜 난 거예요?"

"윤 서방이 불러 잠시 외출했다 저렇게 되었단다. 윤 서방과 윤 서방 친구는 그 자리에서 즉사했단다."

"네? 윤영웅이 죽었다고요?"

"그래. 매일 카페 카운터 봐주는 친구도 같이 즉사했어."

윤영웅이 즉사했다는 말에 조금 놀랐지만, 한편으론 안심이 된다. 며칠 전, 아빠와의 통화로 표리안이 윤영웅과 이혼한다는 얘기를 듣곤, 아빠에게 그 양아치에게 아무것도 주지 말라고 나는 신신당부를 했기 때문이다. 윤영웅에게 아빠 재산이 가는 만큼 나의 유산이 작아진다.

남편도 은행에서 달려왔다.

"아버님, 처제 경과는 어떻습니까?"

아빠와 새엄마는 자세하게 설명을 했다. 새엄마는 남편에겐 항상 저자세다. 아마 남편의 집안이 좋아서 그러는 모양이다. 새엄마가 남편에게라도 저자세여서 조금 통쾌하다.

'언젠가 저 늙은 여우 콧대를 한 번 꽉 눌러줘야 하는데….'

수술 방에서 갑자기 빨간불이 떴다. 수술 가운을 입은 의사 한 명이 급하게 튀어나왔다.

"환자분 신장 둘 다 파열이 심해 둘 다 제거하더라도 하나는 이식을 해야 하는 위급한 상황입니다. 지금 대기 명단에 넣을 순 있지만 시간상 환자분이 사망할 확률이 높습니다. 가족 분 중에 빨리 누군가 신장을 제공하셔야 합니다."

나는 손을 번쩍 들었다.

"제가 표리안 환자 언니예요. 저 건강해요. 제가 제공할게요."

순간, 나는 남편에게도 양해를 구했다.

"우리 지안이가 장녀라, 생각이 저렇게 깊어요. 지안아, 네가 부적합하면 다음엔 애비가 검사할게."

새엄마가 놀란 표정으로 나를 본다.

'왜? 이 여우야, 내가 몸 사릴 줄 알았니? 지금 신장 하나 떼어줘야 아빠에게도 인정받지. 또 리안이가 살아나면 가만히 있겠어? 그 많은 재산 조금이라도 떼어주겠지. 사실 나는 돈도 중요하지만 내 신장을 리안이가 달면, 이제 더럽고 천박한 피가 흐르던 내 몸과 리안이 몸이 똑같아진다는 거야. 김정화! 알겠니?'

나는 검사를 하러 간호사를 따라갔다. '적합'이다. 나는 리안이에게 신장 하나를 깃털같이 가벼운 마음으로 제공했다. 리안이는 위험한 고비를 넘겼다.

아빠는 환자복을 입고 누워있는 나에게 머리를 쓰다듬으며 칭찬에 침이 마른다. 남편도, 급하게 병문안을 온 시부모님도 칭찬일색이다. 오랜만에 기분이 좋다. 이번 신장 일로 시어머님에게 점수를 확실하게 많이 땄다. 표리안은 중환자실에 있지만, 아마 살아날 것이다. 표리안은 어린아이마냥 순진하지만, 의외로 단단한 구석도 있다.

며칠이 지나 나는 퇴원을 했다. 아빠랑 새엄마는 당분간 우리 아파트에서 기거를 했다.

세라도 같이 와있다. 세라는 세월이 갈수록 리안이를 닮아간다. 처음엔 영웅이를 닮아 아주 예쁜 얼굴이었는데, 지금은 코가 약간 벌어져, 약간 피오나다.

나는 기발한 생각이 들었다. 그래서 D 성형외과 원장에게 전화를 걸었다.

"우리 조카가 40개월인데, 눈, 코, 입이 다 예뻐요. 그런데 요즘 네 살이 되고서, 코가 조금 벌어져 미워요. 그래서 원장님, 많은 성형은 필요 없고, 코만 조금 손보면 좋겠어요. 원장님 당연히 자신 있으시죠? 40개월은 플라스틱 뷰티 역사상 처음이라, 구독자 수가 엄청 늘어날 것 같아요. 그럼 원장님 병원을 방문하는 어린이 환자도 기하급수적으로 늘어날 거예요. 우리 세라가 인형처럼 생겨, 코만 조금 손보면 아마 난리가 날 거예요. 원장님 이번에도 힘 좀 써주세요."

"미미 님, 요즘 이 바프린-V(Baplin-V)만 있으면 다 오케이예요. 전 세계가 이 바프린-V로 축제 분위기예요. 미국에서 개발한 신약인데, 효과가 너무 좋아요. 단가가 너무 비싸, 우리 같은 종합병원은 몰라도 개인 병원은 아예 쓰지도 못해요. 미미 님은 VVIP니까, 우리 세라에게도 비싼 바프린-V 아낌없이 쓸게요. 아무리 비싼 약품이라도 조카님에겐 10mL 정도는 팍팍 주입해야죠. 아무 걱정 마시고, 촬영팀에게 보너스나 먼저 주시죠."

"네, 원장님."

'세라는 코만 조금 손보는 거니까, 시술 시간도 조금밖에 안 걸리겠지. 괜스레 아빠와 새엄마에게 말하면 반대하거나 걱정할 수도 있으니까, 우선 비밀로 하자. 그리고 아빠랑 새엄마에게 세라 옷 사러 백화점 쇼핑 잠시 다녀온다고 하면 게임 끝이야. 표지안 역시 천재. 후후.'

다음 주 수요일이다. 나는 미리 생각한 각본대로, 세라를 데리고 백화점에 간다고 거짓말을 하고 D 성형외과에 갔다. 원장님이 직접 세라 얼굴 시술을 했다. 촬영팀도 만반의 준비를 했다. 이미 썸네일도 띄웠다.

"오늘 바프린-V를 아끼지 않고 팍팍 쓸 겁니다. 그러니 미미 님, 아무 걱정 마세요. 세라는 아침 안 먹였죠?"

"그럼요. 그럼 바로 시작하는 거예요?"

"이모, 세라는 병원이 싫어. 이모, 세라 맘마 먹고 싶어요."

"세라야, 잠깐이면 돼. 조금 있다 이모가 맛있는 맘마도 사주고 예쁜 옷도 많이 사줄게."

두 시간도 채 지나지 않아 수술은 끝이 났다. 세라 코는 감쪽같이 폭이 작아져 있었다. 확실히 세라는 이전보다 훨씬 예쁘다. 영상에는 비포, 애프터를 확실하게 했다. 플라스틱 뷰티 조회수가 가히 폭발적이다. 구독자 수는 예상보다 훨씬 많이 늘었다. 나는 원장 말처럼 촬영팀에게 보너스도 돌렸다.

나는 일부러 밤늦게 세라 옷을 잔뜩 사들고, 집으로 갔다. 아빠와 새엄마는 전혀 눈치를 채지 못한다. 행운이 넝쿨째 굴러 들어온다.

늘푸른 병원에서 전화가 왔다. 코마 상태인 리안이도 빨리 얼굴 재건술을 하라는 전화다. 리안이는 육체적으로는 많이 회복되었지만, 얼굴 재건술을 빨리 받아야 호흡을 제대로 할 수 있다고 한다.

나는 또 잔머리를 굴렸다. 지금 세라 덕분에 채널 조회수가 가히 폭발적인데, 여기에 표리안 얼굴 재건술까지 올리면 이건 초대박이다. 나는 또 D 성형외과 원장님에게 전화를 걸었다. 물론 이번에는 엄청난 수술비까지 제의했다. 바로 오케이다.

'바보 같은 계집애, 어차피 너는 네 의지와 상관없이 우리 원장님께 얼굴을 고칠 운명이었어.'

나는 '늘푸른 병원'에 연락하여 구급차로 표리안을 싣고, D 성형외과로 갔다. 원장 수술실이 따로 있어, 우리 촬영팀은 이제 프로다.

"원장님, 리안이 얼굴은 견적도 필요 없고, 제 사진을 보고 그대로 하시면 돼요. 우리 어차피 자매잖아요."

"우리 미미 님이 워낙 미인이라 그대로 뽑아낼지는 모르겠지만, 제 이름을 걸고 최선을 다할게요."

어마어마한 수술비를 선불로 지급해 그런지, 원장은 리안이 얼굴을 완전 내 얼굴과 일란성쌍둥이처럼 잘 뽑아냈다. 촬영팀도 모두 '초대박'이라고 환성을 내지른다.

'미미 여동생 교통사고로 무너진 얼굴, D 성형외과에서 일란성쌍둥이처럼 똑같이 뽑아내다.'

자극적인 썸네일로 독자를 또 한 번 유혹했다. 결과는 초초대박이다. 하루에만 구독자가 10만이 넘었다. D 성형외과도 어린이 환자와 교통사고 환자 문의가 쇄도하는 바람에 원장이 직접 고가의 백화점 티켓까지 구입해 나와 촬영팀에게 보내주었다.

'역시 표지안 머리는 하버드 가고도 남을 천재란 말이야.'

직장에서 나의 썸네일을 확인한 남편은 집에 돌아와 걱정을 했다.

"여보 처제가 깨어나 당신과 얼굴이 똑같아 화를 내면 어떡해요? 처제 학교 다닐 때 까칠하고 똑 부러지는 성격이던데."

"제까짓 게 코마 상태에서 깨어나는 게 상책이지, 지금 얼굴이 대수예요? 어차피 병원에서 얼굴 재건술을 해야 호흡을 할 수 있다고 먼저 제의했잖아요. 그렇다고 연예인처럼 수술하라고 하면 걔가 지금보다 더 좋아했을까요?"

"그래도 처제는 원래 자기 얼굴을 원하지 않을까?"

"당신도 참 '플라스틱 뷰티'로 먹고사는 프로가 저예요. 아무 걱정 마세요. 그리고 대한민국 여성 대부분이 제 얼굴처럼 되기를 원해요. 그건 당신도 인정하잖아요."

모든 일이 만사형통이다. 이제 표리안만 깨어나면 된다.

'계집애, 깨어나서 이 표지안이 신장을 하나 용감하게 기증했다고 하면 아마 걔 성격에 죽을 때까지 따라다니며 은혜를 갚는다고 난리를 피우겠지. 후후.'

전화가 온다. D 성형외과 원장님이다.

"미미 님, 화장품에도 관심 있어요?"

"어머 원장님, 왜요?"

"제 친구가 화장품 만들어 우리 병원에 납품하기로 했는데, 자금이 조금 모자라나 봐요. 미미 님이 크리에이터로 유명하고, 또 돈도 많으니, 제 친구와 딱 맞겠더라고요. 걔 명문대 나와 미국 유학도 다녀오고, 원래 강남 재벌이라 앞으로 전망이 아주 좋아요. 어때요? 미미 님, 제가 커넥터가 한 번 되어볼까요?"

"네 원장님 말씀을 제가 거절할 리가 없죠. 제가 이만한 명성을 누리는 게 다 원장님 덕분이잖아요. 저 돈도 많아요. 연결해 주세요."

"네. 미미 님 언제나 시원시원해 제 맘에 쏙 들어요."

나는 그동안 모은 돈을 전부 투자하여 C 화장품 회사에 투자를 했다. 남편도 찬성이다. 특히 C 화장품은 천연 성분만 쓰는 고가의 화장품으로 유명한 회사다. 나는 내 채널에도 C 화장품 광고와 C 화장품 CEO와의 인터뷰를 올렸다.

화장품은 대박이다. 날개 돋친 듯 팔린다. 첫 달에 투자한 금액의 이자로만 1억 원을 통장에 꽂아준다.

'나 이러다 강남에 빌딩 사는 거 아냐? 이제 표리안 너는 아무것도 아닐 날이 올 거다. 표리안 기다려. 나 평생 먹고살 돈을 이번에 다 벌어, 다비드와 시부모한테 버림받더라도 웃으며 바이바이 할 거야. 호호호.'

이상한
얼굴 재건술

드디어 졸업을 하고, 내가 도쿄예술대학 미술학부 강사로 채용된 지 2년이 지났다. 일러스트레이션 학부에서 아주 즐겁게 근무한다.

요즘 리안은 통 무소식이다. 전화도 아예 받지 않는다.

'요즘 리안에게 무슨 일이 있나? 남편과 곧 이혼한다더니, 다시 잘 되어 나 같은 애랑은 이제 끝인가?'

석양이 질 때면 나는 늘 어린 왕자에 나오는 대사를 떠올리며 리안을 그리워한다. 그리고 '몽글이' 세라도 보고 싶다.

'예전에는 전화도 먼저 자주 해주더니만, 요즘 통 전화도 없고. 방학이 되면 여수에 빨리 한 번 가봐야겠다.'

요즘 아빠는 같은 회사 직원과 열애 중이다. 아빠보다 열네 살이나 어리고, 아직 결혼을 한 번도 하지 않은 여자다. 술집에서 같이 만나 인사를 나누었지만, 나는 영 마음이 가지 않는다.

'아직 조이 엄마가 내 맘속에 많이 자리 잡고 있어 그런가 보다.'

이번엔 일본 국적의 여자다. 예의가 바르고, 지나치게 수수하다. 조이 엄마의 다소 화려한 모습과는 대조적이다.

답답한 두 달이 지났다. 강의 중에 가끔 여학생들이 러브레터를 건넨다. 나는 한국에 여자친구가 있다고 공표를 해버렸다.

'그냥 와이프가 있다고 할 걸 그랬나? 이 사실을 피오나가 알면 통통 뛰겠지. 내가 왜 네 와이프냐고? 나는 엄연히 남편이 있다고. 리안, 윤영웅은 안 돼. 그 사람은 너무 나빠.'

이제 두 달만 있으면 겨울방학이다. 빨리 한국으로 가야겠다.

드디어 겨울방학이 되어, 나는 바로 여수로 갔다. 리안 아버님과 어머님 얼굴이 핼쑥하다. 심지어 정신과 치료를 두 분이 같이 받으러 다닌다고 한다.

"아버님, 리안은요?"

이렇게 끔찍한 일이 일어난 걸 나만 까마득히 모른 채 세끼 밥을 먹고, 잠도 잘 자고, 강의도 하고, 일상생활을 누리고 있었다.

"도대체 리안은 지금 어느 병원에? 그리고 그 나쁜 윤영웅은? 그리고 세라는요?"

리안은 서울 '늘푸른 병원'에 있고, 윤영웅은 사고 현장에서 즉사했다. 나는 너무 놀랐다. 세라는 다행히 잘 지내고 있었다. 나는 한국어가 엄청 늘어 리안 부모님과의 의사소통에는 아무 문제가 없었다.

나는 늘푸른 병원으로 향했다. 리안은 중환자실에 있었다. 다행히 리안 아버지의 전화로 면회가 가능했다.

리안은 죽은 듯 누워 있다. 리안의 손을 잡았다. 아 다행이다! 따뜻하다…. 나는 하나님에게 기도했다.

'하나님, 리안에게 그 어떤 장애가 있어도 제가 앞으로 평생 케어하겠

습니다. 그러니 이제 잠에서 깨어나 일상생활을 할 수 있게만 해 주세요.'

리안의 얼굴을 보고, 나는 깜짝 놀랐다. 이 사람은 리안이 아니다. 나의 피오나가 아니다. 전혀 모르는 여자 얼굴이다. 간호사를 급히 불러 물었다. 수간호사는 교통사고로 리안 얼굴이 완전 망가져, 할 수 없이 리안은 얼굴 재건술을 했다고 한다.

"그래도 원래 얼굴과 비슷하게 재건하는 게 상식 아니에요?"

"리안 씨 언니분이 굳이 그 유명한 D 성형외과에서 얼굴 재건술을 원했어요. 저희 병원에도 성형외과가 있지만, 보호자 분이 그쪽으로 간다고 고집을 피우는 바람에 우리도 어쩔 수 없었어요. 환자분도 아마 흔들리는 구급차를 타고, 이 복잡한 장비를 모두 달고 가느라 힘이 많이 들었겠죠. 하지만 얼굴 재건술은 무사히 잘 끝났어요. 그리고 환자분은 저희 병원 응급실로 처음 들어올 때보다 지금 호흡이랑 맥박도 많이 안정되었고요. 이제 의식만 돌아오면 되는데, 그게 잘 안되네요. 환자분이 강인한 정신력으로 그동안 엄청 잘 견뎌냈어요. 뇌수술만 세 번, 흉부외과 수술이 여섯 번, 그리고 뼈가 산산조각이 나 정형외과 수술도 여러 번 했어요. 참 표리안 환자 분은 이제 자궁과 난소도 없어 앞으로 아기는 가지지 못해요. 물론 시험관 아기라는 방법이 없는 건 아니지만. 참! 처음 실려 왔을 때 신장 두 개가 다 파열되어 아주 위험했어요. 다행히 언니 분이 신장을 기증해서 이렇게 많이 호전된 거예요."

수간호사는 찬찬하게 그동안의 수술 경과를 세세하게 설명해 주었다. 마음이 아프다.

'나 리안 좋아하고 사랑하는 거 맞아? 피오나가 이렇게 사경을 헤매는데, 텔레파시 하나 없이 잘 먹고 잘 자고 있었다니….'

수간호사가 나가고 나는 리안의 얼굴을 가만히 들여다보았다. 비록 성형은 했지만, 자세히 보면 내가 좋아하던 예전 피오나 얼굴이 그나마 많이 남아있다.

'리안, 빨리 잠에서 깨어나 나랑 같이 얘기도 하고, 세라랑 같이 또 캠핑도 가고 그러자.'

나는 방학 내내 병원 근처에 호텔을 잡고, 매일 한 번씩 면회를 했다. 요즘 나는 이상하게 켄토 꿈을 꾸지 않는다.

반지하란 이름의 안식처

이제 결혼한 지도 벌써 이년이 넘었다.

모르는 번호로 전화가 왔다.

"누구세요?"

"나 천명숙, 지안아 네 생모 기억나지?"

나는 화들짝 놀랐다.

"지안아, 애미 안 보고 싶니? 너 서울로 시집 잘 갔다더라. 애미는 요즘 끼니도 먹기 힘들다. 좀 도와줄 수 없니? 네 남동생도 하나 생겨 요즘 더 힘들어."

"지금 어디예요?"

"여수지."

"내일 제가 다시 전화를 드릴게요."

나는 심장이 두근거렸다. 10년이 넘어 처음 연락한 생모의 첫마디가 돈이다. 말이 안 나온다. 나는 돈 문제로 전화를 걸어온 생모가 야속하기는 했지만, 피가 물보다 진하다는 속담이 맞는 건지 생모가 일단 보고 싶었다.

그리고 생모 이름이 '천명숙'이란 사실도 처음 알았다.

'표지안, 너 바보야? 돈만 뜯어 가려는 생모가 뭐가 보고 싶어? 전화번호 그냥 삭제해.'

평소의 나는 한 치의 미련도 없이 전화번호를 삭제할 성격이지만, 밤에 한숨도 못 잘 정도로 고민을 했다.

다음 날, 나는 생모에게 전화를 하고 있는 나 자신을 보고 조금 소름이 돋았지만, 아무튼 그 여자가 보고 싶었다. 여수로 내려갔다. 남편에게는 여수 친구 브라이덜 샤워를 하러 간다고 거짓말을 했다. 남편은 잘 갔다오라고 했다. 일부러 버스를 타고 갔다. 벤츠를 보면 생모가 돈을 더 달라고 할 것 같았다.

주차장에 마중 나온 생모는 많이 늙어 있었고, 옷차림도 빈티가 나고 구질구질했다.

"남동생은 또 언제 낳았어요?"

"천지훈이 그 녀석은 복도 없어. 아빠도 없어 내 호적에 올렸단다. 내가 하는 짓이 다 그렇지 뭐. 호프집 알바하다 놈팽이한테 잘못 걸려 또 임신을 덜컥 했지. 이 새끼가 홀아비라더니, 마누라하고 딸이 셋이나 있어. 그리고 지지리 못 사는 놈이야. 얼굴은 반반하길래 마지막으로 결혼해 안정을 찾으려 했는데, 또 실패했어. 나도 웬만하면 너 다시 안 찾으려 했는데 워낙 입에 풀칠하기도 힘들고, 또 91년생인 네 동생이 몸이 좀 많이 아파. 그래서 병원비가 많이 들어가."

"걔는 어디가 아파요?"

"자폐증에다가 음식을 자제를 못해 계속 많이 먹어대더니, 이제 신장까지 좋지 않아. 그래서 1주일에 투석을 2번이나 받으러 가야 한단다. 아이고 내 팔자야. 지훈이 녀석 땜에 내가 직장도 못 가져, 수입도 아예 없어. 그래서 할 수 없이 백번은 넘게 생각하다, 용기를 내 너에게 전화를 한 거야."

"집은요?"

"반지하에 월세로 살고 있단다."

"계좌번호 찍어 주세요."

"지안아 고맙다. 그리고 미안하고."

"나도 샐러리맨 남편이라 여윳돈이 많이 없어요."

"괜찮다. 그냥 네가 보낼 수 있는 만큼 보내주면 좋겠어. 지금 지훈이 땜에 돈이 많이 들어."

"걔는 그럼 몇 살이에요?"

"스물하나다."

"그럼 학교는요?"

"고등학교만 겨우 나왔지. 특수반에 다녔어. 대학교는 몸도 아프고, 또 등록금 할 돈도 없어 못 보냈어."

"그럼, 하루 종일 뭐 해요?"

"그냥 뒹굴뒹굴 게임만 하지."

엄마는 갑자기 운다. 나는 당황했다.

"지안아, 우리 집에 가서 지훈이 한 번 볼래? 걔가 이렇게 예쁜 누나 보면 힘이 될 거야."

나는 생모와 함께 홀린 듯 반지하에 따라갔다. 오후 4시가 다 되었다. 120kg이 넘어 호흡도 씩씩거리는 지훈이는 스물한 살은커녕 이제 고등학생 1학년으로 보인다.

"지훈아 누나야."

지훈이는 나랑 눈도 마주치지 않고, 햇빛도 들어오지 않는 곰팡내 나는 거실에서 핸드폰으로 게임만 계속하고 있다. 나는 우선 통장에 있는 500만 원을 엄마 계좌에 넣어주었다. 생모가 고맙다고 눈물까지 흘린다. 아릿하다.

나는 생모가 급하게 해준 떡볶이를 같이 먹었다. 나는 명품 원피스를 벗고, 생모의 바지와 티셔츠로 바꿔 입고, 생모가 틀어주는 트롯을 들으며 떡볶이를 먹었다. 떡볶이는 너무 맛있다. 생모의 요리 솜씨가 기가 막히다.

편승엽의 '찬찬찬'이 반지하 방에 울려 퍼진다. 나쁘지 않다.

차디찬 그라스에 빨간 립스틱
음악에 묻혀 굳어버린
밤 깊은 카페의 여인

가녀린 어깨 위로 슬픔이
연기처럼 피어오를 때
사랑을 느끼면서
다가선 나를 향해
웃음을 던지면서
술잔을 부딪히며 찬찬찬
그러나 마음 줄 수 없다는 그 말
사랑을 할 수 없다는 그 말
쓸쓸히 창밖을 보니
주루룩 주루룩 주루룩 주루룩

밤새워 내리는 빗물

지훈이가 가사를 다 따라 부른다. 기억력은 비상한 녀석이다. 나도 평소 좋아하는 트롯이라 따라 불렀다. 생모도 간드러지게 부른다.

"이 노래, 나도 지훈이도 좋아해. 하루에 찬찬찬 한 번씩은 부를걸."

엄마는 또 다른 트롯 선곡을 하며 기분이 좋다. 이상하게 마음이 무척 편하다.

'살면서 내가 이렇게 마음이 편했던 적이 있었을까?'

희한하다.

그 후로 우리 셋은 생모의 트롯 애창곡, '무조건', '남행열차', '어머나', '갈색추억' 등 무려 다섯 곡이나 계속 불렀다. 물론 지훈이는 토씨 하나 틀리지 않고 그대로 따라 불렀다. 지훈이 녀석이 신기했다.

엄마는 소주를 냉장고에서 꺼내 마셨다. 나도 소주 체질이다. 나는 소주, 아니면 소맥이다. 시부모와 남편은 와인 파지만, 사실 나는 와인이 떫기만 할 뿐 맛이 없다.

구질구질하고 곰팡내 나는 이 반지하 방에서 생모의 원색 싸구려 티셔츠와 펑퍼짐한 꽃무늬 몸빼 바지를 입은 채 유유자적하게 생모와 지훈이와 함께 떡볶이를 같이 먹을 거라고는, 살면서 한 번도 상상을 해본 적이 없는 럭셔리 표지안이다. 가끔 생모를 만나는 꿈은 더러 꾸곤 했지만, 이렇게 현실이 될 줄 몰랐다.

하지만 거짓말처럼 진하게 행복하다. 깡 소주 3병은 마신 알딸딸한 기분이다. 너무 좋다.

"천명숙 여사님, 아니 엄마. 나 오늘 자고 가도 되나요?"

무의식중에 나온 말이다.

"지안아, 이 집이 누추해서 그렇지, 네가 자고 가는 건 나는 언제든 환영이다."

생모는 눈물을 훔친다.

"지안아, 평생 너에게 엄마라는 소리는 못 들어보고 저세상 갈 거라고 생각했단다. 그런데 오늘 네가 이렇게 엄마라고 불러주니, 내 맘이 이상하게 싱숭생숭해."

나는 태어나 이렇게 마음이 편안한 적도, 행복한 적도, 사실 없었다.

'적어도 생모와 지훈이는 경제력이 없어 나를 버리지 않고 오히려 나에게 버림을 받을까 쩔쩔매겠네….'

버림의 주체가 처음으로 나로 바뀌었다. 묘한 자신감과 안도감이 온몸의 세포에서 기어 나와 폭포를 이룬다. 태어나서 처음 느끼는 감정이다. 행복하다.

나는 살아오는 동안 늘 불안하고 초조한 세월만 보냈다. 초등학교 5학년, 생모가 나타난 그날부터 나는 몸도 마음도 항상 얼어있었다.

'혹시 내 정체가 들켜 이 부잣집에서 쫓겨나지 않을까?'

늘 이 생각만으로 몸이 긴장되어 있었다. 친구들도 일부러 깊게 사귀지 않았다. 나의 정체를 알고 난 후 친구의 배신감에 치를 떨지 않으려면, 미리 두꺼운 장막을 쳐서 거리를 두는 것이 편했다.

대학생이 되어 서울로 진학한 후 비로소 얻은 해방감에, 나는 오히려 살이 쪘다. 음식이 처음으로 맛있었다. 그 전에 여수 집에서는 김미주 엄마가 해주는 맛있는 음식이 언제나 한약처럼 쓰기만 했다. 그래서 그때는 168cm 키에 체중이 50kg을 넘어간 적이 없다. 다들 마네킹이라고 부러워했지만 실상은 그게 아니다.

나는 남학생을 사귀면 언제나 먼저 일방적인 이별을 통보했다. 3개월이면 끝이다.

"너는 싫증나. 우리 그만 만나자."

한결같은 나의 이별 공식이다. 외로움에 남자애를 만나지만 상대방에게 버림을 받는 게 두려워 항상 먼저 차 버린다. 남학생들은 집 앞까지 찾아와 비굴하게 다시 만나자고 하지만 나는 더 이상 절대 만나지 않는다.

'더 이상 만나면 나의 무식함이 폭로되어 분명 너는 먼저 나에게 이별통보를 할 거야. 난 버림을 받는 건 죽기보다 싫어.'

하지만 윤주환은 달랐다. 매사에 신중하고 굉장히 반듯한 남자라 절대 나를 먼저 버릴 남자가 아니라는 건 나의 동물적인 감각이 먼저 알아챘다. 나보다 네 살 많다.

물론 처음에는 순전히 다비드상 조각 같은 이목구비에 반했고, 다비드 부모 집안의 재력에 두 번 반했다. 그리고 언제나 당당한 모습의 다비드가 또래 남자애들보다 멋있었다. 하지만 다비드의 지적 수준이 너무 높아 나는 항상 데이트마다 대답하느라 힘이 들었다.

대학로에서 우리는 자주 연극을 보았다. 나는 연극이 무지 싫었지만, 차마 표현하지 못했다. 다비드와 결혼이 너무 하고 싶었기 때문이다. 새엄마 협박에 나는 새 안식처가 필요했다. 집도 부자라는 다비드는 맨날 분식만 먹었다. 하지만 다비드는 그것조차 검소해보여 매력이 있었다.

결혼 이후, 윤주환 몰래 TV 뉴스와 책을 봤지만, 아주 지적인 시부모님과 남편을 상대하기에는 항상 힘이 들었다. 그래서 내성적 성격을 무기로 내세워, 나는 늘 침묵을 지켰다.

'어차피 입만 열면 무식이 폭로되니까. 지금부터 요조숙녀 콘셉트로

가자.'

요조숙녀 콘셉트는 대성공이다. 시부모님도 남편도 항상 나를 좋아하고, 그저 칭찬 일색이다.

"지안이는 요즘 애들 같지 않게 참 차분해."

시아버님 칭찬이다.

"그럼요. 요즘 애들은 밖에 나가 커리어 우먼을 하겠다고 떠들어대는데, 우리 지안이는 전업주부가 꿈이었다고 하니, 요즘 이런 참한 며느리가 어디 있어요? 다 우리 주환이 복이죠."

"저도 지안이를 만나게 해준 처제가 늘 고마워요. 처음에 이 사람 봤을 때, 사실 얼굴도 화려하고 옷도 화려해 사치를 많이 부리지 않을까 조금 고민했는데, 단벌 공주예요. 아가씨 때 장인어른이 워낙 명품 옷을 많이 사줘 그걸로도 옷장이 넘쳐나요. 그래서 결혼한 후 외출복을 한 벌도 안 샀어요. 그리고 지안이는 주구장창 이렇게 집에서 소박한 홈웨어만 입고요. 이 홈웨어는 다 쇼핑몰에서 2만 원 안쪽이거든요. 제가 다 구매했어요. 그래서 저도 지안이가 얼마나 맘에 드는지 몰라요. 제 월급은 거의 저축만 한다니까요. 어머니, 아버지, 저는 순전히 제가 번 돈으로 쉰이 되기 전에 조기 퇴직하고 꼭 극단을 창단할 거예요."

"주환아, 학교 때 연극동아리도 하더니, 아직도 그 꿈이 남아있니? 요즘 뮤지컬이면 모를까? 연극은 인기도 없다더라."

"아뇨. 아버지, 저는 지금도 은행은 돈 버는 수단이고, 무대에 서는 꿈을 매일 꿔요. 그리고 이 꿈은 실현 가능한 꿈이에요. 우리 지안이도 연애할 때 연극을 끔찍이 좋아해 극단 창립을 누구보다 좋아할 겁니다. 그리고 저 못지않게 지안이도 보통 절약하는 사람이 아니거든요. 그래서 우리가 모은 돈이 벌써 제법 됩니다."

"그러니? 하긴 바깥사돈이 아파트 사는 데 보태라고 10억 준 것도 통장에 있지? 주환아, 너는 우리 세대와 확실히 다르구나. 요즘 젊은 사람들은 워라밸을 중시하더라. 사실 엄마와 나도 우리 주환이가 부럽다."

"우리 주환이 파이팅! 멋지다!"

시어머님도 남편을 응원하는 분위기이다.

나는 연극도 별로 좋아하지 않고, 워라밸 뜻도 몰라 늘 하던 대로 조용히 침묵을 지켰다. 나는 이 집안에서 버림을 받지 않을 정도의 커리어를 정말 열심히 쌓았다.

사실 말이 나왔으니 하는 말이다. 남편은 나에게 월급을 보여준 적도 없다. 생활비만 통장에 쥐꼬리만큼 넣어준다. 다비드 얼굴은 그냥 껍데기뿐이다.

'다비드 조각상이 설마 이렇게 쩨쩨하게 살까?'

맞다. 남편은 완전 쩨쩨하다. 결혼 후, 백화점에서 옷 하나 사준 적이 없다. 윤주환 피셜처럼 매번 홈쇼핑이나 쇼핑몰에서 2만 원 정도의 홈웨어만 사준다. 성질 같아선 북북 찢어버리고 싶지만, 나는 우아하게 고맙다고 말하고 항상 천사 같은 거짓 미소를 띠며 홈웨어를 애용한다.

"다비드! 거지 같은 이 옷들은 정말 입기 싫어! 너나 주구장창 입어라! 그리고 다비드, 너의 워라밸인가 나발인가 하는 극단 창립은 나에게는 왜 한마디도 안 하니? 내가 무식해서 그러니? 나를 와이프라고 인정하면 그러면 안 되지. 그리고 다비드 너만 꿈이 있니? 나도 꿈이 있다구! 나도 너 닮은 예쁜 딸 하나, 튼튼한 아들 하나 낳아 리안이처럼 똑똑하게 키우고 싶다고. 그게 이 표지안 꿈이다. 다비드 알겠니?"

언젠가 꿈에서 고래고래 악을 쓰다 잠이 깼다.

하지만 표지안, 내가 누군가? 나에겐 갓(god)이 있지 않은가? 아빠다. 매달 1일이면 남편이 모르는 비상금 통장에 아빠가 항상 생활비로 500만 원씩 넣어준다. 나는 사실 그걸로 버틴다. 물론 돈은 뷰티와 성형에 다 쓴다. 생모에게도 그 돈을 이체한 것이다. 아빠가 있어 나는 항상 든든하다.

결혼기념일이나 생일에 비싼 레스토랑에 가더라도 남편은 도대체 계산을 하지 않는다. 항상 계산은 내가 담당한다.

'다비드, 너 얼굴만 다비드구나. 완전 스쿠루우지 영감이네. 맞나? 스쿠루우지 영감이 쩨쩨한 사람 맞지? 음 맞겠지. 아무튼 다비드 생활비는 쥐꼬리만큼 주면서, 어떻게 이 비싼 레스토랑 계산을 내가 해야 하니?'

그래도 시부모는 남편보다 나은 편이다. 나의 생일에 500만 원을 통장으로 넣어준다. 시부모님은 와인을 좋아해 한 병에 100만 원이 넘는 와인을 손쉽게 구매한다. 백화점 VIP이다. 그래서 발레 파킹도 다 해준다. 아! 발렛 파킹인가? 모르겠다. 머리 아프다. 영어는 다 싫다. 차를 백화점 직원이 알아서 파킹해주는 서비스다. 추석이나 설 같은 명절에는 백화점에서 선물도 나온다.

'저런 부모에게 나온 다비드는 왜 이렇게 쫌생이지? 참 불가사리다. 다비드! 나는 연극을 너무 싫어한다고, 알겠어? 그리고 절약은 더 싫어. 지금 당장 옛날 미혼일 때처럼 옷도 가방도 백화점에서 펑펑 명품으로 저지르고 싶어. 아빠 500만 원으론 명품 쇼핑은 어림도 없단 말이야.'

나는 레스토랑에서 집으로 와 샤워기를 틀어놓고 남편에게 욕을 해댄다. 물론 샤워는 '욕설 쇼'가 끝난 다음, 시원하게 한다.

"지밖에 모르는 개새끼, 무식한 새끼, 쩨쩨한 새끼, 이러고도 네가 다비드냐? 네가 진짜 남자냐? 80만 원이 나왔으면 적어도 네가 처먹은 40

만 원은 부담해야지. 기념일마다 강남 비싼 레스토랑 예약은 뭐 하러 하니? 카운터에서 계산할 때마다 화장실로 사라지는 쥐새끼 같은 이 다비드 쫌생이야! 아이고 너 혼자 워라밸인가 그것도 하고, 극단인가 나발인가 그것도 만들어라! 하지만 제발 와이프 취향도 좀 알아줘라. 알아서 남 주니? 흥! 이 표지안이가 극단 창립을 좋아할 거라고? 아이고 쫌생이 새끼야 그만 좀 웃겨라."

샤워실에서 나는 내가 하고 싶은 말을 다 퍼붓는다. 세찬 샤워기 소리는 나의 욕설을 다 잡아먹으므로 나는 편안하게 외친다. 속이 다 뻥 뚫린다. 얼음 넣은 콜라를 숨도 쉬지 않고 원샷한 기분이다. 아주 상쾌하다.

샤워기는 나의 정신과 의사이다. 그래서 항상 고귀하게 관리한다. 항상 깨끗하게 비누칠을 하고 수세미로 골고루 닦아 청결하게 관리한다. 그래야 이 표지안이 정신병원에 가지 않을 수 있다.

가끔 시아버님 생신에 시댁에 가 도우미 아주머니와 내가 준비한 저녁식사를 한다. 도우미 아주머니는 새엄마를 잘 안다. 아주머니는 새엄마 집에서 오래 근무하다 이곳, 시댁으로 일 년 전에 옮겼다고 한다. 시댁은 도우미 아주머니조차 교양 있고 우아하다.

나는 시댁에서는 자주 숨이 막힌다. 셋 다 식사 시간에 와인을 곁들어 클래식을 듣는다. 시댁 음식은 재료만 다를 뿐, 천편일률적으로 슴슴한 맛이다. 다들 맛있다고 도우미 아주머니를 칭찬하지만, 나는 빨리 집에 가 매콤한 청양고추를 아삭 깨물고 싶다. 시간이 지나도 도무지 슴슴한 맛에는 길들여지지 않는다.

나는 클래식이 뭔지도 모를뿐더러, 클래식을 들으면서 이렇게 슴슴한 식단의 밥을 먹으면 이상하게 체증이 생긴다. 집에 와 꼭 소화제를 먹는다.

쇼팽의 발라드 전곡

하이든 트럼펫 콘체르토

슈베르트 죽음과 소녀

미겔 요벳 카탈라 포크송

라벨 피아노 콘체르토 G 메이저

슈만 트로이메라이

그들이 좋아하는 곡이다. 나는 대충 폰에 갈겨쓴 이 곡들을 집에 와 혼자 있을 때면, 폰으로 검색해 무한반복으로 들어보았다. 그게 그거다. 도무지 감흥이라곤 1도 없다. 가끔 혼자 와인병에 몰래 넣어둔 소맥을 마시며 들어봐도 전혀 울림이 없다. 1년을 노력해도 아무 소득이 없어 나는 클래식은 포기했다.

그래서 궁여지책으로 나는 고성능 무선이어폰으로 시댁 가족들 몰래 항상 트롯을 듣는다. 심수봉의 '백만송이 장미'는 나의 최애곡이다. 와인을 마시며 세 사람은 클래식에 심취해 있을 때, 나는 이 곡으로 나의 허기를 채운다. 백만송이 장미는 엄청난 명곡이다.

우울할 때~, 쓸쓸할 때~, 비가 올 때~, 갑자기 나를 항상 웃게 해 주던 민혁이가 생각날 때~. 어김없이 나는 이 노래를 듣는다. 우리 둘 다 만족한 섹스를 할 때마다, 민혁이가 이 노래를 무한 반복 들려주었기 때문이다. 오늘따라 민혁이가 많이많이 그립다.

'백만송이 장미'는 가사도 너무 좋다.

먼 옛날 어느 별에서

내가 세상에 나올 때

사랑을 주고 오라는
작은 음성 하나 들었지
사랑을 할 때만 피는 꽃
백만송이 피워 오라는
진실한 사랑 할 때만
피어나는 사랑의 장미

이 노래는 실화를 배경으로 만들어졌다고 민혁이한테 들었다. 19세기 말 러시아 화가 니코 피로스마니쉴리라는 화가가 여배우 마르가리타를 짝사랑하여 꽃을 좋아하는 그녀의 관심을 끌기 위해 집과 그림, 모든 재산을 팔아 그 돈으로 백만 송이의 장미를 사 마르가리타에게 선물했다는 실화이다. 하지만 둘의 사랑은 민혁이와 나처럼 오래가지는 못했다고 한다. 슬픈 이야기이다.

사실 민혁이가 학벌이나 집안만 조금 좋았다면, 나는 그 아이랑 결혼하는 것이 지금보다 훨씬 행복할 거라고 생각한다. 똑똑하지만, 절대 나를 무시하지 않는 착한 남자다. 우리의 데이트에서는 둘 다 가식이 하나도 없이 그저 생긴 대로, 무식하게 나오는 대로 지껄이고, 욕설조차 허용되었다. 민혁이 옆에서의 나는 당당하다. 민혁이 옆에서의 나는 똑똑하다. 민혁이 옆에서의 나는 세상에서 가장 편안하다.

가장 좋았던 건 민혁이도 나처럼 세상에서 버림받는 걸 가장 두려워하는 공통점이 있었다는 것이다. 민혁이는 친아빠가 아닌 의붓아빠 밑에서 자랐다. 그래서 버림받는 걸 나만큼 두려워한다.

민혁이는 원룸에 독립해 주유소 알바비로 겨우겨우 살아갔다.

“지안이 누나, 나는 여자를 사귀면 내가 절대 먼저 이별하자고 한 적이 없어. 나는 버림받는 게 얼마나 힘든 일인지 잘 알거든. 그래서 나는 내가 먼저 여친을 버리지 않아."

얼마나 듣고 싶었던 말이었던가? 이래서 나는 민혁이가 너무 좋다. 그리고 그 무엇보다 민혁이와의 섹스가 나는 좋다. 항상 나를 배려하는 부드럽고 감미로운 섹스이다. 100점이다. 최고의 섹스이다.

사실 다비드는 섹스도 별로 좋아하지 않고, 또 전희도 별로다. 본인만 만족하면 끝이다. 반면 민혁이는 그 어떤 테크닉보다 나를 소중하게 다루는 마음이 절절하게 엿보여 나는 민혁이가 좋다.

민혁이는 주유소에서 알바하던 전문대 학생이다. 나보다 한 살 연하로, 나의 애마인 레드 벤츠를 주유하다 처음 알게 되었다. 우리는 폰 번호를 주고받고, 처음 본 날 같이 모텔에 간 사이다. 나는 남자와의 섹스가 너무 좋으면, 전라도 욕설을 내뱉는 버릇이 있다. 민혁이는 그 욕설을 항상 따라하며 같이 좋아했다.

지금도 나는 민혁이가 생각나면, 낮이나 밤이나 백만송이 장미를 무한 반복 재생한다. 물론 다비드가 없을 때이다. 노래만으로도 조금 위안이 된다. 갈증이 다 가시지 않아, 나는 청양고추를 팍팍 다져넣은 소주를 한 잔 진하게 마신다. 휴우 이제 살 것 같다.

나는 초경을 중학교 1학년 때 시작했다. 물론 김미주 엄마에게 알렸다. 김미주 엄마는 엄청 기뻐하며, 차분하게 생리대를 하는 방법과 왜 여자 몸에서 생리가 나오는지 친절하게 설명도 해줬다. 아빠도 리안이도 모두 축하해 주었지만, 나는 어딘지 모르게 쓸쓸했다. 요상한 기분이다.

그날 밤, 처음으로 생모의 꿈을 꾸었다. 그날부터 나는 생리를 할 때면 생모가 그리워 혼자 도저히 자제가 되지 않아, 결국 나도 모르게 자해라는 걸 했다. 가족은 아무도 모른다. 밤 12시쯤 혼자 방문을 잠그고, 샤프 연필로 살이 연한 허벅지 안쪽을 긁어대 피가 보여야 멈추었다. 핏방울이 보이면, 나는 비로소 생모를 향한 그리움이 어느 정도 해소되는 이상한 습관이 생겼다.

가족은 나의 이 습관을 아무도 모른다. 다행히 허벅지 안쪽이라 잘 발견이 되지 않아 아무 문제도 없다. 한 달이 지날 무렵, 상처는 다 아문다. 그러면 생리는 다시 시작되어, 나는 또 방문을 잠그고 그 짓을 되풀이한다.

지금도 왼쪽 허벅지에 흉터가 여럿 남아있다. 그런데, 그 흉터를 처음이자 마지막으로 발견한 사람도 민혁이다. 서로 애무를 하던 중, 민혁이가 발견했다.

'누나는 부잣집 딸인데도 살면서 아픔이 많았구나. 내가 위로해줄게.'

민혁이는 허벅지 안쪽 흉터를 부드럽고 긴 혀로 하나하나 핥아 주었다. 마치 어미 고양이가 아기 고양이 상처를 핥아주듯…. 나는 그날 처음, 민혁이와의 섹스에서 깊은 오르가즘을 느꼈다. 민혁이 이후, 나에게 그렇게 근사한 오르가즘을 선사하는 남자는 단 한 명도 없었다.

무릇 오르가즘이란 말초적인 섹스 테크닉에서 비롯되는 것이 아니다. 나를 진정으로 사랑하는 남자의 눈길과 손길에서 오르가즘은 생기는 것이다. 그가 나를 얼마나 아껴주는지, 애틋하게 바라보는지를 감지한 순간 모든 여성의 오르가즘은 시작된다.

그래서 나는 그런 민혁이와 영원히 같이 살고 싶다고 생각했다. 당장 민혁이와 결혼해, 민혁이를 빼닮은 아이까지 낳고 싶었다. 하지만 우리 아빠가 어떤 사람인가? 집으로 민혁이를 데려가면 민혁이가 까이는 건 물론이고, 나까지 까일 수 있어 결국 나는 그런 용기를 차마 내지 못하고 민혁이를 버렸다. 내가 남자와 만난 데이트 기간 중 가장 최장기간인 10

개월을 만났다.

민혁이를 버리고 와서 나는 아무도 몰래 울었다. 그리고 또 아무도 몰래 주유소를 찾아가 민혁이를 멀리서 훔쳐보기도 했다. 이 세상에서 유일하게 나를 가장 진심으로 사랑하고 아껴준 녀석이다. 참! 모텔 비용도 꼭 민혁이가 냈다. 남자 자존심이라면서.

'다비드, 너도 민혁이 본 좀 받아라. 이 쩨쩨한 자식아.'

하지만 남편 앞에서 그 욕설을 만약 쓴다면, 당장 이혼 각이다. 늘 교양 있는 모습을 유지해야 한다. 그래서 나는 항상 피곤하다. 그리고 남편은 사실, 나의 입에서 욕설이 나올 만큼 만족한 섹스를 하지도 못한다. 나는 남편 이전에 다섯 명 정도의 남자와 섹스를 나눈 적이 있다. 섹스를 나누던 다섯 명의 남자 중 남편이 최하다.

하지만 아빠가 좋아하는 서울 강남이 집이고, 교양 있고, 은행원이고, 학벌도 좋고, 재산도 있는 집이라 결혼을 했다. 특히 남편 얼굴이 조각이라 반했지만, 첫날밤 섹스를 한 후 너무 실망한 나는 하마터면 여수로 도망칠 뻔했다.

'윤주환, 도대체 어쩌면 이렇게 엉망일 수 있니? 너 혹시 총각이니? 나랑 섹스가 처음인 거야? 다비드 너 진짜 혼전순결 맞구나….'

윤주환은 벌벌 떨기만 할 뿐, 우리는 겨우겨우 섹스 흉내만 내는 정도로 첫날밤을 보냈다. 나는 일부러 비명을 쉴 새 없이 질렀다. 남편은 흡족한 얼굴이다.

유럽 신혼여행은 밤만 아니면 행복했다. 우리 둘 다 워낙 선남선녀 비주얼이라 같이 간 신혼여행 커플들이 모두 연예인 부부라고 난리가 났다. 가이드와 사진기사도 우리 커플 사진을 찍을 때면 환성을 내지른다. 실제로 신혼여행 사진도 연예인처럼 멋지게 나왔다.

그리고 윤주환은 어디에서나 매너도 좋아 신부들의 이상형이라고 신랑들이 단체로 부러워했다.

'아이고 이 바보들아 딱 한 번만 윤주환이랑 같이 밤을 보내봐라. 쯧쯧.'

밤이 오면 나는 피곤함을 핑계로 먼저 곯아떨어진 척 연기를 할 정도로, 윤주환은 섹스 점수 0점이다. 맨날 본인만 좋으면 끝이다. 어디 '섹스 잘하는 법' 강의가 있으면 제발 보내고 싶다.

신혼 일 년이 채 지나지 않아 다비드는 이상한 제의를 했다.

"지안 씨, 우리 딩크족 어때요? 아이를 낳으면 혼자 돈 벌어 그 아이 밑으로 다 들어가는 건 너무 어리석은 짓 같아요? 지안 씨 생각은 어때요?"

처음에 당황했다. 딩크족 뜻을 몰랐기 때문이다. 하지만 나는 잔대가리의 여왕이다. 앞뒤 맥락을 봐서, 대충 자식을 가지지 말자는 뜻인 것 같다.

"그래요. 나도 주환 씨랑 생각이 같아요. 주환 씨 혼자 벌어 자식 뒷바라지에 월급을 다 쓴다는 건 어리석은 일인 것 같아요. 하지만 아버님과 어머님이 이해해 줄까요?"

"그건 내가 다 알아서 설득할게요. 두 분 다 외동인 저를 무척 아껴 합리적으로 생각해주실 거예요. 이것도 워라밸이니까요."

본의 아니게 나는 딩크족이 되었다. 버림받지 않기 위해 시댁과 남편이 원하는 것은 모두 다 복종해야만 했다.

다음날, 낮에 딩크족을 검색했다.

'딩크족은 정상적인 부부생활을 영위하면서 의도적으로 자녀를 두지 않는 맞벌이 부부, Double Income No Kids(수입은 두 배, 아이는 없다)

의 머리글자에서 따온 말이다.'

우리는 외벌이인데, 다비드도 나처럼 무식하군. 아무튼 자식을 가지지 않겠다는 나의 추측이 맞았다.

다비드 말처럼 시부모님도 별 무리 없이 찬성이다. 나는 그런 시부모님이 신기했다. 아빠는 전화만 하면 손주 소식을 물어보는데, 시부모님이 한편으론 이상했다.

'서울 사람들은 모두 이렇게 세련되고 합리적으로 살까? 본인 인생이 가장 중요하다고 생각하는구나. 하지만 인생에 워라밸인지, 나발인지 그게 전부일까?'

생모와 남동생과 함께 곰팡내가 폴폴 나는 반지하 방에서 잤다. 나는 생모의 다 꺼져가는 침대에서 잤다. 열두 시간을 한 번도 깨지 않고, 죽음처럼 깊은 잠을 잤다. 너무 개운하다.

"엄마, 나 한 번씩 올게요. 그리고 나 혹시 앞으로 돈 많이 벌면 이 반지하 방, 당장 아파트로 옮겨줄게요."

"지안아, 말만 들어도 고맙다. 참 갓김치 담근 거 있는데, 좀 가져갈래? 그리고 이건 물어보면 실례일 수도 있는데, 아기는 왜 없니?"

생모는 수줍게 물었다.

"엄마, 우리는 딩크족이에요."

나는 씩씩하게 대답했다.

"딩크족이 뭐니? 내가 무식해서…."

'엄마, 괜찮아요. 저도 처음에 딩크족이 뭔지 몰랐어요. 헤헤.'

"엄마, 일부러 아기를 안 가지고, 부부 둘만 멋지게 하고 싶은 거 하면서 즐기며 살아가는 삶을 딩크족이라고 해요. 자식에게 쓰는 돈이 아깝대요."

엄마는 고개를 끄덕인다.

"무자식이 상팔자란 소리구나. 나중에 노인이 되면 외로울 텐데…."

"남편이 지금 현재를 즐기고 싶대요."

"남편이 그렇다면야, 시댁에서도 이해해주니? 나는 가난해도 아이는 낳고 싶더라."

"그럼요. 시부모님이 워낙 인텔리이고 세련되었어요."

나도 그런 엄마에게 깊은 동질감을 느낀다.

'엄마, 나도 엄마랑 생각이 같아요. 요즘은 마트만 가도 자꾸 아이들만 눈에 들어와요. 나도 아이를 낳아 한번 기르고 싶어요.'

"엄마, 그리고 나는 세상에서 떡볶이와 갓김치를 제일 좋아해요. 엄마 잘 먹을게요."

"리안아, 고들빼기는?"

"고들빼기도 완전 좋아해요. 같이 싸주세요."

집에 올라와 흰쌀밥과 함께 먹는 갓김치와 고들빼기는 너무 맛있어 콧노래가 저절로 나왔다. 생모는 요리 솜씨가 뛰어났다. 나도 요리 솜씨가 좋은 편이다.

하지만 내가 만든 음식은 자극적이다. 남편은 항상 별로라고 한다. 화가 치민다. 남편은 갓김치도 싫다고 한다.

"여보, 이 갓김치 맵고 아려 싫어요. 그리고 이 고들빼긴가 하는 김치는 너무 쓰다."

'다비드, 싫으면 먹지 마. 나는 너무 맛있거든. 사실 이 귀한 갓김치와 고들빼기 너 주기 아깝다.'

서울 아파트로 몸은 왔는데, 생모와 지훈이 얼굴이 자꾸 아른거린다.

'표지안, 너 이런 캐릭터 아니잖아. 너 왜 이래? 웬 동정심이야?'

나는 그때부터 부업으로 돈을 많이 벌 아이템을 이것저것 부지런히 찾았다. 우선 두 사람에게 깨끗한 집이라도 하나 장만해주고 싶었다.

그런 고민 끝에 찾아낸 것이 바로 '플라스틱 뷰티' 채널이다. 처음엔 구독자 수가 미미했다. 하지만 표민창 아빠와 내가 자주 드나들던 D 성형외과 '진현수' 원장과의 친분을 알아낸 것이 행운이다. 아빠와의 친분을 내세워 나는 D 성형외과를 자유롭게 드나들었다.

그리고 원장의 섬세함이 돋보이는 성형수술 동영상을 올린 것이 생각보다 인기가 많아, 내 채널은 조금씩 구독자 수가 증가했다. 1년, 2년이 지나 구독자 수가 50만이 넘었다.

생각보다 한 달 수입이 많이 들어와 놀랐다.

나는 남편의 눈치를 보지 않고, 이제 생모와 남동생에게 생활비를 넉넉하게 보내주었다. 가끔 나는 나 자신의 정체성에 한 번씩 의심이 든다.

'나는 나만 생각하는 이기주의로 똘똘 뭉친 아이라고 생각했는데, 지금은 또 생모와 남동생에게 생활비를 보내기 위해 유튜브를 하는 미미 님도 존재하고, 하여튼 우리 생모 천명숙 여사가 대단해. 얼음공주인 나를 움직이게 만드네. 참 대단한 천명숙 여사야.'

생모로 인해 시작된 나의 플라스틱 뷰티는 나의 전업주부 생활을 접게 만들었다. 사회활동을 하며 자존감도 높아졌지만, 한편으론 나는 전업주부 시절이 그립다. 크리에이터로 바쁘게 사는 나를 시댁과 남편도 싫어하지 않고, 오히려 반긴다. '다들 속물이야. 아내가 돈을 벌어 싫어할 남편은 세상에 한 명도 없어.'

남편은 나의 수입과 지출도 꼬치꼬치 캐묻지 않아 나는 생모와 남동생에게 넉넉한 생활비를 꼬박꼬박 보낸다. 매월 초, 생활비를 보내면 생모는 톡으로 답을 한다.

"지안아 고맙따. 네가 보내주는 돈으로 나와 지훈이가 이러케 잘 살아간다. 정말 고맙따."

나와 비슷하게 생모의 맞춤법도 엉망이다. 그래서 더 정이 간다.

채널 개시 5년 차에 나는 목돈을 모아 드디어 여수에 생모 아파트를 하나 장만해 주었다. 직접 내려가 엄마 이름으로 계약을 했다. 천명숙 여사는 꺼이꺼이 소리 내어 운다. 지훈이는 여전히 폰 게임만 한다.

"엄마, 1,000만 원 통장에 넣을게요. 새 아파트에 필요한 가구도 사세요."

"지안아, 오늘 엄마 집에서 자고 가면 안 돼?"

"안 되긴요. 그러면 맛있는 떡볶이 먹을 수 있나요?"

"떡볶이만? 오늘은 된장찌개도 보글보글 끓여줄게."

나는 다시 곰팡내 나는 반지하에서 세상에서 가장 맛있는 된장찌개도 맛보고 엄마와 소맥도 마셨다.

"엄마, 이상하게 나 이 집에 오면 잠이 잘 와요."

"서울에 비싸고 좋은 아파트에 살 텐데, 거기가 잠이 더 잘 오겠지. 이상하네."

"그러게요. 지훈이는 요즘 건강이 어때요?"

"네가 생활비를 꼬박꼬박 보내줘서 병원에도 잘 다니고 있단다. 또 지훈이가 요즘 나랑 저녁 산책을 한 시간씩 꼬박꼬박 하니까. 살도 좀 빠졌어. 의사 선생님이 무슨 수치인지 하여튼 그게 좋아졌다고 하더라. 이게 다 우리 지안이 덕이다. 지안아, 참말로 고맙다."

체중이 조금 빠진 지훈이는 이전보다 눈, 코, 입이 또렷해 미남이다.

지훈이는 이제 자폐증 치료도 열심히 받는다.

사실 생모 얼굴이 보기 드문 미인이긴 하다. 눈, 코, 입이 또렷한 미인이지만, 형편이 어려워 가꾸질 못해 언뜻 보면 초라해 보인다. 자세히 보면 얼굴만큼은 영화배우다.

"엄마, 제가 생활비는 넉넉하게 보낼 거니까, 이제부터 돈 걱정은 하지 말고 엄마 옷도 화장품도 좀 사서 쓰세요."

나는 엄마를 처음으로 안아주었다. 엄마는 또 운다.

D 성형외과도 나와 손을 잡고 강남으로 이전한 후, 환자 수가 어마어마하게 늘어 TV에도 자주 노출된다. 나의 플라스틱 뷰티 채널 덕분에 유명세를 타게 된 것이다. 나 또한 플라스틱 뷰티 구독자 수가 이제 100만이 넘어간다. 상생이다.

특히 플라스틱 뷰티는 중국 구독자 수가 어마어마하다. 그래서 D 성형외과는 중국인 환자들로 북새통이다. 원장이 매 분기마다 나에게 백화점 티켓을 보낸다. 거금이다. 스크루우지 다비드보다 훨씬 낫다.

이제 구독자 수가 늘어, 통장에 돈도 엄청 많이 들어온다. 나는 생모에게 보내는 생활비를 매년 조금씩 올린다. 그리고 일 년에 두 번, 엄마 생일과 지훈이 생일에 내려가 생모 집에서 자고 온다. 물론 남편은 표민창 아빠 집에서 자고 오는 걸로 안다. 나는 생모 덕분에 팔자에도 없는 기부천사가 되었다.

엄마는 또 바리바리 밑반찬을 싸 준다. 대환영이다.

"엄마, 나 혹시 오갈 데 없으면 엄마가 나 받아줄 거야?"

"지안아, 요즘 남편이랑 혹시 사이가 좋지 않니?"

"그게 아니고, 그냥 한번 엄마에게 응석 부리는 거야."

"그럼 그럼. 나야 우리 딸이랑 아들이랑 같이 살면 아무 소원이 없지."

"엄마, 분명히 대답했어요. 나 갈 데 없으면 여기로 와요. 알겠죠?"

자꾸 서울집이 싫어진다. 다비드도 싫어진다. 요즘 꿈에 민혁이가 자주 나타난다.

에코 뮤즈

눈을 떴다. 다행이다. 이제 꿈속이 아닌 현실이다! 2년 만에 드디어 나는 눈을 떴다. 중간중간 잠시 의식이 돌아올 때마다 내 눈에 타쿠미가 먼저 보였다.

오늘도 타쿠미가 내 손을 잡고 기도를 하는 모습이 제일 먼저 눈에 들어온다.

"타쿠미…."

순간 타쿠미가 눈을 번쩍 떴다.

"어 리안, 진짜 깨어난 거야? 오 하나님 감사합니다. 리안, 나 알아보겠어?"

"그럼. 내가 바보야? 너도 몰라보게, 여긴 어디야?"

"리안, 잠깐 기다려. 의사 선생님 불러올게. 하나님, 제 기도를 들어주셔서 감사합니다."

타쿠미가 의사 선생님을 불러왔다. 의사 선생님은 내 몸 여기저기를 만져도 보고, 여러 가지 질문도 한다.

"표리안 환자분, 이건 기적입니다. 지금 정확하게 2년 만에 깨어나신 겁니다. 물론 내일 MRI, CT 등 정확한 진단을 해봐야겠지만, 현재로서는 코마에서 완전히 깨어나신 것 같아요. 축하드립니다. 환자분의 강인한 생명에 대한 의지가 환자분을 코마에서 깨어나게 했어요. 가끔 윤세라를 자주 부르던데, 누구예요?"

"제 딸이에요. 그 아이가 보고 싶어 꿈속에서 얼마나 살려달라고 애원했는지 몰라요. 어서 빨리 세라가 보고 싶어요."

"내가 빨리 아버님, 어머님께 세라 데리고 병원으로 오라고 전할게."

"타쿠미, 늘 내 옆에 있어줘서 고마워."

"어 어떻게 알았어? 오늘은 주말이라 네 옆에 있을 수 있었어."

"가끔 의식이 돌아와 눈을 뜰 때마다 항상 타쿠미가 옆에 있었어. 그래서 나 안심하고, 다시 잠들었어."

"그런 거야? 그럼 만약 내가 옆에 없었으면 리안이 더 빨리 깨어날 수 있었겠네. 리안이 안심하지 말고 정신 바짝 차리게. 내가 도쿄에서 병원으로 자주 오는 게 아니었어."

타쿠미의 본인 머리를 쥐어박는 제스처에 우리는 모처럼 까르르 웃었다.

2020년 9월이다. 나는 중환자실에서 1인실로 옮겼다. 밤늦게 아빠와 새엄마와 나의 몽글이, 세라랑 언니 형부가 밀어닥쳤다. 우리는 서로 부둥켜안고 울었다. 세라는 몰라볼 정도로 많이 자랐다.

"참, 영웅이와 수찬이는 즉사했어."

언니의 말에 나는 조금 놀라긴 했지만 별반 감정이 없다. 하지만 몸은 반응한다. 나도 모르게 눈물이 흐른다.

"세라야 엄마야."

세라는 새엄마 손을 잡고 나를 낯선 사람 대하듯, 멀뚱멀뚱 멀리서 쳐다보기만 했다.

"세라야 엄마야. 나 엄마야."

억장이 무너진다.

"리안아, 2년이나 잠들어 있었잖아. 세라가 낯설어하는 게 어쩌면 당연한 일이야. 며칠만 있으면 예전처럼 너에게만 붙어있을 거야. 걱정하지 마."

아빠 말씀이 옳다. 나랑 세라는 2년이나 떨어져 있었다. 이전의 세라는 나를 1초만 보지 않아도, 울음이 터지는 아이였다.

"참! 지안이 언니, 형부 고마워요. 언니는 나에게 1초의 망설임도 없이 신장을 기증했다고 수간호사님이 다 얘기해주더라."

"자매 사이에 그게 뭐 대수라고? 이렇게 네가 깨어나니까 너무 좋다."

"처제, 이렇게 깨어날 줄 알았어요. 축하해요."

"아빠와 새엄마는 많이 야윈 것 같아요. 저 땜에 속상해 그렇죠?"

"그래 이 자식아. 너 땜에 우리가 얼마나 속을 끓인 줄 아니? 타쿠미도, 정화도, 지안이도, 김 서방도 매일매일 힘들었지. 그래도 이제 다 됐다. 이렇게 깨어났으니."

"그래 리안아. 이렇게 깨어나서 얼마나 기쁜지 몰라."

새엄마와 아빠는 다시 눈물바다가 되었다. 다들 언니 집으로 가고, 타쿠미와 나만 병실에 남았다.

"타쿠미, 나 세라가 낯설어 맘이 너무 아파."

"리안, 내일만 되어도 세라가 리안에게 마구 어리광을 부릴 거야. 아참, 세라는 지금 리안 얼굴이 너무 변해서 더 그래."

"뭐라고? 내 얼굴이 어때서?"

타쿠미가 나를 휠체어에 태우고, 화장실 거울 앞으로 다가갔다. 나는 너무 놀라 비명을 질렀다. 거울 속에는 내가 아닌 표지안 언니가 있다.

"아악! 이게 어떻게 된 일이야? 내 얼굴이 왜 이래?"

타쿠미가 얼굴 재건술에 대하여 상세하게 설명을 했다.

"아무리 그렇지만, 원래 내 얼굴로 재건하면 되지. 어떻게 내 의사는 물어보지도 않고 표지안 얼굴로 재건한 거야?"

"리안, 너는 의식이 없어 의사를 물어볼 수가 없지. 그리고 그게 중요한 게 아니라 이렇게 살아나 세라도, 아버님도, 어머님도, 언니도, 형부도, 그리고 나도 다시 보게 된 게 더 중요한 일 아닐까?"

"맞아. 타쿠미 말이 맞아. 이렇게 2년 만에 다시 세상을 살 수 있게 되었는데, 얼굴 이까짓 게 뭐가 중요하겠어? 타쿠미, 그래도 나는 피오나가 더 좋아. 지안이 언니는 왜 지 맘대로 내 얼굴을 이렇게 만들어 놓았어? 아! 진짜 싫어."

"그건 나도 마찬가지야. 리안, 그래도 의식이 깨어난 거에 우리 감사하자. 리안아, 나 도쿄예술대학 강사로 채용되었어. 기억나?"

"그럼. 옛날 기억은 하나씩 다 살아나고 있어. 늦게나마 축하해. 내가 오랫동안 코마 상태라는 게 이제 조금씩 실감이 나. 우리 세라가 저렇게 자란 걸 보고 다시 한번 느꼈어. 이제 퇴원하면 우리 몽글이랑 많이많이 같이 놀아주자."

"리안 나랑은?"

"우리 타쿠미랑도 오래오래 같이 놀아줘야지."

"어떻게?"

"이렇게."

나는 타쿠미랑 오래오래 키스했다.

이틀이 지난 후, 모든 검사를 끝내고 퇴원은 허락받았지만 나는 다시는 걷지 못하는 하반신 마비라는 진단 결과를 받았다.

"원장님, 이제 저는 평생 휠체어를 타야 되는 건가요?"

"지금 현재는 그렇습니다. 표리안 환자 분 다리 상태는 재활치료를 할 정도의 상태가 아닙니다. 다리뼈가 산산조각이 나 지금 철심으로 고정되어 있는 곳만 열다섯 곳이 넘어요."

"네. 알겠어요. 충격이 크지만 할 수 없죠. 다들 살아난 것만 해도 기적이라고들 하니까요. 원장님 감사합니다. 이렇게 다시 우리 세라랑 세상을 살아갈 수 있게 해주셔서 감사합니다."

'세상에 내가 평생 휠체어 신세를 져야 하다니? 아직 실감이 나지 않네. 너무 맘이 힘들어. 맙소사 그럼 이제부터 나는 지안이 언니 얼굴에 하반신 마비로 평생 살아야 한다는 말이야? 엄마! 할머니! 스펙터클한 인생 운운한 내가 너무 건방져 지금 벌받는 건가요? 하지만 이건 너무해요. 엄마, 할머니, 제발 꿈이라고 해주세요. 제발요.'

"리안, 내가 평생 너의 다리가 되어줄게."

나는 타쿠미 말에 눈물을 흘릴 구실이 생겨 펑펑 울었다.

여수 아빠 집으로 퇴원했다. 타쿠미는 잠시 도쿄로 돌아갔다. 타쿠미 없는 여수 집은 너무 힘들고 쓸쓸하다.

아빠와 새엄마와 도우미 아주머니가 나와 세라를 케어해주었다. 나는 세라를 위해 혼자 휠체어를 사용할 수 있도록 열심히 노력했다. 이제 제법 휠체어 생활에 익숙하다.

"우리 리안이가 이렇게 될 둘 누가 알았겠니? 얼굴도 마치 지안이처럼 바뀌고, 나는 처음에 진짜 놀랐단다."

늘 마음이 여린 도우미 아주머니가 오늘도 훌쩍거리며 한숨을 쉰다.

"아주머니 살아있는 게 어디예요? 저는 세라와 아빠와 새엄마를 이렇게 볼 수 있다는 것만으로도 지금 많이 행복해요."

"하기야 세라 아빠는 즉사했으니, 그것보다 훨씬 낫지. 암암, 역시 우리 리안이는 긍정적이라 참 좋다. 파이팅!"

다행히 타쿠미는 12월 방학을 하자마자, 여수로 부리나케 돌아왔다. 우리는 삼 개월이나 같이 지낼 수 있다.

2022년 12월 24일, 성탄절 이브 저녁이다. 세라 어린이집에서 성탄절 파티를 한다. 세라는 핑크빛 드레스를 입고 아침부터 신이 났다. 아빠와 새엄마, 그리고 타쿠미와 다 같이 어린이집에 가 꼬맹이들의 장기자랑을 즐겼다.

세라는 친구 네 명과 같이 총 다섯 명이 요즘 유행하는 뉴진스의 춤을 추는 장기자랑을 선보였다. 세라는 다섯 명 중 가장 눈에 띌 정도로 춤을 잘 추었다. 아빠와 새엄마와 타쿠미는 무대에서 춤을 추는 세라가 기특해 기절할 지경이다. 나 또한 세라가 대견해 눈물이 나왔다. 세라의 남자친구, 로운이도 자리에서 벌떡 일어나 박수를 쳤다. 너무 행복한 성탄절이다.

오늘은 2023년 1월 1일이다. 새해다. 이제 우리 세라가 일곱 살이다. 3월이면 세라도 어린이집을 떠나 유치원에 입학한다.

세라는 나를 많이 따르지만 타쿠미를 더 좋아하는 눈치다. 세라와 타쿠미와 함께 우리는 세라 방에서 그림을 그렸다. 세라는 곧잘 색연필을 야무지게 쥐고 그림을 그린다. 세라도 나처럼 그림을 잘 그린다. 색감도 좋은 편이다.

"타쿠미, 세라가 색감이 엄청 좋은 것 같지?"

"그러네. 리안을 닮아 그런 것 같아."

"타쿠미 아저씨, 세라 그림 잘 그리지?"

"그럼. 우리 세라 최고!"

세라는 타쿠미 얼굴에도 크레용으로 낙서를 한다. 타쿠미는 눈을 감고 가만히 캔버스가 되어준다. 세라가 까르르 웃는다.

"엄마 엄마, 타쿠미 아저씨 얼굴 봐? 잘 그렸지?"

"세라야, 얼굴에는 그리면 안 돼. 타쿠미 아저씨가 얼굴 지우기가 힘이 들잖아."

"헤헤, 그래도 자꾸 그리고 싶어. 타쿠미 아저씨 얼굴이 하얀색이라 스케치북 같아 헤헤. 아저씨 괜찮죠?"

"그럼. 세라 마음껏 그려."

세라는 깔깔거리며 타쿠미 얼굴을 엉망으로 만든다.

새엄마와 타쿠미가 교대로 세라 목욕을 시킨다. 새엄마는 잠옷을 갈아입혀 세라를 침대에 눕히고, 타쿠미는 휠체어에서 나를 안아 침대에 눕혀준다. 나도 세라처럼 아이가 된 기분이다.

세라랑 같이 침대에 누울 때 나만 느끼는 세라 특유의 체취가 나는 좋다. 세라에게는 체리향이 난다. 타쿠미도 세라 옆에 누웠다.

"세라야, 너랑 이렇게 한 침대에 같이 누울 수 있어 엄마는 너무 행복해"

"엄마, 나도 좋아. 할머니, 할아버지도 좋지만, 나는 엄마가 더 좋아. 세라도 많이 행복해."

"세라는 아빠 생각은 나니?"

"아니. 기억이 잘 안 나. 엄마 나는 이제 타쿠미 아저씨가 우리 아빠면 좋겠어."

타쿠미는 침대에서 벌떡 일어나 세라를 안고 방에서 빙글빙글 돈다.

"세라, 나도 얼른 세라 데디, 아니 아빠가 되고 싶어. 세라 고마워."

외할머니와 엄마 말처럼 여자는 딸을 낳으면 더듬이가 하나 더 생긴다고 하더니, 나는 그 더듬이가 이제 겨우 생긴 것 같다. 더듬이가 세라의 일거수일투족을 감지한다. 세라가 기분이 좋은 날은 나도 이상하게 기분이 좋고, 세라가 어린이집에서 친구랑 다투어 기분이 나쁘면 나도 기분이 나쁘다. 신기하다.

'할머니, 엄마, 이런 것이 딸 가진 엄마의 촉이라고 했나요? 우리 세라가 먼 훗날 훌륭한 남자와 결혼하면 저에게도 열 개의 더듬이가 생기겠죠? 나의 더듬이, 땡큐.'

나는 세라에게 김미주 엄마처럼 질문놀이도 가르쳐 주었다.

"세라야, 엄마 이름은?

"표리안."

"세라는 엄마 뭐?"

"몽글이."

"아이고 잘하네."

나는 감격스러웠다.

"엄마는 세라 낳고 뭐가 생겼어?"

"더듬이."

"사람은 태어날 때 호주머니에 뭐가 들어있지?"

"돌멩이."

"세라 호주머니에는 돌멩이가 몇 개?

"세라는 빵 개."

세라는 영특해 금방 따라했다. 김미주 엄마와 하던 걸 그대로 나의 몽글이, 이제 일곱 살인 세라와 함께 할 수 있다는 사실에 나는 눈물이 났다.

나는 세라에게 김미주 엄마처럼 '어린 왕자'도 읽어주었다. 세라도 어린 왕자를 좋아한다. 나를 그대로 따라 한다. 제법이다.

"괜찮아. 양 한 마리만 그려줘."

"괜찮아. 양 한 마리만 그려줘."

"우와 이게 바로 내가 원하던 양이야. 근데 이 양은 풀을 많이 먹을까?"

"엄마, 이건 너무 길어. 그래도 세라는 다 할 수 있어. 세라는 똑똑하니까. 엄마, 타쿠미 아저씨, 세라가 한번 해볼게."

"우와, 이게 바로 내가 원하던 양이야. 근데 이 양은 풀을 많이 먹을까?"

"우와 우리 세라, 진짜 똑똑하구나. 이 긴 문장을 다 따라하네. 세라는 도대체 누구 닮아 이렇게 똑똑해?"

"음, 타쿠미 아저씨."

나는 세라의 대답에 빵 터졌다. 타쿠미는 그런 세라가 귀여워, 이제 볼을 꼬집는다.

"그럼, 엄마보다 타쿠미 아저씨가 더 똑똑한 거야?"

"아니 아니, 둘이 비슷해."

세라는 당황한 표정으로 급하게 대답한다. 나와 타쿠미는 한참을 웃었다.

"난 꽃을 위해 양에게 입마개를 해줄 거야."

"엄마, 양이 꽃을 먹어서, 입마개를 해주는 거야?"

세라의 이해력에 나와 타쿠미는 너무 놀라 입을 다물지 못했다.

"타쿠미, 우리 세라 혹시 천재?"

"그럴 수도. 세라 지니어스."

아무튼 감동이다. 그런 행복한 시간에 후딱 두 달이나 지났다.

요즘 세라의 최애 유튜브 채널은 샤이닝스타, 소피루비이다. 특히 샤이닝스타를 보면서 춤을 그대로 따라 하는 걸 가장 좋아한다. 새엄마도 세라에게 폰은 나처럼 하루에 한 시간만 허용한다. 세라는 약속을 잘 지킨다.

하반신 마비인 나를 도와주느라 타쿠미가 아침부터 저녁까지 바쁘다. 세라 목욕도 혼자 거의 다 시킨다.

"타쿠미 아저씨, 감사합니다."

"아이고 세라 공주님, 제가 영광입니다."

나는 오늘도 어김없이 나의 몽글이 엉덩이에 뽀뽀를 했다.

"엄마, 간지러워. 엄마 세라 샤이닝스타 보고 춤추고 싶어요."

세라는 샤이닝스타에 나오는 나라의 샤이닝스타 동영상을 가장 좋아한다. 세라는 제법 그대로 따라한다.

꿈길에 스친 멜로디
늘 간직했던 비밀을 열어
그대만의 샤이닝스타

신기하다. 나는 춤이 형편없기 때문이다. 세라는 노래도 곧잘 따라 부르며, 댄스는 수준급으로 잘 따라한다. 너무 귀엽고 사랑스럽다.

"우리 세라 나중에 걸그룹 해도 되겠네. 저번 크리스마스 날, 어린이집 무대에서도 우리 세라가 가장 잘 추더라."

아빠가 감탄을 한다.

"어머나, 우리 세라 너무 잘한다! 우와, 우리 세라 너무 이쁘다! 완전 공주님이네."

새엄마도 환성을 지른다. 아빠와 새엄마와 나와 타쿠미는 세라의 멋진 공연을 보고 연신 박수를 쳤다. 세라는 힘이 드는지 숨을 몰아쉰다.

"엄마 힘들어. 헤헤. 나 잘 추지?"

"그래. 너무 잘한다. 세라야 피곤하지 않니? 이제 자자."

"응 엄마. 나 내일은 머리도 예쁘게 묶어주고, 예쁜 원피스도 입혀줘. 내일 어린이집에서 로운이 생일잔치해요. 나는 이 세상에서 로운이가 제일 좋아."

"세라야, 엄마보다 로운이가 더 좋아?"

"음, 대답하기 싫은데. 음, 둘이 비슷해. 히히. 그럼 엄마는 타쿠미 아저씨와 세라 중에 누가 더 좋아?"

"엄만 우리 세라가 훨씬 좋지."

"거짓말하지 마. 나 엄마랑 타쿠미 아저씨 뽀뽀하는 거 봤어. 엄마 세라도 아빠가 갖고 싶어. 엄마가 타쿠미 아저씨와 빨리 결혼해. 그러면 타쿠미 아저씨가 세라 아빠 되는 거지? 둘이 결혼하면, 나도 로운이와 결혼할 거야."

"뭐라고? 세라 너 로운이랑 결혼하고 싶어서 엄마도 타쿠미 아저씨랑 결혼하라는 거야? 요 깍쟁이."

"아니. 나도 타쿠미 아저씨가 좋아서 그래."

세라는 타쿠미 품에 달려가 안긴다.

타쿠미는 좋아서 어쩔 줄 모른다.

"나도 우리 세라 많이 좋아해."

세라가 타쿠미 볼에 뽀뽀를 퍼붓는다. 너무 행복하다.

타쿠미는 지안이 언니 방을 쓴다. 우리는 아직 잠자리를 같이하지 않았다. 타쿠미도 나도 결혼을 하고, 외가에 있는 할머니 침대에서 첫날밤을 보내기로 약속했다. 아빠와 새엄마도 타쿠미와 빨리 결혼을 하라고 성화다.

1월 10일이다. 나의 인생에서 가장 잊고 싶은 날이다. 아니, 능력이 된다면 달력에서 아예 이날을 지우고 싶다.

새벽 다섯 시쯤 나는 눈을 떴다. 이상하게 세라 숨소리가 들리지 않는다. 창문으로 새어드는 어스름한 불빛에 세라 얼굴에 붉은 피가 묻어있는 것 같다.

"어머나! 세라 얼굴에 이게 뭐지?"

나는 겨우 몸을 움직여 세라 몸을 살짝 흔들어 봐도, 세라는 꿈쩍을 하지 않는다. 나는 순간 위기를 감지하고, 오로지 두 팔에 의존하여 데굴데굴 몸을 굴러 침대에서 쿵 바닥으로 떨어졌다. 하반신 마비인지라 몸을 혼자 움직이기가 너무 힘들었다.

온몸에 엄청난 고통을 느꼈지만, 지체할 여유가 없다. 형광등 스위치는 너무 높이 있어, 불도 켜지 못하고 나는 밖으로 우선 기어나갔다. 나는 방문을 세차게 밀어 겨우겨우 열고, 큰 소리로 아빠를 불렀다.

"아빠! 아빠!"

방음이 잘 되어 그런지 아무 기척이 없다. 답답하다.

"타쿠미! 타쿠미! 새엄마! 새엄마!"

아무리 불러도 묵묵부답이다. 너무 답답하다. 할 수없이 나는 아빠 방이 있는 거실을 향해 안간힘을 써서 엎드린 상태로 양팔로 버틴 채 있는 힘을 다해 조금씩 앞으로 기어 나갔다.

5초 걸릴 거리가 족히 5분은 걸린 것 같다. 하반신 마비가 너무너무 싫었다. 나는 거북이처럼 엉금엉금 기어 드디어 아빠 방문에 도착했다.

온몸에 땀이 비 오듯 한다.

아빠 방문을 사정없이 두들겼다.

"아빠! 새엄마! 우리 세라가 이상해요. 제발 문 좀 열어주세요."

1분쯤 계속해서 방문을 두들기자, 아빠와 새엄마, 타쿠미도 달려 나왔다.

"리안아, 무슨 일이니?"

나는 거실 바닥에서 땀으로 범벅이 된 몸을 벌벌 떨며 말했다. 타쿠미가 나를 안았다.

"아빠, 우리 세라가 죽은 것 같아요. 이상해요."

"뭐라고? 리안아 도대체 그게 무슨 말이니?"

아빠와 새엄마, 타쿠미가 세라에게 달려갔다. 나는 또 팔에 힘을 잔뜩 주고, 세라에게 엉금엉금 기어갔다.

아빠가 세라를 안아 들었다.

"여보, 119 빨리 불러요. 세라 몸이 아무래도 이상해. 코와 입술에 피범벅이야. 그리고 숨을 안 쉬어."

아빠 목소리도 떨린다. 새엄마가 급하게 119로 전화했다. 타쿠미도 어쩔 줄 몰라 우왕좌왕이다. 세라는 아무래도 이미 호흡이 멈춘 것 같다.

119가 와서 세라는 병원으로 급하게 옮겨졌다. 아빠와 새엄마가 119에 탑승했다. 타쿠미가 휠체어에 나를 앉혀 우리도 같이 급하게 병원으로 향했다.

세라의 코와 입 주변에는 덩어리 진 피와 엄청난 악취의 누런 액체가 줄줄 흐르다 말라 붙어있다. 세라는 심정지가 이미 왔다고 한다. 세라는 몇 번이나 심폐소생술을 시도했지만, 세라의 호흡은 결코 돌아오지 않는다.

나의 몽글이, 세라가 천국으로 가버렸다. 의사 선생님이 기어코 우리 세라에게 사망선고를 내렸다.

'이거 지금 거짓말이지? 어떻게 우리 세라가 죽는단 말이야? 거짓말이야. 내가 지금 꿈을 꾸는 거지?'

나는 도저히 세라의 죽음을 받아들일 수가 없다. 세라는 이제 겨우 일곱 살이다. 세라는 어제도 어린이집에 잘 다녀왔다. 나는 결국 졸도했다.

눈을 뜨니, 수액을 맞고 있다.

"타쿠미, 우리 세라는?"

"리안 깨어났구나. 아버님이 억울하다고, 사인을 밝히고 싶다고, 너 깨기만 기다리고 있어."

나도 아빠와 같은 생각이다. 몽글이. 그 작은 몸에 칼을 대는 건 안타깝지만, 이렇게 갑자기 세라가 죽는 건 도무지 이해가 되지 않는다. 우리는 세라의 부검을 요청했다. 나는 인간이 너무 슬프면 눈물조차 나오지 않는다는 사실을 경험했다.

세라의 장례식장이다. 영미와 에스더와 요한이가 달려왔다.

"도대체 이게 무슨 일이야?"

"너희들 어떻게 알고 왔니?"

"우리 초등 동기, 이진희가 여기 간호사잖아. 진희가 영미한테 전화했다더라."

"세라가 갑자기 왜 죽어?"

"누나 누나, 얼굴은 또 왜 이래요?"

나는 하나하나 다 설명했다.

"리안아, 세라 부검은 잘 신청했다."

에스더다.

"우리 세라 사인은 적어도 알아야 할 거 아니니? 이렇게 이상한 일이 우리 세라에게 왜 생겨? 세라야 세라야."

영미가 세라 영정 사진을 보며 가까이 가 펑펑 고꾸라져 운다. 에스더와 요한이도 펑펑 운다. 나도 넋을 놓고 처음으로 그 애들과 함께 소리 내어 펑펑 울었다. 우리는 두 시간이 넘게 목이 터져라 울었다.

다음날, 의사 선생님이 세라 혈액에서 놀랍게도 과량의 '바프린산(Baplin Acid)'이 발견되었다고 전한다.

"윤세라 환자, 일주일 후면 보다 정확한 결과가 나오겠지만, 우선 혈액에서 바프린산이 과량 검출되었다고 합니다."

그 말만 전하고 의사 선생님은 급한 호출을 받고 응급실로 달려가 버렸다.

"아빠 도대체 바프린산이 뭐예요? 우리 세라 몸에 바프린산이 왜 있는 거예요?"

새엄마가 말한다.

"리안아, 요즘 뉴스에서 매일 떠드는 바프린-V라고 있어. 바프린산은 성형외과에서 완전히 신의 선물이라고 떠들어대던 그 약품 이름과 비슷한 것 같아."

"새엄마, 이제 겨우 일곱 살인 우리 세라가 성형을 할 리도 없고, 도대체 바프린산이 어떻게 세라 몸에 들어갔을까요?"

"그러게 말이다. 이제 우리 세라를 볼 수 없다고 생각하니, 나는 다리에 힘이 갑자기…."

이제 새엄마가 졸도를 해버렸다. 아빠와 타쿠미가 새엄마를 응급실로 급히 옮겼다. 나는 이를 악물고 버텼다.

장례식장에 있는 영미와 에스더와 요한이에게 바프린산 결과를 전했다.

"도대체 이게 말이 되니? 세라가 이제 일곱 살인데. 성형할 때 쓰는 약 비슷한 게 왜 세라 몸에 있니?"

영미가 입에 거품을 문다.

"누나, 우리 동호회에 환경, 생화학 전공 석사와 박사가 수두룩해요. 제가 자료를 스캔해서 물어볼게요."

"리안아, 혹시 네가 코마 상태로 있을 때 지안이 언니가 플라스틱 뷰티가 하는 그 유튜브 하느라 몰래 세라 성형시킨 건 아닐까? 그 언니 성형 좋아하잖아."

항상 이성적이고 침착한 에스더가 말한다.

"에스더, 우리 세라 이제 일곱 살이야. 아무리 언니가 유튜브에 미쳐도 이제 일곱 살 조카를 성형시키겠니?"

"그건 리안이 네 말이 맞다. 미안, 내가 너무 흥분했구나. 우리 세라 오늘 화장하면 어디에 안치하기로 했니?"

"응. 우리 엄마 봉안당에 같이 안치할 거야. 다들 바쁠 텐데 너무 고맙다."

"고맙긴, 세라는 우리 조카이기도 해."

'세라야, 우리 몽글아. 이 엄마가 우리 아가 몸에 어떻게 바프린산이 들어갔는지 꼭 찾아낼게.'

시어머님과 시아버님도 오셨다.

"리안아 힘내라. 세라가 이렇게 빨리 하늘나라로 가게 될 줄은 우리도 정말 몰랐다. 영웅이도 그렇고, 요즘 인생이 너무 허망하다."

두 분도 끝내 눈물을 보인다.

언니와 형부가 도착했다. 나는 급하게 언니에게 물었다.

"언니, 우리 세라가 죽었어. 그런데 병원 측에서 우리 세라 몸에서 바프린산이 과량 발견되었대. 언니, 혹시 내가 코마로 병원에 있는 동안 우리 세라 언니가 병원에 데리고 가 성형수술 시킨 적 있어?

언니는 크게 당황했다.

"아, 아니. 세라가 그럴 리가 없어. 그럼 나는 이미 죽었게? 나는 성형, 시술 다 합쳐 100번도 넘게 했어."

"언니, 그게 아니고, 우리 세라가 언제 성형수술을 했다고 이런 엉터리 결과가 나와? 세라 몸에서 바프린산이 발견되었대."

"리안아, 세라가 성형수술 땜에 죽었대?"

갑자기 언니가 바닥으로 퍽 고꾸라진다. 형부가 놀라 의사를 부른다. 언니도 몸 상태가 심각하다는 검진결과가 나왔다.

나는 우선 타쿠미와 아빠와 함께 우리 세라 화장부터 하러 갔다. 세라는 꽃 모양이 새겨진 유골함에 담겨져, 집 근처에 있는 하늘공원에 안치했다. 다행히 엄마와 같은 백합실이다.

'우리 몽글아, 그래도 외할머니와 가까이 있어 이 엄마는 조금 안심이란다. 엄마, 우리 몽글이 잘 지켜주세요.'

언니도 그동안에 몇 번 쓰러졌다고 형부가 이야기한다.

1주일이 어떻게 지났는지 모른다. 병원에서 부검 결과가 나왔다고 드디어 연락이 왔다. 새엄마는 아직 병원에서 수액을 맞고 있고, 나와 타쿠미, 아빠가 달려갔다.

"사인은 과량의 바프린산 때문인 걸로 추정됩니다. 윤세라 환자가 28

개월 전에 D 성형외과에서 코 수술을 받은 기록이 있습니다. 아마 그때 바프린-V를 연령에 비해 다량 주입한 것 같습니다. 바프린-V는 미국에서 개발되어 처음엔 아주 각광을 받았지만, 지금은 바프린-V를 주입하여 성형한 부위가 모조리 괴사하는 문제점이 하나씩 발견되어, 미국에서조차 이 바프린-V를 몰래 수거하는 처지라고 합니다. 하지만 이 바프린-V를 만든 회사 파워가 워낙 강해 아직 문제점을 인정 안 한다고 합니다. 그래서 아직도 아집이 강한 우리나라 성형외과 의사들은 바프린-V를 고집합니다. 그 이유는 아직 바프린-V 부작용을 과학적으로 증명한 논문이나 연구 결과가 하나도 없기 때문이죠."

"다른 외국에서는 혹시 바프린-V 부작용을 연구하는 단체가 없을까요?"

타쿠미다.

"아마 암암리에 분명히 있을 겁니다. 바프린-V가 몸 안에 들어가면 처음엔 건강에 큰 위협이 없지만, 물과 반응하면서 바프린산이 미량씩 생깁니다. 이미 이쪽 연구로 명망이 높은 박사님들 말씀은, 바프린-V의 친수성이 너무 강해 세월이 흐르면 어느 순간 갑자기 몸 안에서 바프린산이 기하급수적으로 늘어나 폐를 녹여버리는 엄청난 위험이 수반된다고 하거든요. 우리 세라도 바프린산이 몸 안에서 과량 검출되고, 또 폐가 완전히 녹아버려 온전한 폐포 하나 발견할 수 없는 상태인 걸로 보아, 세라는 피부 괴사 쪽보다는 폐가 이미 다 녹아버려 호흡을 못 해 사망한 걸로 추정됩니다. 그래서 아마 밤새 세라가 엄청 고통을 느꼈을 겁니다."

세라는 어릴 때 천식도 있었다. 나는 세라에게 너무 미안해 휠체어에 바로 앉아있기도 힘들었다. 몸이 덜덜 떨렸다.

'우리 세라가 숨이 막혀 밤새 엄청나게 고통스러웠을 거라고요? 그런데 세상에 엄마라는 여자가 그것도 모르고 잠만 자다니, 이러고도 표리안 네가 엄마니? 세라야 미안해. 엄마가 진짜 미안해. 그동안 병원에 한 번이라도 데리고 갔으면, 이렇게 한순간에 허망하게 죽지도 않았을 텐데… 우리 세라 어떡해? 어떡해?'

나는 마비된 허벅지를 손톱으로 쥐어뜯었다. 아무 감각이 없다. 나는 감각이 없는 허벅지에 화가 더 났다. 화를 주체 못해 손톱으로 반대쪽 손등을 후벼 팠다. 드디어 피가 난다. 속이 좀 풀린다.

'이놈의 손등도 몸통도 나에겐 이제 다 필요 없어. 세라가 없는 마당에 뭐가 더 필요해? 표리안, 이놈의 몸통이나 손등도 오늘 다 쥐어뜯어 나도 이참에 이 세상에서 사라져버리자. 엄마, 할머니, 저는 세라 엄마도 아니에요. 저 가냘픈 세라가 숨도 못 쉬고 죽어가는데, 저는 돼지처럼 잠만 잤어요. 저는 더듬이가 하나도 없어요. 저는 엄마가 아니에요. 엉엉. 엄마가 아니라고요. 엉엉.'

나는 계속 손등을 미친 듯 쥐어뜯었다. 손등에 깊게 패인 상처에서 핏방울이 뚝뚝 바닥으로 떨어진다. 마구마구 다 부수어버리고 싶은 이상한 본능이 나를 세차게 흔든다. 나는 계속 손등을 더 후벼 팠다. 뭔가 시원하다. 핏방울이 바닥으로 줄줄 흐른다.

눈물로 범벅이 된 타쿠미가 기겁을 하며 말렸다.

"리안 이러지 마. 네가 이렇게 자해까지 하면 내 맘이 더 찢어질 것 같아. 제발 그만해. 리안, 세라 때문에 나도 엄청 힘들어. 나도 지금 얼마나 참고 있는지 몰라. 우리 세라도 리안이 이러는 모습 보면 하늘나라에서 더 슬퍼할 거야."

세라 얘기에 나는 정신을 차렸다.

"타쿠미 알겠어. 나 지금부터 세라에게 부끄러운 짓 절대 안 해. 타쿠미 너도 참지 마. 그냥 울어도 돼."

나와 타쿠미는 서로 끌어안고 펑펑 울었다. 나를 안아주고, 등을 토닥토닥 두들겨주는 타쿠미 덕분에 나는 겨우겨우 이성을 되찾았다. 타쿠미 눈에서도 나의 눈에서도 눈물이 그치질 않는다.

'세라야 이 엄마가 네 몸에 바프린산이 왜 있는지 꼭 밝혀낼게.'

타쿠미가 살며시 손을 잡아준다.

"리안, 우리가 정신을 바짝 차리자. 세라 죽음에 분명 억울한 게 있다면 우리가 꼭 밝히자. 나도 너도 지금 세라를 잃어 엄청 슬프지만, 슬픔은 잠시 미루자. 우리는 세라의 부모니까."

타쿠미 말에 나도 동감했다.

"타쿠미, 네 말이 맞아. 나도 이제 더 이상 슬픈 감정 따위로 소모할 여력이 없어. 우리 몽글이 이제 겨우 일곱 살이야. 내가 꼭 바프린-V 부작용을 어떻게든 증명할 거야. 그래야 앞으로 우리 세라 같은 억울한 죽음을 막을 수 있잖아. 이대로 가만있으면 우리나라 청소년 절반은 다 죽을 거야. 다들 기본적으로 쌍꺼풀 수술은 다 하는 세상이잖아. 그래서 빨리 원인을 밝혀야 돼. 나 되는대로 빨리 박민철 사장님을 만나야겠어."

나는 타쿠미와 아빠와 같이 우선 D 성형외과 원장을 찾아갔다. 원장 얼굴은 아직 뺀질뺀질하다.

"야 진 원장, 너 솔직하게 말해주라. 우리 손녀딸 강세라 알지?"

"알지, 민창아. 네 손녀 세라를 우리 병원에서 내가 2년 전인가 3년 전에 코 수술했잖아. 아 3년 전, 2020년에 했어. 수술 끝난 그 주 토요일에 우리 딸 결혼식이 있어 정확하게 기억해."

"뭐라고? 그게 무슨 말이야? 3년 전이면 세라가 겨우 네 살인데. 그 어린 우리 세라에게 네가 코 성형을 했다고?"

"응. 미미 님이 데리고 와 사정사정해서 나도 어쩔 수 없었어. 세라는 코만 살짝 손봤지. 민창아, 네 손녀라 내가 특별히 그 귀한 바프린-V를 10mL나 주입했지."

"원장님, 그 어린 세라에게 왜 성형수술을 하셨어요?"

"그야 미미 님이 하도 졸라 했죠. 나도 어린 세라를 성형하고 싶었겠어요? 구독자 수랑 조회수 늘린다고 미미 님이 제발 해달라고 졸라 어쩔 수 없었죠."

"지금 우리 세라가 죽었어요. 병원에서 바프린-V 부작용이래요."

"네? 세라가 죽었다고요? 진짜예요?"

"진 원장, 우리가 여기까지 뭐 하러 이렇게 우르르 몰려왔겠나? 자네라도 양심선언을 해줘."

"아니. 무슨 양심선언? 바프린-V는 아무 문제도 없어. 오히려 수술 부위를 빨리 낫게 해주는 명약이야. 미국 대학 논문에 바프린-V 연구 결과가 다 수록되어있어. 그 엄격한 미국에서도 다 바프린-V를 쓰고 있어. 나도 의사야. 바프린-V는 값이 비싸 동네 성형외과는 엄두도 못 내는 약이야."

"대학병원에서 우리 세라가 바프린-V 부작용으로 죽었다고 하잖아. 지금."

"민창아, 너도 의사면서 왜 그래? 아무것도 입증된 게 없잖아. 괜한 사람 잡지 마라. 하루에도 우리 병원에서 바프린-V로 성형하는 환자가 100명이 넘어. 그럼 그 환자들이 다 죽어야 하는 거잖아. 근데 아무도 안 죽었잖아."

"야 진 원장, 우리 세라도 지금 3년 되었잖아. 3년 동안 몸 안에서 이상한 반응이 분명 일어나겠지."

진 원장은 마이동풍이다.

"원장님, 우선 제 차트랑 우리 세라 차트 좀 주세요."

"왜요? 그걸로 신고하려고요? 아 신고하세요. 윤 간호사, 진료기록 다 스캔해줘요. 참나, 바빠 죽겠는데, 되지도 않는 바프린-V 부작용 들먹이며 이거 왜 이래? 표민창, 너도 이제 그만 나가줘라. 나 곧 수술 있어."

나는 휠체어를 끌고 가 진 원장 얼굴에 주먹을 날렸다. 당황한 진원장도 나에게 빰을 갈기려고 했으나, 아빠와 타쿠미가 제압했다.

윤 간호사가 스캔한 진료기록을 가지고, 우리는 시끌시끌한 병원을 빠져나왔다.

"세라 코 수술할 때 진 원장 저 새끼가 바프린-V를 10mL나 주입했구나. 그런데 우리가 항상 세라랑 함께 있었는데, 도대체 언제 성형을 했지? 리안아 다행이다. 너는 여기에서 얼굴 재건술 할 때 바프린-V를 1mL도 넣지 않았단다."

아빠가 진료기록을 보며 흥분했다.

"원장이 왜 저에겐 바프린-V를 주입하지 않았을까요?"

"참, 지안이도 큰일이네. 걔는 주기적으로 여기서 성형을 하잖아. 바프린-V를 좀 맞았겠니?"

타쿠미가 플라스틱 뷰티에서 세라의 동영상과 나의 동영상을 찾아냈다. 세라와 내가 수술하는 전 과정이 동영상으로 모두 올려져있다. 조회수가 어마어마하다.

'세상에 언니는 무슨 정신으로 우리 세라 얼굴을 성형한 거야? 제정신이야? 나는 코마라 아무것도 몰랐지만, 아빠랑 새엄마도 모르게 이런 미친 짓을 한 거야? 진 원장 말처럼 친조카 성형으로 조회수와 구독자 수를 올리려고 이런 짓을 한 거야? 그리고 내 얼굴도 그놈의 조회수와 구독자 수 늘린다고 이렇게 망쳐놓았어? 언니 나는 이 얼굴이 너무 싫어. 남들은 미인이 되었다고 좋겠다고 떠들어대지만, 나는 매일매일 내 얼굴이 그리워 미치겠어. 언니는 세라와 나를 같이 죽인 거야. 알겠어?'

나는 언니를 당장 죽이고 싶었다. 그리고 꼭 바프린-V 부작용을 증명하고 싶었다.

아빠 집으로 온 나는 무의식적으로 세라를 불렀다.

"세라야. 엄마 왔어."

대답이 없다. 맞다. 세라는 이제 이 지구상 어디에도 없다. 나는 방문을 걸어 잠그고 울었다. 밤새 울었다. 목에서 피가 나온다. 그래도 울었다.

다음날 나는 타쿠미와 함께 병원에 입원해있는 언니를 찾아갔다. 언니는 무릎을 꿇고 싹싹 빌었다.

"언니도 조심해야 해. 바프린-V가 성형 부위를 다 괴사하게 만든대. 그보다 더 위험한 건 폐가 다 망가진다고 하더라. 우리 세라를 죽게 한 언니를 지금 당장 죽여버리고 싶지만, 우선 언니가 살아있어야 내가 원망을 하든 뺨을 한 대 갈기든 할 거 아니야. 나 언니에게 한 가지 질문이 있어. 진 원장이 왜 나한테는 바프린-V를 한 방울도 안 쓴 거야?"

"리안아, 4년 전인가 네가 영웅이랑 이혼 안 하려고 진 원장 성형외과 병동에 입원했잖아. 하지만 수술 당일, 네가 원장 허락도 없이 갑자기 수술을 안 하겠다고 수술실을 뒤집어놓는 바람에 병원이 발칵 뒤집어졌지. 그 괘씸죄로 원장이 농담으로 비싼 바프린-V는 너한테는 한 방울도 줄 수 없다고 나에게 지껄이더니, 원장이 진짜 안 썼구나. 리안아, 너라도 정말 다행이다. 그런데 리안아, 뉴스에서 아직 바프린-V 부작용이 있다고 보도된 것이 하나도 없어. 그래서 내 몸도 바프린-V가 원인이 아니고, 다른 곳에 문제가 있나 확인하려고, 병원에서도 계속 다른 검사를 하는 중이야."

"언니 우리 세라가 죽었는데, 언니는 혼자 살아보려고 계속 병원에서 검사를 한다고? 소름이 끼친다. 언니 잘 들어. 내가 꼭 바프린-V 부작용을 증명할 거야. 우리 세라 억울한 죽음은 내가 꼭 풀어줄 거야. 알겠어? 그러니 언니는 백 년이고 천 년이고 꼭 살아서 우리 세라에게 매일매일 미안하다고 빌고 또 빌어 흑흑. 그리고 언니가 귀한 신장을 1초의 망설임도 없이 나에게 제공해 목숨을 건진 사실이 너무 고마워 그동안은 한 번도 표현 못 했어. 하지만, 오늘은 도저히 참아지질 않아. 언니 내 얼굴도 원래 상태로 돌려놔. 나 이 얼굴 정말 싫어! 싫다구! 흑흑."

"리안아, 진짜 진짜 미안해. 이 언니가 어떻게 하면 되겠니? 세라야, 이모가 진짜 진짜 미안해."

지안이 언니가 눈물을 뚝뚝 흘린다. 내 맘이 약해진다.

"리안, 나도 적극 도울게."

타쿠미다.

"앞으로 난 언니 얼굴은 당분간 보지 못하겠어요. 형부도 이해해주세요."

"처제, 정말 미안해요. 우리 부모님도 이 사실을 알고 지안이에게 엄청 면박을 주었어요."

형부도 고개를 푹 숙인다.

나는 에코 뮤즈의 박민철 사장님에게 당장 전화를 걸어, 대충 세라의 사인을 설명하고 당장 여수로 올 수 있는지 물었다.

"사장님 죄송하지만, 제가 교통사고를 당해 휠체어를 타고 있어요. 그래서 사장님이 힘드시겠지만, 여수로 내려오실 수 있겠어요?"

"물론이죠."

박민철 사장님은 종로구 누하동에 있는 환경운동연합에서 자원봉사를 하고 있다가 전화를 받았다고 한다. 당장 출발 가능하다고 한다. 고맙다.

"리안, 너 아직 밥을 한 끼도 먹지 않았잖아. 우선 좀 쉬고 사람들을 만나면 안 될까?"

"타쿠미, 나 지금 세라 생각에 물 한 방울도 안 넘어가."

"그러면 안 돼. 네가 밥을 챙겨 먹고 힘을 차려야 우리 세라도 천국에서 좋아할 거야."

"타쿠미 고마워. 하지만 한시라도 빨리 이 일을 해결해야 우리 몽글이 같은 피해자를 조금이라도 줄일 거잖아."

"그건 그러네. 그럼 빨리 박민철 사장님을 만나자."

나는 박민철 사장님을 만나 바프린-V 부작용과 세라의 죽음을 다 이야기했다.

"리안 씨, 얼굴은 왜 그래요?"

나는 교통사고와 얼굴 재건술도 설명했다.

"그랬군요. 저는 처음에 리안 씨가 아닌 줄 알고 깜짝 놀랐어요. 저도 벌써 외신을 통해 이 사실을 조금 알고 있어요. 그래서 지금 당장 전 세계에 있는 제 친구와 제자들에게 바프린-V 부작용 논문을 부탁할게요. 아마 얼마 지나지 않아 새 소식들이 들어올 거예요. 리안 씨, 우리에게 필요한 건 시간이에요. 그러니 이제 안심하고 좀 쉬세요."

"사장님, 지금 우리 미술학원에 같이 가, 더 많은 분들에게 이메일로 제발 바프린-V 부작용을 증명해달라고 부탁해봐요. 사장님 친구와 제자들만으로는 부족해요."

"알겠어요. 리안 씨 빨리 가요."

나는 에스더와 요한이도 불렀다. 우리는 이틀 밤낮을 꼬박, 전 세계에 있는 환경과학 석학이나 바프린-V 부작용을 증명할 만한 유수 대학 교수들에게 세라의 죽음에 관한 진료기록을 첨부한 메일을 보냈다. 보낸 메일은 합쳐서 2,000통이 넘는다.

"박민철 사장님, 저 그리고 한시라도 빨리 에코 뮤즈도 다시 열어 이 지구를 꼭 살리고 싶어요. 저 할아버지가 남긴 유산이 많아요."

"리안 씨 정말이에요? 그럼 제가 바로 우리 에코 뮤즈에 근무했던, 우리 명석하고 똑똑한 직원 분들을 빠른 시간 안에 다 콜할게요. 다들 에코 뮤즈가 다시 오픈하기를 학수고대하고 있어요. 우리 회사에 인재가 좀 많았어요? 우리 리안 씨가 결국 나와 한 약속을 지키네요. 감사합니다. 제가 매일매일 기도했어요. 지금 바로 시작합시다."

모든 일을 끝낸 후, 박민철 사장님과 에스더와 요한이는 내가 건넨 봉투로 식사를 하러 갔다. 나는 박민철 사장님을 당분간 여수 호텔에 지내게 하였다.

나는 타쿠미와 일단 집으로 왔다. 병원에 입원한 새엄마도 걱정이 되었기 때문이다. 새엄마는 다행히 퇴원해 집에 있었다.

"리안아, 나는 세라 없이 이제 못 산다. 나는 지금이라도 지안이를 찾아가 죽이고 싶어. 리안아, 너는 어떻게 참고 있니?"

"새엄마, 저도 똑같은 마음이에요. 하지만 새엄마, 지금은 우리 세라 억울한 죽음을 증명하는 일이 우선이에요. 그래서 제가 정신을 똑바로 차려야 해요. 새엄마도 힘드시겠지만 밥도 꼬박꼬박 챙겨 드시고, 우리 세라 말고 다른 아이들도 앞으로 이런 피해가 없도록 힘을 보태주세요."

"리안이는 볼수록 신기해. 엄청 나약해 보이다 이럴 때는 또 에너지가 대단해. 알았어. 새싹같이 파릇파릇한 아이들이 또 우리 세라처럼 억울한 죽음을 당하게 할 수 없지. 리안아, 나도 도울 게 있으면 말해줘."

"네. 새엄마."

밤 11시가 넘었다.

도우미 아주머니도 퇴근하시고, 새엄마와 아빠와 타쿠미와 나는 식사 준비할 여력이 없어 집 근처 감자탕 집에 가 밥을 꾸역꾸역 억지로 밀어 넣었다.

억지로 밥을 먹은 것이 화근이다. 나는 집에 와 화장실에서 먹은 음식을 다 게워 내었다. 음식이 줄줄 끝도 없이 쏟아져 나왔다. 타쿠미가 화장실 밖에서 걱정이 되어 노크를 계속했다.

아빠와 새엄마 앞에서 나는 일부러 명랑한 척 떠들었으나, 나의 이 깊은 슬픔은 평생 치유가 되지 않는 슬픔일 것이다.

'우리 몽글이가 먼저 하늘나라로 떠났는데, 어떻게 이 엄마가 밥을 먹었을까? 세라야 미안해. 세라야, 그리고 너무 보고 싶어. 엉엉.'

생각보다 나는 너무 힘이 들었다.

세라 방에 들어온 나는 그토록 솟아나던 전투욕은 어디론가 도망가 버리고 허탈감만 가슴에 가득하다. 갑자기 호흡하는 것도 힘에 부친다. 나는 아빠와 새엄마, 타쿠미에게 혼자만 있게 해달라고 했다. 일주일의 시간을 달라고 부탁했다. 세라 방에서 나 혼자 일주일을 머물렀다.

'표리안, 이제 서른다섯에 나의 유일한 핏줄인 세라도 곁에 없는 불쌍한 신세가 되어버렸구나. 거기에다 하반신 마비로 내 몸 하나도 버거워 평생 겨우겨우 남의 도움을 받아야 살아갈 수 있는 처량한 신세가 되어버렸어. 엄마 나 이래도 계속 살아가야 하나요?'

나는 완전히 무너져 버렸다. 바프린-V 부작용 증명도, 에코 뮤즈도 지금 나에겐 아무 의미가 없다. 거의 물만 마셨다.

아빠와 새엄마는 기다려 주었다. 타쿠미도 조용히 기다려 주었다. 나는 다시 한 달을 더 세라 방에 혼자 머물렀다. 그저 눈물만 계속 흐른다. 해골이 되어간다.

타쿠미가 노크했다.

"리안, 문 좀 열어줄래?"

나는 문을 열어 타쿠미를 들어오게 했다.

"타쿠미 미안해. 이러고 싶지 않은데, 나도 나를 잘 모르겠어. 그냥 이제 살고 싶지 않아."

"리안, 네 마음 전부는 아니더라도 조금은 이해해. 켄토를 먼저 보냈을 때 나도 지금 너랑 똑같았어."

"그럼 타쿠미는 그때 어떻게 이겨냈어?"

"φτωρυτ가 나타나 도와주었어."

"뭐라고?"

타쿠미는 방문을 걸었다.

"잠깐 기다려. 리안, 나에게 특효약이 있어. φτωρυτ! φτωρυτ! φτωρυτ!"

섬광이 번쩍하더니. 등에 하늘색 통을 짊어진 윤복이가 나타났다.

"타쿠미, 너도 윤복이 부를 수 있어? 윤복아 엉엉. 세라가 하늘나라로 떠났어. 엉엉."

"리안, 너도 φτωρυτ를 알아?"

윤복이는 휠체어 위로 점프를 해 내 품에 안겼다. 감촉이 마치 세라 같다. 오랜만에 느끼는 평안이다. 눈물은 계속 흐르지만 마음이 고요해진다.

"리안 ɤ 울지 마 ɤ 너 지금 죽고 싶지 ɤ 하지만 우리 세라가 하늘나라에서 바라는 건 이건 절대 아니야 ɤ"

"알아. 이제 나도 세라를 생각해서 일어날 거야. 어젯밤에 엄마랑 세라가 같이 행복하게 꽃밭에 있는 꿈을 꾸었어. 세라가 말했어. 엄마가 행복해야 세라도 행복하다고. 우리 세라 말이 맞아. 내가 행복해야 우리 세라도 행복하지. 그래서 나 이제 밥도 많이 먹고 씩씩해질 거야. 그리고 용감한 직진 리안으로 돌아갈 거야. 그러니 윤복이도 걱정 뚝! 윤복아 등에 짊어진 건 뭐야?"

"이거 산소통이야 ɤ 나 지금까지 뉴질랜드에 있었어 ɤ 뉴질랜드는 공기가 맑아 산소통이 필요 없지만, 한국은 이제 공기가 많이 오염돼 산소통을 달고 다녀야 돼 ɤ"

"윤복아, 타쿠미도 알아?"

"그럼 ɤ 켄토가 하늘나라로 갔을 때, 그리고 조이 엄마가 돌아가셨을 때 우리 두 번이나 만났지 ɤ 타쿠미 보고 싶었어."

"응 나도 우리 *φτωρυτ* 많이 보고 싶었어. 우리 엄마 돌아가셨을 때랑 켄토를 잃었을 때 우리 *φτωρυτ*가 많이 위로해 주었지. 오늘은 리안 때문에 불렀어."

윤복이가 타쿠미에겐 *φτωρυτ*로 불린다.

"타쿠미는 저 말이 들려?

"응. 나는 그대로 따라할 수 있어."

윤복이 몸에서 푸르스름한 빛이 나와 내 온몸을 에워쌌다. 나의 심장이 먼저 안정을 찾는다. 마음도 다시 더 고요해진다.

"타쿠미, 신기하게 이제 힘이 나. 윤복아, 나는 세라 죽음이 너무너무 억울해. 그래서 바프린-V 부작용을 증명하려고 하는데, 혹시 윤복이 너는 아는 정보가 없을까?"

신기하게도 나는 다시 직진 리안으로 돌아갔다.

"우리 행성에도 새 광물을 먹은 후 2년이 지날 무렵, 우리 종족의 95%나 사망했어 ɣ 다들 폐가 녹아 사망했어 ɣ 우리 종족이 이온음료를 마시려면 광물질이 많이 필요해 ɣ 우리 캡틴이 새로 발견한 광물질 속에, 지금 화제가 되고 있는 그 바프린산이 미량 들어있다고 분명 아빠, 엄마에게 들었어 ɣ 얼마 전에 뉴질랜드, 스웨덴, 스위스, 캐나다, 노르웨이, 북극 등에 살아남은 우리 종족 50명 정도가 뉴질랜드 오클랜드 에덴 산에 모여 회의를 했어 ɣ 다들 바프린산이 원인이라고 결론을 냈어 ɣ 나머지 살아남은 종족들은 다른 행성에 있나 봐 ɣ 가끔 지구로 신호가 오긴 와 ɣ 그런데 지금 지구도 바프린-V 때문에 이 난리가 났잖아 ɣ 물론 은폐하려는 지구 세력도 많은 것 같지만 ɣ 폐가 녹아내려 사망하는 것이 우리 종족이나 지구인이나 똑같아 ɣ 지구에서도 빨리 원인을 밝혀야 우리 종족처럼 멸종하지 않을 거야 ɣ 지구인들은 성형수술은 도대체 왜 하는 거야 ɣ 그것만 안 해도 바프린산에 노출될 이유는 없잖아 ɣ"

"윤복아, 나는 바프린-V 부작용을 꼭 찾아내 더 이상 우리 세라 같은 억울한 죽음은 지구상에 없게 만들 거야."

"*φτωρυτ* 나도 이번에 리안과 박민철 사장님께 처음 들었는데, 미세 플라스틱으로 인한 지구 공기 오염과 수질오염도 무척 걱정이 돼."

"리안, 타쿠미, 맞아. 너희 지구도 미세플라스틱과 여러 원인으로 공기가 점점 오염되고 있어 ɣ 그러면 살아남은 우리 종족은 또 다른 행성을 찾아 떠나야 돼 ɤ 살아남은 우리 종족은 그동안 정든 지구인도 많아 다들 지구를 떠나기 싫대 ɤ 그래서 이제부터라도 지구인들이 각성을 하고 이 지구를 깨끗하게 유지해야 해 ɤ 그러지 않으면 너희 지구인들도 모두 산소마스크를 써야 하는 세상이 오고 말 거야 ɤ 꼭 명심해 ɤ 우리도 노력할 테니까, 너희들도 노력해줘 ɤ 나 이제 여기 한국 공기가 좋지 않아 한국에 오래 머물 수도 없어 ɤ 이제부터 나는 계속 오클랜드에 머물 거야 ɤ 산소통도 이제 나에겐 무거워 ɤ 내가 보고 싶으면 이제 너희들이 오클랜드에 와 ɤ 지금처럼 세 번만 불러 ɤ 알겠지 ɤ 나도 이제 700살이 넘어 ɤ 우리 행성에는 원래 슬픔 담당 수호신이 열 명이 넘었는데, 이제 나까지 합쳐 겨우 세 명 남았어 ɤ 지구인들이 가슴이 찢어질 정도로 슬퍼해도 내가 너무 노쇠해서 빨리 못 가봐 ɤ 그래서 내 맘도 많이 아파 ɤ 리안, 타쿠미, 하루바삐 지구가 깨끗해져서 나도 새로운 기운을 받아 예전처럼 왕성한 활동을 하고 싶어 ɤ"

윤복이 이야기를 듣고 나니, 마음이 더 심란하다.

"윤복아, 너에게 받은 이 힘으로 내가 이제 씩씩하게 다시 일어나 빨리 바프린-V 부작용도 밝혀내고, 또 에코 뮤즈라는 친환경 생분해 플라스틱 회사도 오픈할 거야. 너도 찬성이지?"

"아주 좋지 ɤ 리안아, 너에게 에너지를 쏟다보니, 나 지금 몹시 목이 말라 ɤ 리안아, 나 이온음료 하나 사줘 ɤ 지구인들에게 유일하게 부러운 게 바로 이 이온음료야 ɤ 돈만 주면 나트륨, 칼슘, 칼륨, 마그네슘이 이렇게나 풍부한 음료를 마음대로 마실 수 있잖아 ɤ 우리 종족은 이온을 먹기 위해 얼마나 힘이 드는지 몰라 ɤ 광물을 파고, 그 광물을 다시 갈아 가루를 물에 녹여 6개월은 있어야 겨우 이온음료를 마실 수 있어 ɤ 그런데 지구인들은 이렇게 간편하게 이온음료를 마실 수 있잖아 ɤ 진짜 부럽다 ɤ"

타쿠미가 이온음료를 한 박스 사 왔다. 윤복이는 이온음료를 벌컥벌컥 마시고 오클랜드로 떠났다.

“타쿠미, 리안이와 결혼식은 오클랜드에서 꼭 해라 알겠지 ɤ”

“φτωρυτ 고마워. 하지만 나도 리안도 지금은 억울하게 하늘나라로 먼저 간 우리 세라의 바프린-V 부작용 증명이 더 시급해.”

한 달 만에 세라 방에서 밖으로 나온 나를 보고, 아빠와 새엄마는 안도의 한숨을 쉬었다. 새엄마와 긴 이야기를 나누었다.

“리안아, 영숙 씨가 몇 년 전에 나에게 그러더라. 그 말이 너무 큰 위안이 됐어. 세라가 하늘나라로 떠난 후 네가 너무 힘들어해, 언젠가 너에게도 이 얘기를 꼭 해주고 싶었어. 영숙 씨는 결혼하고 딱 한 달 만에 남편이 고속버스 운전하다 10중 추돌사고로 하늘나라로 가버렸대. 남편을 너무 사랑해 지금도 아니, 평생 재혼은 꿈도 꾸지 않는다고 해.”

영숙 씨는 우리 집 도우미 아주머니이다.

“리안아, 영숙 씨가 눈물까지 흘리며 그래도 나는 시우와 같이 1년을 살아보지 않았냐며 부러워하더라. 처음엔 부럽다는 영숙 씨 말에 나는 화가 많이 났어. 자식을 잃은 남의 불행에 뭐 이런 얘기를 하는 여자가 다 있을까 싶었지. 영숙 씨는 나에게 그래도 사모님은 시우를 안고 만지고 했던 1년의 추억과 시우를 뱃속에 품고 있던 세월이 항상 머릿속에 추억으로 남아있어 너무 부럽다고 울기까지 하더라.”

“아주머니가 울었다고요?”

“그래, 리안아. 그래서 나는 영숙 씨 말을 며칠 동안 곱씹어 생각해 보았어. 나는 우리 아들 시우를 눈으로 보고, 품에 안고, 손으로 만지고 했던 추억과 우리 시우 태동도 느끼고 했던 세월이 있었구나. 아 영숙 씨 말이 맞구나. 영숙 씨는 평생 가지지 못하는 감정을 한 번이라도 느껴본 내가 그나마 낫구나…. 리안아, 그래서 말인데, 너도나도 영숙 씨보다 조금 낫다고 생각하면 안 될까? 왜냐면 우리는 세라와 일곱 살까지 같이 나눈 추억이 가슴에 이렇게 남아있잖아…. 물론 자식과 평생 오래오래 같이 살면 그것보다 더한 행복은 없겠지만…."

새엄마는 또 울었다. 나도 같이 울었다. 이상하게 새엄마의 얘기가 나에게 큰 위로가 되었다. 타쿠미는 계절학기 강의 때문에 할 수 없이 도쿄로 떠나고, 겨울방학을 맞이한 영미와 에스더가 나의 근황이 걱정되어 집으로 왔다. 고맙다. 둘 다 비혼주의다.

나는 요즘 아빠와 새엄마와 함께 신경정신과에도 같이 다닌다. 정신과 치료를 받아 그런지, 세라가 떠난 날보다 마음의 안정을 많이 되찾아 간다.

"참 영미야, 영웅이가 그렇게 되어서 정말 미안해. 세라 장례식 때는 경황이 없어 말도 못 했어."

"아니야. 우리 엄마 아빠는 네가 이렇게 된 걸 더 마음 아파해. 영웅이 그렇게 되고 할아버지도 시름시름 앓다 돌아가셨어. 옛날 분들은 장손을 끔찍이 아끼잖아."

"할아버지께도 죄송해."

"리안아, 그러지 마. 우리 가족이 너에게 죄를 지은 거야."

"아버님, 어머님, 영미 네가 결혼을 말렸을 때 내가 조금이라도 귀를 열고 들었어야 했어. 에스더, 너는 교사 생활이 어때?"

"나는 아직도 임용이 되지 않아 기간제로 근무하고 있어. 공립은 그나마 근무할 만해. 하지만 사립은 잘못 만나면 하루하루가 지옥이야. 이번

사립은 행정실장이 완전 정신병자야. 지가 이사장 행세를 해. 내년에 우리 기간제 교사를 자르니 마니, 혼자 쇼를 하고 자빠졌어. 그리고 완전 안하무인으로 우리에게 욕설도 예사로 해. 더러워서 임용에 합격해야 하는데, 그게 맘 같지 않아 벌써 자존심은 쓰레기통에 구겨 넣은 지 오래야. 이제 난 임용고시도 포기했어. 뜬구름 같은 희망고문은 지긋지긋해. 아이고 이놈의 학교, 밥줄 땜에 그만두지도 못해. 리안아, 그냥 이렇게 죽지 못해 하루하루 버티고 있어. 지금 나는 고3 담임인데, 아이들 수능이 끝났다고 다들 쌍꺼풀 수술과 코를 세우느라 붕대를 칭칭 감고 등교하는 경우가 많아. 그래서 바프린-V 부작용이 나도 몹시 걱정돼. 그리고 우리나라 고3은 정말 안됐어. 그렇게 골을 싸매고 대학을 가도 또 넘을 산이 첩첩 산중이야. 취업을 하려면 학력 스펙에 외국어 스펙에 이제 외모 스펙까지 강요받는 대한민국이야."

"에스더 말이 맞아. 우리나라는 다름을 인정하지 않아. 모두 똑같은 명문대에, 똑같은 어학연수에, 이제 똑같은 공장에서 찍어낸 눈, 코, 입을 원해. 뭔가 분명 잘못된 세상이야. 세상이 빨리 달라져야 아이들 자살도 막을 수 있다고 봐. 나도 중3 담임인데, 우리 반 25명 중 절반이 쌍꺼풀 수술을 해 눈이 퉁퉁 부어있어. 에스더 말처럼 나도 바프린-V 부작용이 자꾸 떠올라."

"두 사람 말이 맞아. 지금 전 세계에서 인재들이 연구를 하고 있어. 조만간 연락이 올 거야. 우리가 세계 석학들에게 이메일을 2,000통이나 돌렸잖아. 그리고 박민철 사장님이 아는 유명한 분들도 많으니까. 조금만 기다리면 좋은 소식이 올 거야. 나는 새벽에 눈만 뜨면 매일 기도해. 좋은 소식이 반드시 오게 해달라고."

"응 반드시 올 거야. 사실 이메일 답장이 나도 너무 궁금해."

영미도 에스더도 세라를 위해 매일 기도한다고 한다.

"저번에 말한 에코 뮤즈는 어떻게 되어가니? 나와 요한이는 꼭 에코 뮤즈에서 근무하고 싶어. 미세 플라스틱의 위험성을 세상에 알리고, 우리 인류가 반드시 친환경 생분해 플라스틱 용기를 써야 하는 이유도 널리 알려야 해. 우리 모두 지금부터 반드시 친환경 생분해 플라스틱 용기를 반드시 써야 해."

"나는 에스더와 리안이가 하는 말이 어려워 이해가 잘 안돼."

영미다. 에스더가 천천히 영미에게 풀어 설명했다.

"아 그렇구나. 그래서 우리가 플라스틱 대신 친환경 생분해 플라스틱 용기를 써야 하는구나. 그리고 그 친환경 생분해 플라스틱 용기를 만드는 곳이 에코 뮤즈 회사구나."

"역시 우리 우등생 영미는 바로 이해하는구나."

"영미야 맞아. 지금 박민철 사장님이 젊은 인재들과 우리 미술학원에서 기초 작업을 아주 열심히 하고 있어. 자본금은 우리 할아버지 빌딩을 매각한 돈으로 충분하다고 봐. 에코 뮤즈를 오픈하면 에스더, 너와 요한이도 꼭 도와줬으면 좋겠어."

"당연하지. 나 목숨 걸고 근무할게."

"알겠어. 우리 같이 지구를 한번 살려보자."

"나도 도울 일이 있으면 얘기해줘."

"그럼 영미, 너에게도 꼭 부탁할게."

에스더 표정이 갑자기 어둡다.

"리안아, 타쿠미 인상이 참 좋더라. 우리 요한이도 타쿠미에겐 너 양보할 수 있다고 하더라. 후후, 요한이가 꽤 오랫동안 너 좋아했잖아. 나는 사실 비혼주의가 자의가 아닌 타의야. 일종의 가족애라고 할까? 요즘 부모님 민박집이 잘 안돼. 주변에 근사한 펜션도 많이 생기고 리모델링한 민박집이 많아, 우리 방풍민박은 거의 구석기 시대라 젊은 사람들이 오지 않아. 그래서 요즘 들어 부모님 생활이 많이 힘들어. 나랑 요한이가 월 300만 원씩을 보내주고 있지만 우리 집 동생들이 좀 많니? 막내 이삭이가 이제 겨우 초등학교 6학년이야. 휴우, 언제 다들 독립할지 기약이 없단다."

나는 에스더에게 미안했다.

"에스더 미안해. 나는 나 사는 걸로도 벅차 네가 이런 이유로 비혼주의인 줄도 까맣게 몰랐단다. 그래도 오늘 이렇게 속 이야기를 해주니까 고마워."

영미도 한숨을 쉬며 얘기를 꺼낸다.

"나는 에스더랑 자주 보니까 다 알고 있었어. 나도 에스더와 같은 처지야. 나도 타의적 비혼주의야. 리안아, 요즘 우리 집도 할머니가 요양병원에 계셔. 할머니 한 달 병원비만 최소 130만 원이 들어. 아빠도 요즘 신장이 좋지 않아 작년에 명퇴하셨어. 아빠 연금으로 월 340만 원쯤 받으면, 할머니 병원비 내고 200만 원으로 생활하셔야 해. 또 그 200만 원에서 아빠 병원비도 나가야 하니까, 두 분이 힘드신 모양이야. 그래서 나도 에스더처럼 매달 100만 원씩 엄마 통장으로 생활비를 보내드려. 그래서 결혼은 아예 꿈도 못 꾸고 있어. 물론 정말 사랑하는 남자를 만나 눈이 뒤집어지면 결혼을 할 수도 있겠지. 하지만 힘들게 시작하는 게, 이제 이 나이에 두려워…."

"나도 영미 맘이랑 같아. 지금이 그나마 좋아. 부모님에게 손 벌리지 않고 내가 장녀 노릇을 조금이라도 할 수 있으니까…."

에스더와 영미 이야기를 들으니, 한 번도 돈 걱정을 안 한 나의 풍족한 삶이 부끄러웠다. 그리고 마음을 터놓고 경제적으로 어려운 삶을 나에게 이렇게 내비치는 친구들이 있다는 사실에 감사했다. 나는 일부러 시간을 내어 나를 보러 와준 친구들에게 진심으로 고맙다는 인사를 했다.

에스더와 영미가 돌아간 후, 나는 삶에 조금 더 많은 감사와 의욕이 생겼다. 나는 타쿠미에게 전화했다. 친환경 생분해 플라스틱 제품 생산을 말했더니, 열렬하게 찬성이다.

"리안, 이렇게 힘을 내줘 너무 고마워."

타쿠미는 심지어 용기 디자인도 직접 해주겠다고 하고, 올리비아 누나에게도 조언을 구하겠다고 한다. 아빠와 새엄마도 협조적이다.

아빠와 새엄마도 적극적인 나의 모습을 보고, 점차 안정을 찾았다.

벌써 여름방학이다.

보고 싶은 타쿠미가 왔다.

아빠와 새엄마가 결혼을 하라고 극성이다.

하지만 지금 우리는 결혼보다 에코 뮤즈 오픈과 바프린-V 부작용 증명이 더 중요하다.

2023년 6월, 세라가 하늘나라로 떠난 지 6개월 만에 드디어 하버드대에 근무하는 에즈라 행어 교수가 처음으로 긍정적인 이메일을 보내왔다.

나는 매일매일 이메일을 확인했다.

나와 타쿠미와 아빠와 새엄마도 크게 흥분했다.

영미와 에스더와 요한이, 그리고 박민철 사장님에게도 새 소식을 전했다.

2023년 7월 7일이다.

운명의 날이다.

우리 세라가 하늘나라로 떠난 지 7개월이 되는 날이다. 저번 이메일이 도착한 지 한 달도 지나지 않아, 드디어 에즈라 행어 교수가 바프린-V 부작용을 TV 뉴스에 나와 전 세계에 알렸다. 우리나라 뉴스에서도 성형외과에서 바프린-V를 다 수거한다는 기사가 곳곳에서 나왔다. 성공이다!

뉴스에서 D 성형외과에 사람들이 몰려가 건물 유리창을 부수고 난동을 피우는 장면이 나왔다. 바프린-V를 쓰는 전국 성형외과는 다 박살이 났다. 뉴스에서는 지안이 언니처럼 바프린-V로 성형한 사람들은 평생 산소마스크를 쓰고 살아야 한다고 연일 떠들어댄다. 그런 사람들이 우리나라에만 100만이 넘는다고 한다.

이미 바프린-V 부작용으로 사망한 사람도 전국에 150명이 넘는다. 다들 폐가 나쁜 사람들이다. 나는 또 하늘나라에 먼저 간 세라가 떠올라 아빠와 새엄마 몰래 밤새 울었다.

‘세라야 잘 있니? 엄마야. 이제 엄마가 덜 억울하단다. 우리 세라가 먼저 하늘나라로 가게 된 원인이 바프린-V라는 게 드디어 이렇게 전 세계에 증명이 되었어. 이제 우리 세라같이 억울하게 죽는 아이들은 앞으로 한 명도 없을 거야. 이 엄마도 이제 우리 몽글이를 위해 조금이라도 보람 있는 일을 한 거 같아 기뻐. 세라야, 김미주 할머니와 잘 지내고 있지? 엄마도 머지않아 곧 우리 세라 만나러 갈 거야. 인간은 어차피 모두 죽게 되어있단다.’

얼마 있지 않아 거리에는 지안이 언니처럼 산소마스크를 하고 다니는 사람들이 넘쳐났다. 젊은 여자들이 대부분이었지만, 간혹 남자들과 70대가 넘어 보이는 할머니와 10대 청소년도 많이 있다.

'빨리 바프린-V 부작용을 알아내 이 정도로 그쳤지. 그러지 않았으면 오늘 하루에도 전국적으로 아니 세계적으로 성형하는 사람들이 도대체 얼마야? 휴우 정말 다행이다.'

한 달 후, 박민철 사장님과 타쿠미, 올리비아 언니, 에스더, 요한이와 같이 만나 맥주 파티를 했다. 타쿠미는 요즘 나를 위해 잠시 휴직을 신청했다.

'몽글아 우리 아가, 이제 엄마도 마음이 편하단다. 이제부터 이 엄마가 지구 환경을 살리는 일에도 앞장을 설 테니, 우리 몽글이도 하늘나라에서 지켜봐줘,'

에스더와 올리비아 언니와 요한이는 처음 보는 자리에서도 서로 친환경 생분해 플라스틱 용기에 관해 열변을 토한다. 참, 올리비아 언니가 처음 나를 보고 몰라봐 실수를 했다.

"여기 표리안 씨는 어디 있나요? 저는 타쿠미 누나 올리비아입니다."

나를 보고 올리비아 언니가 한 첫 질문이다.

"올리비아 언니, 제가 표리안이에요."

올리비아 언니는 너무 놀라 말을 잇지 못했다. 나는 올리비아 언니에게 그간에 있었던 교통사고와 코마가 된 일, 얼굴 재건술을 다 설명했다.

"응, 리안. 타쿠미에게 다 듣긴 했어. 하지만 얼굴 재건술을 받아도 나는 원래 얼굴일 줄 알았지."

나는 얼굴이 바뀐 이유도 설명했다. 올리비아 언니도 고개를 끄덕이며 나를 꼭 안아주었다.

에스더와 요한이도 영어가 수준급이다.

"요한, 그린피스 항해사가 꿈이라며?"

"응. 올리비아도 나와 꿈이 같다면서? 나도 에스페란자호 항해사가 꿈이야. 하지만 지금은 우선 리안 누나 친환경 생분해 플라스틱 용기 회사에 전력을 다하려고 해. 올리비아도 환경학 전공에 생화학을 부전공으로 공부했다면서?"

"응. 타쿠미 얘기 듣고 얼마나 흥분했는지 몰라. 나도 우선 이 회사에 나의 온 힘을 쏟을게."

올리비아 언니는 우리 집에서 1주일을 지내고 캐나다로 넘어갔다. 언니는 다니던 회사를 다 정리하고 우리 회사 오픈에 맞추어 귀국하기로 했다.

"리안 씨, 젊은 청년들이 이렇게 열의에 차있어 보기만 해도 든든해요. 그리고 에코 뮤즈를 잊지 않고 이렇게 다시 오픈하게 해준 리안 씨에게 따로 고맙다고 꼭 인사하고 싶었어요."

박민철 사장님 두 눈이 촉촉하다. 회사는 올해 12월 오픈이 목표다. 나는 할아버지 빌딩을 처분해 자본을 만들었다.

"할아버지 빌딩을 팔아버려 죄송해요. 하지만 할아버지 돈으로 지구를 위해 정말 좋은 일에 쓰는 거니까 허락해주세요. 할아버지, 하늘나라에서도 에코 뮤즈를 여기저기 자랑하고 다니세요. 할아버지, 할머니도 잘 계시죠?"

나는 집 베란다에서 할아버지에게 고래고래 고함을 지르며, 에코 뮤즈를 자랑했다.

의외로 아빠가 에코 뮤즈에 관심이 많아 30억 원이라는 큰돈을 투자했다. 새엄마도 아주 큰 평수의 공장 부지를 공짜로 기증했다. 모두들 에코 뮤즈 오픈에 힘을 실어 주었다.

박민철 사장님은 각지에 흩어져 있는 '에코 뮤즈'의 인재들을 모두 불러 모았다. 벌써 윤곽이 잡혀가기 시작하는 회사 이름은 '에코 뮤즈' 그대로 하기로 했다.

2023년 12월 20일이다. 드디어 에코 뮤즈를 창업했다. 박민철 사장님은 전 직원들 앞에서 2021년 5월에 영국 런던자연사박물관에서 진행된 '기후변화체험전(Our Broken Planet: How We got here and ways to fix it)'에서, 45억 년의 자연사와 첨단 과학을 융합한 기후위기 특화 전시를 본 생생한 경험을 동영상 자료와 함께 설명했다. 우리가 왜 지구를 살려야 하는 일에 반드시 동참해야 하는지, 그 이유가 아주 생생하게 전달되었다.

박민철 사장님의 설명회가 끝난 후 전 직원이 일어나 우레와 같은 기립박수를 보냈다. 직원들의 눈빛이 반짝인다. 나는 그 눈빛에서 아주 커다란 희망을 분명 보았다. 나도 그 연설이 감동이었다.

그중에 나의 눈에, 아주 인상적인 영상이 하나 있다. 어미 새들이 플라스틱 끈을 지푸라기로 오해하고, 둥지를 만들기 위해 가져온다. 하지만 잠시 후, 새끼 새들이 이 플라스틱 끈에 자주 얽혀 상처를 입거나, 목에 끈이 감겨 목숨을 잃기도 한다. 놀랍고 안타까운 영상이다. 세라를 잃은 나는, 이 영상에서 또 눈물을 흘렸다.

'꼬맹이들아, 조금만 참고 살아. 앞으로 우리 지구는 반드시 꼭 깨끗해질 거야. 우리 에코 뮤즈뿐만 아니라, 이렇게 전 세계에서 지구를 살리는 일에 모두들 동참하고 있잖아. 그래서 너희가 플라스틱 끈에 목숨을 잃는 일은 앞으로 절대 없을 거야.'

드디어 전국에서 뽑힌 인재들이 모여 친환경 생분해 플라스틱 용기를 생산하는 일에 집중했다. 당연히 박민철 사장님과 내가 공동대표가 되었다.

에스더와 요한이와 올리비아 언니가 지원하는, 젊은 인재 20명이 주축을 이루는 '선발연구팀'이 있어 든든하다.

초도품은 아주 성공적이다. 이번 초도품은 옥수수와 사탕수수에서 추출한 원료인 PLA(Poly-lactic Acid) 소재만 사용하여, 180일 이내에 완전 분해가 가능한 생분해성 소재인데, 놀라운 점은 일반 플라스틱 소재보다 단가가 4배밖에 비싸지 않다.

PLA는 특정 조건 하에 매립하면 물과 이산화탄소, 양질의 퇴비로 완전히 분해되는 친환경 소재이다. 과거 에코 뮤즈에서 개발한 생분해성 소재는 단가가 10배에서 20배나 비쌌다. 이번 초도품은 가히 전 세계에서 찬사를 보낼 정도로 획기적이다.

타쿠미가 디자인한 아름다운 꽃 모양의 화장품 용기와 내가 디자인한 윤복이를 생각해 만든 토끼 모양의 유아용 크림 용기는 한국뿐만 아니라, 아시아에서 선주문이 쇄도했다. 미리 생산라인이 만들어져 있어, 우리는 선주문 개수를 하루도 어기지 않고 보내주었다. 독일, 프랑스, 이탈리아, 스위스에서는 생수병 주문이 쇄도한다. 마치 꿈을 꾸는 것 같다.

나와 박민철 사장님은 직원회의를 거쳐, 회사 이익금의 10%를 기부하기로 했다. 매달 이익금의 4%가 '그린피스'에, 3%가 환경운동연합에, 3%가 녹색연합에 후원된다.

2024년 1월 10일이다. 나의 몽글이가 천국으로 떠난 지 벌써 1주년이 되었다. 나와 새엄마 고집으로 세라 방은 아직 그대로 있다. 세라 옷도,

신발도, 장난감도 다 그대로 있다.

타쿠미와 나, 새엄마, 아빠 다 같이 우리 몽글이를 보러 하늘정원에 갔다. 김미주 엄마도 같이 보았다.

"몽글아, 타쿠미랑 엄마 곧 결혼해. 허락해줄 거지? 엄마, 저 타쿠미랑 결혼해요. 타쿠미는 엄마가 그토록 원하던 사윗감이에요. 딱 외할아버지 그 자체예요. 이제 허락해주실 거죠?"

두 달이 지나 타쿠미는 개강을 위해 다시 도쿄로 떠났다.

의외의 복병이 갑자기 나타났다. 타쿠미 할아버지와 할머니, 그리고 타쿠미 아빠 하루토가, 타쿠미에게는 한마디 말도 없이 갑자기 한국에 왔다. 세 사람은 우리 결혼을 완강하게 반대했다.

"리안 씨, 캐나다에서 봤을 때는 몸이 정상이었잖아요. 타쿠미가 겨우 며칠 전에 리안 씨가 교통사고로 하반신 마비라고 전화로 얘기해 주었어요. 그래서 이 사실을 알게 된 타쿠미 할아버지와 할머니는 이 결혼을 꼭 말려야 한다고 고집을 피워, 리안 씨에게 사전 연락도 없이 이렇게 한국에 무작정 나왔어요. 리안 씨, 나는 사랑이 최우선인 사람이라 두 사람 결혼에 무조건 찬성입니다. 나를 오해하지는 마세요."

나는 무방비 상태로 집에 있다, 타쿠미 아빠 하루토의 전화를 받고, 아빠 빌딩에 있는 스타벅스에서 이들을 맞았다. 요즘 스타벅스는 아빠의 먼 친척 분이 운영한다.

부모님과 함께 만나려고 하다, 예감이 좋지 않아 나만 혼자 먼저 만났다. 타쿠미 아빠는 영어를 곧잘 하지만, 할아버지와 할머니는 영어를 하지 못해 일본어를 쓴다. 키가 작고 돋보기안경을 쓴 정장 차림의 카이토 할아버지는 아들 하루토에게 계속 불만이 섞인 표정으로 투덜댄다.

"리안 씨, 처음 얼굴 보고 깜짝 놀랐어요. 타쿠미에게 얼굴 재건술 얘기와 하반신 마비 얘기는 전해 들었지만, 얼굴이 이렇게 완전히 바뀔 줄은 전혀 몰랐네요. 리안 씨, 실례인 줄 알지만 아버지 말씀을 그대로 통역할게요. 이해하세요. 우리 훌륭한 대학 교수인 손주 타쿠미가, 왜 장애인과 결혼을 해야 하는지 알고 싶다고 아버지가 방금 말씀하시네요."

나는 할 말을 잃었다. 타쿠미 할아버지 말씀이 옳기 때문이다.

'그 잘난 타쿠미가 외국 여자랑, 그것도 결혼한 전적도 있는 여자랑, 또 하반신 마비의 장애인 여자랑 결혼한다는데, 어느 할아버지가 두 손을 들고 환영하겠는가?'

나는 아무 대답도 하지 못했다.

잠시 후, 할아버지처럼 키가 작지만, 그나마 웃는 얼굴에 아주 인자하게 생긴 타쿠미 할머니인 아오이가 아들 하루토에게 차분하게 말씀한다.

"리안 씨, 어머니가 지금 말씀하시는데, 리안 씨 직업과 나이가 궁금하대요."

나는 '에코 뮤즈'에 관해 타쿠미 아빠에게 영어로 소상하게 설명을 해주었다. 나이는 타쿠미와 동갑이라고 말했다. 에코 뮤즈를 일본어로 설명하는 타쿠미 아빠인 하루토의 말을 차분하게 듣고 있던 카이토 할아버지 표정이 먼저 살짝 밝아졌다.

하루토 이야기를 다 들은 아오이 할머니는 갑자기 나의 두 손을 마주 잡고 자랑스럽다고 한다.

"우와, 이렇게 지구 환경을 살리는 직업을 가진 아가씨를 반대한 우리가 부끄러워요. 정말 멋진 직업을 가지고 있네요. 나는 아가씨가 자랑스러워요. 우리 타쿠미가 선택한 아가씨라, 사실 나는 많이 기대했어요."

타쿠미 아빠가 통역을 해주었다. 그리고 갑자기 두 분은 나와 타쿠미의 결혼을 바로 허락한다며, 지금 당장 우리 부모님을 만나고 싶어한다.

정신이 하나도 없다.

나는 어리둥절한 표정으로 부모님께 전화를 해, 현재 상황을 설명했다. 두 분 다 마침 집에 있어, 본의 아니게 상견례를 하게 되었다.

"아이고 우리 두 분은 치과 의사였다고요? 우리 손주며느리는 집안도 훌륭하고, 직업도 훌륭하네요. 몸이 조금 불편한 거 빼고 모두 맘에 들어요. 우리 타쿠미가 왜 아가씨 아니면 결혼을 평생 안 한다고 하는지, 그 이유를 오늘 리안 씨를 직접 보니 다 이해되네요. 역시 우리 타쿠미는 눈이 높은 애였어. 호호."

아오이 할머니는 몹시 흥분한 상태다.

"오히려 우리가 타쿠미 잘 부탁한다고 해야겠어."

카이토 할아버지는 아빠에게 '이런 훌륭한 따님을 저희 타쿠미에게 줘서 감사합니다'라고 인사까지 한다. 아오이 할머니는 새엄마 손을 잡고 타쿠미를 잘 부탁한다고 귀여운 애교까지 부린다. 타쿠미 아빠인 하루토의 표정도 이제 밝아졌다. 휴! 다행이다.

'나는 어떻게 캐나다에 있는 안나 외할머니랑 전화 통화만 하고 결혼 허락이 끝났다고 생각한 것일까? 역시 표리안 모자라. 한참 모자라. 쯧쯧.'

새엄마가 급하게 준비한 불고기 전골을 세 분은 맛있게 드시고, 녹차까지 디저트로 드신 후, 오사카 비행기를 타기 위해 공항으로 갔다. 물론 아빠가 아빠 차로 공항까지 배웅했다.

저녁에 타쿠미가 전화했다.

"리안 미안해. 지금 아버지에게 전화로 전말을 다 들었어. 내가 생각이 짧았어. 우리 부모님과 리안이 부모님 자리를 진즉에 마련해야 했는데, 나도 결혼이 처음이라 모든 면에서 서툴러. 그래서 리안을 오늘 너무 힘들게 했어. 리안 정말 미안해. 우리 카이토 할아버지는 까다롭기로는 오사카에서 일등이야."

"타쿠미 아니야. 카이토 할아버지가 '에코 뮤즈' 이야기를 들으시곤, 나보고 훌륭하고 멋진 여성이라고 칭찬했어."

"정말이야? 그럼 우리 귀여운 아오이 할머니는?"

"아오이 할머니가 나를 칭찬하기 위해 일부러 직업을 먼저 물어보신 것 같아. 아오이 할머니 배려심이 대단하시더라."

"맞아. 나도 카이토 할아버지보다 아오이 할머니를 더 사랑해. 우리 하루토 아빠는?"

"나에게 무척 호의적이더라. 두 분 챙기느라 오늘 몸살 좀 하실 거야."

"리안 고마워. 나의 리안이가 이렇게 잘 해낼 줄 알았어. 세상에 어느 누가 너를 싫어하겠니?"

"타쿠미, 진짜 그렇게 생각해?"

"그럼. 그러니까 내가 10년을 버틴 거지. 캐나다에서 너를 처음 본 순간부터 너는 나의 마음속에 요정처럼 들어와 있었어."

"어머나 타쿠미, 이렇게 큰 자이언트 요정도 있니?"

"내 눈엔 리안이 넌 포켓걸이야. 헤헤."

타쿠미 특유의 천진난만한 애기 웃음이 전화기를 타고 유쾌하게 흘러나온다.

"리안, 우리 결혼식은 언제 해?"

"타쿠미가 정해. 난 언제든지 오케이."

"진짜? 나 리안에게 프러포즈하려고 목걸이도 준비했어."

"오호 기대할게."

한 달이 지난 후, 우리는 자그마한 여수 공원에서 아빠와 새엄마, 영미, 에스더, 요한, 올리비아 언니, 카이토 할아버지, 아오이 할머니, 하루토 아빠가 참석한 가운데 야외 결혼식을 했다.

"세라야, 엄마 타쿠미 아저씨와 오늘 결혼해. 허락해줄 거지? 엄마, 할머니, 할아버지, 이제 정말 행복한 결혼생활을 보여드릴게요. 다들 기대하세요."

안나 할머니는 건강이 많이 좋아졌지만, 장시간 비행기를 타기는 아직 힘들어 나는 영상통화로 안나 할머니에게 먼저 축하를 받았다. 그리고 나의 대학 절친 혜진이와 장훈 선배도 기꺼이 와서 축하해 주었다. 결혼식이 끝난 후 나는 혜진이에게 나의 파란만장했던 영웅이와의 결혼생활, 코마와 세라의 죽음, 하반신 마비, 얼굴 재건술 등을 다 설명했다.

혜진이도 벌써 아들이 둘이다. 시온이와 라온이는 천방지축, 공원을 뛰어 다녔다. 벌써 11살, 8살이다. 둘 다 얼굴이 장훈 선배와 많이 닮았다.

혜진이는 세라 이야기에 끝내 울음을 터뜨렸다.

"리안아, 나 세라를 한 번도 보지 못했어. 내가 너무 무심했어. 흑흑."

"아니야 혜진아, 그건 나도 마찬가지야. 우리 둘 다 지금부터 행복하면 되잖아. 울지 마."

타쿠미와 혜진이도 서로 무척 반가워했다. 혜진이는 아직도 양부모님 반대로 결혼식도 올리지 못하고, 사천 시댁에서 아이들과 오빠와 계속 같이 살고 있지만, 너무 행복하다고 활짝 웃는다.

"리안아, 장훈 오빠는 언젠가 울산 양부모님이 마음의 문을 열 거라고 확신하고 있어. 그때 결혼식을 올리자고 해. 나도 오빠가 좋을 대로 하자고 했어. 그까짓 결혼식이 뭐가 중요하니? 지금 이렇게 행복한데. 양부모님이 오빠가 보내주는 쌀에 이제 고맙다는 문자도 가끔 보내와, 나도 부모님 반응이 신기하긴 해."

살짝 얼굴에 기미도 있고, 초라한 옷차림이지만 혜진이는 장훈 선배와 아이들이랑 진심으로 행복해 보인다. 그리고 옛날보다 수다쟁이가 되어있다.

"리안아, 장훈 오빠가 공무원 박봉이지만 나에게 너무 잘해. 기념일마다 장미꽃을 사와. 내가 꽃 좋아하잖아…. 오빤 로맨틱 가이야. 리안아, 이런 스윗 남편이 세상에 또 있을까? 그리고 시부모님도 너무 좋아. 시아버님이 유머감각이 뛰어나셔. 아마 장훈 오빠가 아버님을 닮았나 봐. 난 다시 태어나도 박장훈이야. 호호호. 리안아, 나는 지금도 농사일과 텃밭 가꾸기가 너무너무 재미있어. 난 재미있는 인생이 최고야. 나는 이제 더 바라는 게 없어. 지금 행복하면 끝이야."

나는 입을 크게 벌리고 목젖이 보이도록 환하게 웃는 혜진이 얼굴이 결혼식이 끝나고도 며칠 동안 뇌리에 맴돌아 기분이 좋다.

지안이 언니는 건강이 몹시 나빠 결혼식에 참석하지 못했다. 형부도 오지 않았다.

타쿠미는 일주일 전, 한국으로 먼저 와 내 방에서 100송이의 장미꽃과 하트 목걸이로 프러포즈를 했다. 아무래도 바깥 장소에서 하면 내가 휠체어를 타야 해서 불편하기 때문이다. 역시 나의 타쿠미는 배려심의 왕이다. 나는 타쿠미의 열렬한 키스도 받았다. 타쿠미는 아무래도 키스 장인이다. 하하.

우리는 결혼식을 마치고, 카이토 할아버지와 아오이 할머니를 모시고 2박 3일로 국내 여행을 떠났다. 하루토 시아버님은 회사 일로 바빠 먼저 오사카로 갔다.

경주 불국사와 석굴암, 첨성대를 두 분은 아주 좋아했다. 생각보다 한식도 잘 드셨다. 전주 한옥마을도 갔다. 두 분은 한복을 입고, 신혼부부처럼 사진도 찍었다. 유치원 아이마냥 좋아하시는 두 분을 뵈니. 나의 외할아버지와 외할머니 생각이 났다.

"우리 손주며느리 고마워요. 지금 나 너무 행복해요."

카이토 할아버지다.

"리안아 고맙다. 한국에서의 이 멋진 추억 평생 간직할게. 너도 타쿠미랑 오사카 한번 오너라. 내가 맛있는 요리 해줄게."

아오이 할머니다.

나는 두 분을 번갈아 안았다. 두 분도 행복한 미소를 띠며 오사카로 떠났다.

타쿠미와 나는 윤복이와 한 약속을 지키기 위해 이번에는 뉴질랜드 오클랜드로 갔다. 뉴질랜드 공기는 확실히 한국보다 신선하다. 산소통을 메지 않은 윤복이는 한결 젊어 보였다.

우리는 같이 클럽에 갔다. 타쿠미는 나를 안아 들고 빙글빙글 돌았다. 오클랜드에 있는 내내 윤복이는 항상 내 품에 안겨 이온음료를 마시며 행복해했다.

윤복이와 이별을 고하고, 우리는 다시 한국으로 돌아와 순천 외가에서 드디어 신혼 첫날밤을 보냈다. 내 얼굴을 처음 본 정원사 아저씨와 아주머니는 깜짝 놀라 허둥지둥했다.

나는 그간의 일들을 다 설명했다. 세라 이야기에 두 분은 눈물을 흘렸다. 나와 타쿠미도 또 울었다.

정원사 아저씨와 아주머니가 식사 준비와 신혼 첫날밤 준비를 그럴싸하게 해주었다. 완전 화이트로 신혼방도 꾸며주고, 침대에는 빨간 장미 꽃잎도 흩어져 있다.

"어머나, 아주머니가 장미 꽃잎까지? 아 로맨틱하다."

"리안 장미 꽃잎은 내가 준비한 거야. 벌써 욕실에도 띄워 놓았어. 우리 오늘은 같이 목욕하는 거야. 알겠지?"

"타쿠미 알겠어. 나 조금 부끄러워."

할아버지와 할머니 방에서 신혼 첫날밤을 보내는 게, 나는 여러 가지 의미도 있고 좋았다. 할머니가 즐겨 입던 화이트 잠옷은 길이는 조금 짧았지만, 예뻤다. 타쿠미가 직접 입혀주었다.

"리안, 지금 꿈은 아니지? 오늘 너 너무 아름다워. 나는 이날을 십 년이나 기다렸어."

"타쿠미 고마워. 결혼에 한 번 실패한 나를 이렇게 오랫동안 기다려주고. 지금 휠체어 신세인 나를 또 이렇게 사랑해주고. 타쿠미 정말 고맙고 또 정말 사랑해."

"나도 리안 너무 사랑해."

우리는 와인을 마시며, 달콤한 키스와 함께 첫날밤을 보냈다. 타쿠미에게서 내가 좋아하는 시트러스 향이 기분 좋게 난다. 나는 마음껏 시트러스 향을 온몸으로 느꼈다. 여자가 남자에게 사랑을 받는다는 게 이렇게 충만한 일인지 나는 처음 알았다. 온몸에서 꽃잎이 한 장씩 피어나 수백 송이의 꽃망울이 되어 밤새 꽃을 피웠다. 황홀하다. 타쿠미는 정말 멋진 남자다.

다음 날 아침, 타쿠미와 나는 행복하게 거울을 마주 보며 치카치카 칫솔질을 했다. 행복한 아침이다.

타쿠미는 로맨틱하게 우리들의 최애곡을 들려주었다.

Wherever you go
Wherever you may wander in your life
Surely you know
I always wanna be there
Holding your hand
And standing by to catch you when you fall
Seeing you through
In everything you do

Let me be there in your morning
Let me be there in your night
Let me change Whatever's wrong and make it right
Let me take you through that wonderland
That only two can share
All I ask is let me be there

노래 가사처럼 타쿠미는 내가 어디를 가든, 어디에서 헤매든, 언제나 나의 곁을 지켜주었다.

"리안, 오늘부터 언제나 내가 너의 아침이나 저녁을 지켜줄 거야. 나는 캐나다에서 너를 처음 본 순간, 평생 리안이 있는 곳에 나도 함께 있는 모습을 매일 상상했어. 그 상상을 조이 엄마가 천국에서 바로 지금 이루어준 것 같아. 리안, 나 평생 리안 곁에만 있을 거야. 지금부터 어디 도망

갈 생각 절대 하지 마. 알겠지?"

타쿠미는 인간계가 아니다. 할머니 방에서 타쿠미에게 이런 멋진 고백을 들으리라곤 나는 감히 상상도 하지 못했다. 나는 신에게, 할머니와 할아버지에게, 김미주 엄마에게, 그리고 마지막으로 나의 세라에게 감사 기도를 했다.

'이렇게 천방지축인 나에게 이렇게 멋진 아침을 주셔서 정말 감사합니다. 그리고 이렇게 훌륭한 타쿠미를 나의 남편으로 맞이하게 해주어서 정말 감사합니다.'

나는 너무 행복해 눈물이 나왔다. 타쿠미가 당황했다.

"리안 왜 울어?"

"타쿠미, 나 너무 행복해서 울어. 타쿠미 정말 고마워. 나 앞으로 애기도 못 낳고, 매일 휠체어도 타야 해서 타쿠미를 평생 힘들게 할 거야. 그래도 괜찮아? 타쿠미 미안해."

"리안 그러지 마. 나는 너만 내 곁에 있으면 돼. 이제 그 어떤 것도 우리 사이에 문제가 될 수 없어. 나 지금 너무 행복해. 그리고 리안 사랑해."

우리는 다시 달콤한 키스를 했다.

나는 타쿠미를 외할머니, 외할아버지 봉안당에도 찾아가 소개했다.

지안이 언니는 폐가 많이 망가져 평생 산소마스크를 하고 다녀야 한다. 어쩌면 자업자득이지만, 마음이 많이 아프다. 처음엔 나의 몽글이 세라를 죽게 한 장본인이라, 지안이 언니를 너무너무 증오하고 죽이고 싶었다. 하지만 10kg이나 빠진 야윈 몸에 산소마스크까지 쓰고 숨을 겨우겨우 쉬며, 걸음도 잘 못 걷는 지안이 언니를 직접 보니, 몹시 가여웠다.

에코 뮤즈는 승승장구 뻗어가고 대통령 표창까지 받았다.

타쿠미는 새 신부랑 떨어져 지내기 싫다며, 여수대학에 자리를 얻어 이제 우리는 아빠 빌딩 꼭대기에 단둘이 산다. 타쿠미의 일러스트레이션 수업은 여수대에서 인기 폭발이다. 우리는 하루하루 신혼을 알차게 보내고 있다.

행복하다. 모든 것이 순조롭다. 아주 평범한 하루를 보내는 것이 인생에서 얼마나 소중한 것인지 이제 나는 충분히 깨달았다.

아주 가끔 나의 본모습이었던, 피오나 얼굴이 그립다.

나는 지금도 매일매일 세라 꿈을 꾼다. 꿈속에서 나는 늘 세라를 잃어버려 동네 구석구석을 정신없이 찾아다니느라 허기가 지고 가슴이 찢겨질 듯 아프다. 하지만 꿈에서라도 나는 나의 유일한 몽글이, 세라를 평생 만나고 싶다.

에필로그

나의 타쿠미는 이제 여수대학에서 강의를 하고, 우리는 완벽한 신혼을 즐기고 있습니다. 그리고 타쿠미가 드디어 용기를 내어 처음으로 오사카에 있는 켄토의 수목장에도 나와 같이 갔어요.

오사카에서 카이토 할아버지와 아오이 할머니, 그리고 하루토 시아버님과 타쿠미의 새엄마도 뵙고 왔습니다. 다들 건강하고 행복합니다.

우리의 사랑스러운 윤복이는 오클랜드에서 652살의 아리따운 여성 종족을 만나 사랑에 빠졌다고 하네요. 지구 공기가 점점 맑아져, 우리 윤복이와 연인의 활동 반경이 넓어졌으면 좋겠어요.

표지안 언니는 '에코 뮤즈'에 20억 원을 투자하고, 세 달 전에 아무 말 없이 사라져 버렸습니다. 나와 아빠와 새엄마만 엄청 걱정할 뿐, 생각보다 윤주환 형부는 충격을 받지 않고 잘 살아가네요. 그리고 형부 부모님들은, 바프린-V 부작용으로 건강이 많이 나빠진 지안이 언니는 빨리 잊고, 형부에게 새출발을 하라고 벌써부터 극성이라네요. 새엄마가 도우미 아주머니에게 들었다며, 아빠와 나에게 소식을 전합니다. 어처구니가 없습니다.

지안이 언니는, 조만간 잘살고 있다는 내용의 문자나 전화를 나에게는 꼭 줄 거라고 믿어요(며칠 전, 아빠가 지안이 언니와 통화하는 목소리를 저는 분명히 들었으니까요). 비록 산소마스크를 매일 쓰고 생활해야 하는 언니지만 목숨에는 아무 지장이 없다는 주치의 선생님의 말씀에 아빠와 나는 마음이 많이 놓입니다.

올리비아 언니는 여덟 살 연하인 요한이에게 첫눈에 반했지만, 요한이는 아주 살짝 튕기고 있는 중이라고 하네요. 아빠와 새엄마는 요한이의 권유로 '노 플라스틱' 시니어 동호회에 가입하여 주말마다 무인도 쓰레기 줍기에 동참합니다.

그리고 티슈를 아껴 나무 한 그루라도 살리자는 환경운동연합의 캠페인이 전국적으로 유행입니다. 화장지 대신 손수건 쓰기 운동의 열풍이 대한민국을 흔들고 있습니다(화장지는 모두 나무를 잘라 만드니까요).

'에코 뮤즈'는 지금도 나날이 성장해 지구 환경에 큰 보탬이 되고 있습니다. 지구에 존재하는 모든 플라스틱 용기를 '에코 뮤즈'가 친환경 생분해 플라스틱으로 다 바꿀 때까지 저는 열심히 노력할 것입니다.

지구상에 존재하는 모든 나라에서도 이제 지구 환경의 소중함을 인지하고 플라스틱 생산량을 법적으로 대폭 줄여, 미세 플라스틱의 위험성이 조금은 줄어들고 있습니다. 너무 반가운 소식이죠?

우리 몽글이, 세라는 김미주 엄마와 하늘나라에서 잘 지내고 있겠죠?

끝으로 저의 작은 바람은 우리 모두가 지구를 살리는 일에 한마음으로 동참하는 것입니다.

작가 인터뷰

이번 소설을 출간하게 된 계기는 무엇인가요?

1991년 봄, 낙동강에 두 차례나 페놀이 유출되는 큰 사건이 있었어요. 그 당시에 저는 둘째를 임신한 초기였는데, 수돗물로 끓인 해물탕을 먹다가 심한 악취에 토했던 기억이 있어요. 제가 피해 지역 중 하나인 창원에 거주 중이었거든요. 그때 낙동강 속 페놀 농도가 WHO 기준보다 무려 110배나 높았다고 해요. 유산한 임산부도 많았지만, 인과관계를 증명하기 어려워 배상을 받지 못했대요. 저도 임신 초기였던 터라 출산할 때까지 스트레스를 많이 받았어요. 녹색연합 발표에 의하면 1950년대 이후 발생한 대한민국 환경오염 10대 사건 중 1위라고 하더라고요. 저는 이 사건 이후로 환경의 중요성을 깨달았어요. 그리고 언젠가는 환경과 관련된 글을 꼭 써야겠다고 생각했는데, 그 마음이 이번 작품으로 이어졌어요.

외모지상주의와 환경문제를 작품의 주제로 삼게 된 개인적인 사연이 있으신지 궁금합니다.

취업을 위해 면접을 보던 제자들이 외모 때문에 스트레스를 받는다는 전화를 걸어오곤 했어요. 우리 사회가 외모에 대한 기준이 유독 엄격하다는 걸 실감했죠. 환경 문제는 앞서 이야기한 낙동강 사건이 직접적인 계기가 됐어요. 두 주제는 얼핏 보면 전혀 다른 것 같지만 결국 본질보다 겉모습에 집착하는 태도에서 비롯된다고 생각해요.

작가님은 '아름다움'을 어떻게 정의하시나요?

자신의 자리에서 만족하면서 행복해하는 사람이 가장 아름답다고 생각해요. 가끔 아파트 앞 길거리에서 행상을 하시는 분들에게 야채나 과일

같은 것들을 사곤 하는데요. 한 번은 제가 시금치 오천원 어치를 샀는데요. 파는 분이 아주 행복한 웃음을 지으시는 거예요. 그때 그 모습이 정말 아름답다고 느꼈어요. 외형적인 모습보다는 자신의 삶을 긍정하고 순간을 기쁘게 살아가는 사람들이 진짜 아름다운 사람이 아닐까요?

이번 작품에서 가장 공들인 에피소드나 장면은 무엇인가요?

언젠가 '딸을 낳으면 더듬이가 생긴다'는 말을 들은 적이 있어요. 그 말이 너무 와닿아서 꼭 작품에 넣고 싶었어요. 부모가 되면 아이가 무슨 생각을 하는지, 어디가 아픈지 표정만 봐도 금방 알게 되거든요. 마치 더듬이가 생긴 것처럼 예민하게 감지하게 돼요. 저도 30대 딸이 있어 그런지 그 말이 아주 공감됐어요. 이런 마음이 캐릭터 간 관계를 구상하는 데도 영향을 주었고요.

바프린-V와 에코뮤즈, 그리스어를 쓰는 윤복이 등 작품의 구체적인 소재는 어떻게 만들어졌나요?

작품의 구체적인 소재는 제 삶이랑 어느 정도는 직접적으로 연관이 되어 있는 것 같아요. 중요한 등장인물 중 하나인 '윤복'이도 제가 좋아하는 화가 '신윤복'에서 따온 이름이거든요. 「월야밀회도」를 보고 한눈에 반했죠. 젊은 독자들이 신윤복이라는 화가를 알게 되는 계기가 됐으면 하는 바람도 있었어요. 바프린-V는 화학을 전공한 경험을 살려 제가 직접 창작한 이름이에요. 강산성 물질은 물에 녹으면 대부분의 물질을 녹일 수 있거든요. 저는 이 개념을 바탕으로, 바프린이라는 물질이 물과 만나면 강산성인 '바프린산'으로 변해 모든 것을 녹여버린다는 설정을 만들었죠.

에코뮤즈는 이름 그대로 '환경(Eco)'과 '뮤즈(Muse)'를 결합한 단어예요. 환경을 생각하는 기업이라는 느낌이 한눈에 들어오도록 작명했어요. 외계어는 사실 처음에는 그리스어가 아니었어요. 아예 새로운 언어를 만들어볼까 생각했는데, 완전히 독창적인 언어를 창조하는 건 쉽지 않더라고요. 그래서 현실적인 대안을 찾다가 문자가 주는 신비로운 느낌이 강한 그리스어를 차용하게 되었어요. 그리스어는 우리가 한 번쯤 접해본 적은 있지만, 익숙하지 않아서 외계어처럼 보이기도 하잖아요. 윤복이라는 캐릭터가 가진 신비로운 분위기와도 잘 맞겠다고 생각했어요.

창작의 영감은 주로 어디에서 얻으시나요?

저는 주로 미술관이나 소장 중인 그림집, 책, 그리고 여행에서 영감을 많이 얻어요. 주변 사람들이 하는 이야기를 귀 기울여 듣다가 슬며시 메모하기도 하고요. 이렇게 저의 일상 곳곳에 영감을 줄 수 있는 요소들이 존재하고 있답니다. 저는 특히 체코 화가 알폰스 무하의 작품을 정말 좋아하는데요. 알폰스 무하의 작품을 보고 있으면 제 안에서 무한한 상상력이 피어오르는 것 같아요. 저는 '네 가지 보석', '사계', '하루의 시간' 등의 연작 시리즈를 특히 좋아한답니다.

전작 『부산 세탁소』와 이번 작품은 느낌이 많이 다른데요. 그럼에도 두 작품 사이에 연결되는 지점이 있다면 무엇인가요?

두 작품을 관통하는 가장 큰 공통점은 '상실'과 그로 인한 깊은 내면의 아픔을 다룬다는 점이에요. 『부산 세탁소』의 주인공 온일덕은 아들 온귀영을 먼저 떠나보냈고, 『플라스틱 뷰티』의 주인공 표리안은 딸 윤세라를 먼저 하늘나라로 보냈어요.

자식을 먼저 잃는다는 것은 부모에게 가장 큰 고통이 아닐까 하고 생각해요. 두 주인공은 그 상실감을 끌어안고 살아가면서도, 각자의 방식으로 삶을 견디고 나아가려 하죠. 다른 시대, 다른 배경의 인물이지만 이런 지점이 연결되는 것 같아요.

『부산 세탁소』를 집필하셨을 때와 비교했을 때, 작가님 스스로 달라졌다고 느껴지는 부분이 있으신가요?

글을 대하는 세계관이 조금 더 넓어졌어요. 『부산 세탁소』가 가족의 끈끈한 유대감과 이웃 간의 사랑이 주된 영역이었다면, 이번 『플라스틱 뷰티』는 지구라는 큰 세계와 환경으로 눈을 돌리는 계기가 되었어요. 하지만 역시 저에게는 '사람'이 가장 중요해요.

과학교사에서 소설가로 전향하셨는데, 작가님에게 소설 창작이란 어떤 의미인가요?

소설을 쓰는 동안은 내가 주인공이 될 수도 있고, 전혀 다른 삶을 살아볼 수도 있어요. 평범한 일상에서는 경험하지 못할 감정과 상황을 글을 통해 체험하는 건 굉장히 특별한 일이에요.

이번 소설을 쓰기 전과 후, 스스로 변화한 점이 있다면 무엇인가요?

환경 보호에 대한 생각이 더 깊어졌어요. 막연하게 중요하다고만 생각했던 것들이 실제 글로 옮겨지면서 더 절실해졌어요. 작은 실천이라도 해야겠다는 마음이 커졌고요. 환경에 조금이라도 보탬이 되기 위해 손수건을 챙기고, 재활용도 더 신경 써서 하고 있어요.

다음 출간 계획이 있으신가요?

지금은 '식스 핑거'라는 작품을 구상하고 있어요. 육손이라는 장애를 가진 여자주인공이 보육원에서 자라 독립하는 과정을 담은 성장소설이에요. 보육원 아이들의 애환과 보육원을 떠나 사회로 나와 적응해 가는 과정을 담고 있는 작품이에요.

마지막으로 독자들에게 하고 싶은 말이 있다면요?

환경을 지키는 일에 관심을 가져주셨으면 좋겠어요. 거창한 일이 아니더라도 일상 속 작은 실천 하나하나가 모이면 큰 변화를 만들 수 있어요. 이 책이 독자들에게 생각할 거리를 던지는 역할을 했으면 해요. 우리 모두가 지구를 살리는 일에 동참하기를 바라요.

작가 홈페이지

플라스틱 뷰티

발행일 2025년 2월 26일

지은이 김정순
펴낸이 마형민
기획 곽하늘
편집 곽하늘 강채영 김예은
디자인 김안석
펴낸곳 주식회사 페스트북
홈페이지 festbook.co.kr
편집부 경기도 안양시 동안구 관악대로 488
씨앗트 스튜디오 경기도 안양시 동안구 안양판교로 20

ISBN 979-11-6929-713-4 03810
값 16,800원

* 페스트북은 작가중심주의를 고수합니다. 누구나 인생의 새로운 챕터를 쓰도록 돕습니다.
creative@festbook.co.kr로 자신만의 목소리를 보내주세요.